CRS004

The Gentleman and the Rogue

紳士與小賊

邦妮・狄 Bonnie Dee　夏夢・狄文 Summer Devon ——著

曾倚華 ——譯

高寶書版集團

1

西元一八一三年，四月六日

如果被抓到，這可是要絞刑的大罪，傑米知道的。但他也知道，這樣可以讓他賺到半枚皇冠、還能吃頓飽飯。他現在只需要搞清楚，這位穿著時髦大衣的紳士，究竟是真正的顧客，還是個準備下圈套、要他小命的麻煩鬼。

他又瞥了一眼停在街邊的奢侈馬車，決定相信這個黑髮男人是前者。一個地方治安官員不需要花這麼大的力氣來套一個男妓吧？或許會在酒館或街上搭訕他、然後提出狡猾的交易，但治安官不需要雇一輛如此昂貴的馬車來下圈套，對吧？

傑米看著黑髮男人的雙眼，試著解讀，但四周是一片漆黑的夜晚。霧氣夾帶著巷弄裡垃圾的臭氣，緩緩升起，逐漸占領倫敦的大街小巷。在這樣伸手不見五指的黑夜，灰霧四處籠罩，要看清一個陌生人的臉簡直難上加難。

「你要上車嗎？」男人又問了一次。在街頭俗語中，這句話暗示這傢伙要的不只是速速來一發。這趟生意不會只是繞幾條街就結束的小旅行，這男人想要的是一整趟。

傑米決定提供這個服務，他聳了聳肩。「大冷天的，好啊，我上車。」

紳士點了點頭，打個手勢，示意傑米先上馬車。他爬上踏階，滑進車廂的座位，深吸一口混雜著皮革、菸草與財富的香氣。他許的願是能有個躲躲刺骨寒風的地方，看來他的願望現在成真了。真的，如果能享受一小段時間的溫暖，他恭敬不如從命。

透過小窗，他看著無比熟悉的街道——或者說，看著在霧氣與夜色中勉強可見的部分。從這麼高的位置看出去，建築看起來似乎不太一樣，比他以為的更醜又更破。也許他會在某個比較高級的地方過夜，傑米不禁心跳加速，既興奮又緊張。當然，他只會在那裡待幾個小時，而且也只是因為這男人想要他的屁股。但至少在那段短暫的時間，他可以擺脫這個地獄，進到溫暖的室內。也許甚至是一間奢華的飯店房間呢。

當男人爬進馬車，在他對面坐下時，傑米打量著他的臨時雇主。四周比女人的小穴還要漆黑，但傑米還是可以看出對方面部與身形的幾個細節。男人的身高和體格中等，不是很老，卻也不那麼年輕。他的黑髮修剪得很短，從高挺的額頭直直向後梳。這髮型不是紈褲子弟時下流行的龐畢度頭，也沒有戴著讓他連低頭都沒辦法的花俏領巾。如果從樸素的服裝來看，傑米甚至會以為他是個神職人員。

「你叫什麼名字？」低沉的聲音從馬車內靜謐的黑暗中緩緩飄向他，像是挑逗的愛撫。傑米的長褲緊繃起來。今晚的工作會很愉快，他會很享受這場可以換一頓晚餐的打炮。

「你愛怎麼稱呼我都行。」這是他的慣用回答。

對方停頓了很久，才再度開口：「我想知道你的名字。」

「傑米。」他沒有反問男人的名字，他沒有資格。傑米拍了拍身旁的空位。「你想過來這邊嗎？不管你要帶我去哪裡，我可以讓這趟車程更愉快一些。」

在黑暗中，男人搖頭的動作輕得幾乎無法辨識。「不。我想要……花一點時間，多認識你一點。」

「合理。」傑米點點頭。「我是個勞工。住在南華克，大概也會在那裡老死。我試過許多不同的職業，但我發現我現在的工作是最有收穫的。」

他勾起嘴角，享受著自己的聲音。他喜歡模仿上流人士的說話方式和儀態——這是他嘲弄他們與表示輕蔑的方式。

「你幾歲？」下一個問題又拋了過來。

他知道大部分的客人都喜歡假裝自己在開發處子，於是把自己的年齡砍掉幾歲。

「十三。」

他的雇主輕笑一聲，顯然沒那麼容易就相信自己抓到了鮮嫩的小牛崽子。「是嗎？」

「好啦，十五。」傑米又說了一次謊，十九歲對客人來說就沒那麼有吸引力了。

「但多出來的這幾年經驗，絕對會讓你滿意的，先生。」

又是一聲輕笑。他聽起來並不開心，而傑米想知道，這傢伙為什麼非要說笑，而不是直接開工，進入最有樂趣的部分。

「那有什麼好笑的，先生？」傑米不喜歡這幽靈般的笑聲在他心中激起的一絲恐懼。

「沒什麼。」聲音輕柔但俐落，帶著權威。角落中的黑影換了個姿勢。紳士用幾乎不可聞的聲音補充：「至少我們兩人之間，有一個是有經驗的。這是好事。」

傑米想要大笑、說一句猥褻的評論，但他不會的，因為這句話他甚至連聽都不該聽見。

馬車一陣顛動，他伸出手想抓住什麼東西來保持平衡，結果直接朝對面摔去，撞上了堅實而溫暖的身軀。紳士輕鬆地抓住他，向上提起，然後幾乎是用拋的將傑米丟回座位上——遠離他的車廂角落。雖然這傢伙是個公子哥——這點不用懷疑——但身上倒是有點肌肉，而且以一個才喝了不少酒的人來說，他的反應挺快的。在撞上去那一瞬間，傑米吸了一口氣，聞到了一絲白蘭地的氣味。

「不是故意要撲向你的，先生。除非你邀請我這麼做。」他等著男人發笑，但對方只是沉默。

傑米不知道自己該不該現在提錢的事，或是問男人會不會餓，因為他自己是餓到快昏頭了，如果能在哪裡弄點吃的來，那就再好不過了。但他沒有蠢到開口提議。他們的行程是由紳士來決定的。傑米壓下一口嘆息。

「你去過倫敦以外的地方嗎？」

這輩子從來沒有過，但這干他什麼事？他在打什麼主意？「我自然是有鄉村地產的囉。」傑米說。「打獵、射擊，還有什麼來著，一整天沒事幹的時間。養牛。」他補充道。「還有養羊。」

「傑米。」聲音比先前更輕了。「這是傑瑞米的簡稱嗎？」

好吧，他不胡說八道了，一股自我保護的直覺告訴傑米他得盡可能地說實話。「不。就是傑米而已。」像他們這樣的人，是不會分享自己的姓氏的。

接近午夜時分，街道上迷霧籠罩，在馬車陰暗的車廂內——什麼事都有可能發生。前進的速度慢了下來，在馬蹄的鈍響與車輪的隆隆聲中，傑米聽見自己的呼吸加快了。恐懼從心底深處升起，他不是膽小鬼，但是車廂角落這位不知名的沉默紳士，卻碰到了他不該碰的某些感官。舉例來說，他的老二現在變得更硬了。

在這種情況下必須遵守的特殊禮節警告他閉上嘴，但他還是開口了。

「我們要去哪裡，先生？」他很高興自己聽起來無辜又雀躍。

「我家。我們快到了。」

所以他未婚。或者貓咪不在家，所以老鼠就藉機作怪了。但這男人並不是鼠輩。

馬車停了下來，車門打開，而這是傑米第一次看清車夫的長相。

傑米的微笑僵在臉上，他低語：「老天。」

駕車的人是惡魔。一個巨大、弓著背的惡魔，臉上劃著一道大疤。不，是兩道大疤才對，其中一隻耳朵也殘破不堪。傑米看過許多殘破和傷痕累累的人——誰沒有呢？——但是這人就算沒有被削掉半張臉，也足以讓小孩尖叫著逃開。他高高聳立在兩人面前。

「徽曼。」傑米的雇主忽略他的存在，對車夫說道。「帶我的……客人去廚房那裡。我想他最好先洗過澡。我相信喬納森的一些衣服應該符合他的身材。」

惡魔車夫粗聲應了一聲，向後退開。紳士步下馬車，對著可怖的車夫點點頭。現在在油燈下，兩人的面孔就更容易辨識了。他們都帶著同樣陰森的表情。毫無情緒，陰沉黑暗，傑米在這兩人身上看不到任何一點溫暖或友善的氣息。

傑米嚥了一口唾沫，不知道自己是不是該趁此刻跳下車、拔腿就跑。但好奇心和空蕩蕩的肚子，以及他隨身攜帶的一把小刀，讓他按兵不動。還有欲望。可別忘了這一點呀，他自嘲地想著。自從上了這輛大馬車之後，他就一直處於半勃狀態。

但在他來得及下車之前，車夫就命令道：「等等。」

門重重關上。傑米抓住小刀，在黑暗中傾身向前。他不用等太久，馬車隨即開始前進。馬匹向前走了不到三十秒，又停了下來。

當門再度打開時，怪物正站在門外，靴子和黑色大衣的下襬被霧氣包圍，讓他看起來像是從地獄的煙霧中冒出來的。

傑米把小刀收好，踏下馬車，想像著自己是位貴族，馬車前則聚集了一大批歡呼的群眾。他面對恐懼的方式不太聰明：他會招惹任何讓他感到害怕的人。此刻，他覺得自己好像別無選擇。

「獾先生。」他拖著長音，鞠了一躬。

「我是徽曼。」男人厲聲說道，「來吧。」他轉身朝一扇門大步走去。

傑米上下打量了一下這棟房子，是宏偉的大理石建築，而這裡是僕人的出入口。

「所以，阿獾。」他繼續假裝雀躍，「你們兩個總共騙過多少男人踏進這個巢穴啦？這是你們的老把戲，對吧？你們一週上街狩獵一次，隨機挑一個毫無頭緒的年輕人，帶他回來洗澡？」

馬夫轉過身來瞪著他。「從來沒有。」

傑米相信他。那麼，可憐的獾先生會擔憂他的雇主，當然是情有可原了。「啊，難怪你這麼擔心了。放心吧，你才是怪物，不是我。我不會傷害你的主人的。」

「擔心你嗎？」這是第一次，男人的臉上露出一抹像是微笑的表情。但是只有一側，一道從臉頰延伸至下巴的疤痕切斷了另一側的唇線。那道傷痕一定割斷了他臉上的某個東西，導致他無法做出微笑的動作。

「那你為什麼看起來好像你最好的朋友剛死了一樣？你和你的主人都是。」

男人只剩一邊的眉毛挑了起來。有那麼一刻，徽曼動也不動，然後他說：「巴達霍斯，今天是紀念日。」

「喔。」傑米完全不知道巴達霍斯是誰、或是什麼東西，但這個詞確實聽起來很耳熟。「紀念日最討厭了，對不對？等到下一年的時候，根本已經沒什麼好紀念的了。反正都只剩下壞的回憶而已。或者也有好的回憶？」

「閉嘴。」徽曼毫無情緒地說，「在這裡等。」他走進門，傑米則靠在牆上，把顫抖的雙手插進破爛的背心口袋。

他用鄰人無法聽見的音量吹起口哨，是一首下流的小曲。上流人士平常可不會帶他這樣的人回家，甚至連在他們住的地方拉屎都不願意。讓街頭混混進到屋子裡是個危險的舉動。僕人們也許會造謠主人帶這人回家的目的，骯髒的小賊也許會偷走最上好的銀器。雇用這隻老獾的自大先生，要不就是個單純的傻瓜，要不就是十分有自信，認為傑米不敢在他頭上動土。

一股寒風從他的背心中穿過，傑米顫抖著聳起肩。再等一分鐘，這是他的底線了，儘管這代表這他得一路走回克勞德街去。

後門再度打開，那個像山一樣的高大男人對他招呼道：「進來，你的洗澡水準備好了。」

傑米刻意聞了聞自己的身體。「怎麼啦，我對爵爺大人來說有點太臭了，是嗎？」

「在這邊。」徽曼指引他穿過門廊，進入廚房。火爐裡燒著矮小的火苗，一只銅製浴盆裡盛滿了冒煙的熱水，座落在壁爐前方。所謂的洗澡，對傑米來說只是用一桶水刷身體而已，除非他把某一年的炙熱夏天、他跳進泰晤士河游過一次泳的事也算進去。

他瞪大眼盯著浴盆，然後看向不知道到底算是馬夫或男僕的男人。「你要我進去那裡面嗎？」

高大的男人已經褪下了大衣，只穿著襯衫和吊帶褲。他的雙臂交抱在胸前。「脫掉。」

「然後你要在旁邊看嗎？還是你要讓主人欣賞你幫我刷背的畫面？這樣要額外收費的。」

簡直是對牛彈琴，男人依然面無表情。「脫掉你的衣服，自己洗澡。浴盆旁邊的桌子上有肥皂和粗布，還有洗完擦乾用的毛巾。」

傑米考慮了一下，但就在那一刻，一陣風將玻璃窗吹得嘩啦作響，他馬上知道，自己完全不想這麼快就回到外頭寒冷的空氣裡。他會走一步算一步，並希望晚點不會被割斷喉嚨、棄屍在小巷裡。他脫下外套拋在地上，然後開始解開襯衫。

老徽曼的視線放空，沒有看著他。他無疑是在這裡看守銀器，聰明的決定。

傑米脫下鞋子和長褲，一絲不掛地橫越冰涼的地磚，來到浴盆旁，用一隻手試了試水溫。水溫暖得讓人都要融化了。他回頭瞄一眼僕人，但男人完全無視他，給了他應有的隱私。

傑米小心翼翼地跨過浴盆的邊緣，一隻腳踩進水裡。他頓了頓，幾乎有點害怕把另一隻腳從地上抬起來。但他不可能永遠懸在那裡，所以一鼓作氣坐進水裡。

隨著他沉入水中，水位緩緩上升，直到幾乎淹沒脖子。等到他適應了水溫和詭異的漂浮感，立刻覺得彷彿身處天堂。他伸手拿過絨布打溼，然後抹上肥皂。他搓洗自己的臉，然後馬上把臉埋進水中，洗掉刺眼的肥皂水。接著他慢條斯理地把全身洗過一遍，一邊潑水沖掉肥皂，一邊繼續吹起口哨。

「還有頭髮，主人不希望你帶來的跳蚤在家裡亂跳。」

傑米難得一次決定不要回嘴，照著他說的話做，把整顆頭埋進水裡，用肥皂搓洗自己的頭髮。如果他的顧客希望他清理乾淨，他沒有立場抗議，而且說實話，洗澡也不是件糟糕的事。熱水讓他的肌肉放鬆，像果凍一樣軟嫩，同時一路暖到了骨子裡。

「快點吧。」當水逐漸冷卻時，徽曼催道。

傑米不情願地站起身，把身體擦乾，然後踏出浴盆，在地上留下一灘水窪。他把腿也擦乾，將毛巾圍在腰上，瞪著徽曼。「現在呢？」

「衣服在那裡，穿上。」

傑米從木椅上的衣服堆裡拎起長褲。褲子以平紋棉布製成，比他這輩子穿過的任何布料都來得精緻。襯衫則是柔軟的亞麻，白得像被煙囪灰燼污染前的雪。所以他是要角色扮演了，也許是某個時髦爵爺曾經愛過又失去的對象，這樣也解釋了剛才提到的「紀念日」。他會按照這位紳士付的錢扮演好他的角色，盡可能模仿上流人士的形象，用高級的用語說話，並假裝剛才的熱水澡已經洗去了他身上的臭水溝味。

傑米穿上一雙有點過緊的高筒長靴，整個人從頭到腳煥然一新。他轉頭看向徽曼，用鼻音做作地拖著腔調說：「好極了，我準備好與爵爺大人見面了。請帶路吧，先生。」

書房裡，亞倫深深陷入面對著火爐的扶手椅坐墊。這個房間已經成了他的藏身之處，這些日子以來，他幾乎很少踏出這裡。窩在室內太久，他已經失去了靠著多年騎馬鍛鍊出的、讓他馳騁戰場的肌肉線條。很快，他就會變成一個皮囊鬆垮的中年男子，像石像般坐在這張椅子上，緩緩讓自己死於酒精中毒。

但他已經受夠了思索他一點都不想面對的未來。今晚前往南華克的一趟旅程，就是讓自己轉移注意力的手段之一。他至少要容許自己享受最後一點的歡愉。站在小酒館外的年輕人吸引了他的目光，但更吸引他的是傳進耳裡的愉快笑聲。老天，住在南華克那樣一個糞坑裡的人，怎麼能聽起來這麼快樂？

亞倫好奇地接近他，然後他剩下的感官也被這男孩迷住了。他長得十分英俊，光滑無瑕的臉龐，被骯髒的雜亂棕髮圍繞。他的骨骼強健，下顎線條剛毅，下巴削瘦，鼻梁挺直，顴骨高聳。但真正讓亞倫目不轉睛的，是這個年輕人大而碧藍的雙眼。就算是藉著骯髒的酒館玻璃投射出來的光線，亞倫都還是能看見他眼中的清澈色彩，如同孩子的眼睛一樣直率，卻同時狡猾而世故。他想要抓住這個人的手，將他從街邊帶走，找一個只有他們兩人的地方，好沉浸在他愉快的笑聲之中。

在那一刻，名叫傑米的年輕人從正在對話的朋友身上轉開視線，看向亞倫。

「晚安，先生。今晚很冷，對吧？」

然後他把對話轉向「你喜歡怎麼玩？」，亞倫便發現自己邀請對方上車了。他想要和這個年輕人共享他的床，一次就好，就在巴達霍斯圍城戰結束的紀念日之夜。這個男孩明天早上就會離開了，而如果他能夠撐過這一晚，那亞倫也可以。

在等待他的客人盥洗更衣的時間，他在馬車上勃起的器官已經癱軟下去。現在他有點後悔自己把這孩子帶回家了。要死，他應該付給傑米半枚皇冠、或者他們講好的其他酬勞，然後讓徽曼將他送回他們找到他的地方。

但書房的門上傳來一聲輕柔的敲響，讓他的腿間再度活躍起來。光是想著能再見那孩子俊美的臉龐，他的下身就像士兵一樣昂然挺立。

徽曼打開門，走了進來。「您的貴賓來了，先生。」

傑米跟著他走進書房，打量著周遭，徽曼則悄悄退了出去。

亞倫屏住呼吸。這個男孩是他前所未見的英俊。他的頭髮還因為熱水澡而溼潤著，向後梳攏，在頸窩束成一條小辮子。喬納森的衣服挺適合他的身材，只是袖口和腳踝處略短了一些。傑米沒有把領結打上，亞倫看見了從外套口袋中露出的一小塊布料。那件外套是多麼熟悉啊。他還記得自己的哥哥時常穿著這件外衣，這是他最喜歡的衣物之一。該死，他們應該讓他穿著這件外套下葬，而不是他阿姨為他選的另一套西裝。

亞倫突然無法直視站在他眼前的年輕人。他到底在想什麼，怎麼會讓他穿上亡兄的衣服呢？

「您的宅邸真是精美，非常讓人印象深刻呢。」

傑米試著裝出文雅的口音，雖然學得不差，但實在太浮誇了，幾乎讓亞倫露出微笑。他抬手示意自己對面的椅子。「請坐吧。」

「恭敬不如從命。」

年輕人坐在椅子的邊緣，手臂放在膝蓋上，打量著亞倫。火光閃爍著，在他俊美的臉龐上投下舞動的光影，那雙藍眼像星辰般閃耀著光芒。亞倫嚥了一口唾沫，沒辦法把視線從那雙寶藍色的眼眸上轉開。

「所以，您現在讓我清洗乾淨，上得了檯面了，您想對我做什麼呢？」青年的聲音變得比之前更沙啞、更低沉，像一條看不見的繩索，牽引著亞倫的下身。他的下腹一陣翻攪，勃起處漲得更硬了。

「你想要喝一杯嗎？」亞倫突然緊張起來，起身走向邊桌，從玻璃瓶裡倒了一杯白蘭地。他壓抑住自己一飲而盡的衝動，然後拿著杯子回到他的賓客身旁。

那雙驚為天人的藍眼抬起來望向亞倫，他差點喘不過氣。當他把玻璃杯遞給這個幾乎看不出是男妓的年輕人時，他的手輕微地顫抖著。洗過澡、換上喬納森的衣服後，年輕人看起來就像回家過節的大學生……或者，一名有著動人的無辜大眼的天使。然後他張開嘴，那幅天真無邪的假象就消失了。

「你這裡藏著什麼寶貝呀？」傑米把白蘭地放在一旁的桌子上，接著伸出手，手背擦過亞倫胯下的腫脹。

他倒抽一口氣，向一旁彈開。光是這樣隨意的碰處，一股電流就竄過他的腿間。亞倫能輕易數出自己將欲望發洩在性伴侶身上的次數。這並不是他常有餘裕做的事情，而儘管他就是為了這個目的將眼前的青年帶回家，他還是壓不住內心的驚愕與羞恥。

「怎麼了？你不喜歡被碰嗎？」傑米垂下眼簾，這副挑逗的模樣讓亞倫的腸胃一揪。「也許你比較想先用看的，直到你比較習慣我一點？」

說完，青年伸手解開自己的襯衫，露出的不是襯衣，而是光滑、結實的胸口。他的手指從鎖骨一路滑向胸膛，然後經過緊緻的腹部，來到褲襠，開始解開皮帶。亞倫的口腔裡還來不及積聚足夠的唾液說出「不，不要在這裡。等等。我還沒準備好」，年輕人就已經掏出了他的勃起，堅硬而驕傲地，從腿間的棕色毛髮中挺出。傑米套弄著自己，視線直直盯著亞倫。他舔了舔雙唇，鍍上了一層水光，在手上下移動時發出輕微的喘息。

亞倫沒辦法把視線從硬挺的肉棒、以及從薄皮中探出的暗紫色頂端上轉開。傑米的指關節破了皮，好像他才剛和什麼人打完一架，暗示著他不只是長著一張好看的臉蛋而已。這個年輕人知道要怎麼照顧自己，知道要怎麼在倫敦最艱困的貧民窟之一中生存下去。

罪惡感席捲亞倫的全身。這個年輕人為了生活出賣自己的身體，而他藉此洩欲是個錯誤的決定，但現在他無法抵抗這個誘惑。他想要碰他——想要感受他光滑、漂亮的肌膚，嗅聞他的頭髮，品嚐他的下身。他想要填滿他、想要被他填滿、想要整晚蜷縮在另一具溫暖的軀體旁。他需要和另一個人結合，他已經抗拒這件事情太久了。

一次就好。再一次就好。也許上帝會原諒我的。

他向前走了一步，然後又一步，接著在椅子前跪下，將手中的杯子放在地上。傑米的手滑到根部，微微向前壓，像是在邀請。

亞倫的呼吸聲在自己耳裡聽著有些刺耳。他緩緩傾身，一隻手放在傑米緊實的大腿上。一顆晶瑩的液體從深色的頂端溢了出來，隨著他靠得更近，它似乎填滿了他的整個視線。亞倫伸出舌頭，舔了一口——那一滴完美的液體，帶著麝香的氣味，微鹹的味道令人滿足。

年輕人嘆了口氣。「很好。現在，把我含進去。」

亞倫樂意遵循他的命令。他吸吮了一下前端，然後將整根硬挺納入口中，感覺到纖細的皮膚平滑地貼著他的舌頭。青年的頂端抵住他的喉頭，在他向後退開前差點乾嘔出來。

「像這樣，用你的手握著。」傑米繼續指導著，好像他是專家，而亞倫則是生疏的初學者——確實也是如此。雖然年紀輕輕，但這名青年大概比亞倫多了好幾年的經驗，而且他似乎直覺地知道，他的客戶並不想要主導這場接觸。能夠交出主控權，其實令亞倫鬆了口氣，他只需要感受一波波席捲而來的感覺即可。

一隻手落在他的頭頂，輕拍幾下，撫摸著他的頭髮。「感覺太好了，今晚我可沒有預料到這個。」年輕人的聲音很啞，亞倫的牙齒刮過下方的皮膚時，他低哼了一聲。

「現在看著我。」他像一位不可一世的王子般說道，「往上看。不要因為你喜歡老二而羞恥。你知道，很多人都這樣。比你想的還多。」

這比亞倫想像的更難，但他曾帶領著軍隊出生入死，對抗微乎其微的存活機率；他當然能夠好好迎向一個街頭男孩的視線。他抬起目光，看向覆著一層細絨的下腹，以及稜角分明的腹部，來到結實的胸膛。他的視線掃過敞開的白色襯衫間微微露出的小巧乳頭，研究著傑米脖頸的線條、剛毅的下顎和性感的嘴唇，以及他高聳的鼻樑，最後終於對上他清澈的雙眼。同時，他繼續保持著移動的節奏。隨著亞倫的吸吮和套弄，他在年輕人的眼中看見了快感。

原本溫柔地放在他頭頂上的手，突然抓住他的頭髮一扭，將他的頭拉開。「停下來，你不會希望我太快射出來吧？」傑米喘著氣說。

但亞倫確實想看他釋放。他想看傑米的臉在高漲的情欲下扭曲、想看他的精液灑滿他的手和青年的腹部。亞倫的下身現在硬得像是被遺忘在玄關的傘架中那把金色獅頭的枴杖，但之後他還有足夠的時間來發洩自己的欲望。現在，他只迫不及待地想看傑米高潮。

「射吧。」他低聲說，「我想看。」亞倫扣住青年的腰，套弄得更用力，每一下都用手掌擦過頂端。

傑米呻吟著，跨部不自覺地向前挺。他抓住椅子寬闊的扶手，頭向後靠著椅背。青年白皙的喉頭暴露在光線之下，亞倫可以看見其中突突跳動的血管。傑米的嘴唇微張，粉嫩而溼潤。他纖長的睫毛覆蓋著他的臉頰，看上去十分美麗。亞倫的勃起蹭著青年的腿，同時繼續手裡的動作，將他推過極限。

「老天。」傑米低哼著，身體從椅子上弓起，白濁噴射而出，落在腹部上。亞倫悶哼一聲，更用力地頂弄青年的腿，但隔著太多層的布料，感覺完全不夠。

年輕人向後癱軟在椅子上，睜開雙眼。他垂下視線看著亞倫，雙眼因欲望而迷濛，瞳孔擴張，此時那雙藍眼看起來幾乎變成了黑色。

「非常謝謝您，先生。您真是太善良了。」傑米模仿著上流社會的口音說著，自得其樂地微笑。「現在，您得讓我回報您的善意。我堅持。」

亞倫突兀地站起身，他隆起的下身痛苦地摩擦著內褲的布料。「我現在就想要你，在床上做。」

「悉聽尊便，先生。任您差遣。」

2

亞倫房間裡的壁爐已經燒得快要見底，所以有點冷，但這是他睡覺時喜歡的溫度——雖然他睡得並不多。今晚，他的體溫高得不需要額外的熱源。光是看著傑米，看著他昂首闊步地領著亞倫走進臥室，以及他回頭張望時的調皮視線，就足以讓亞倫的身體炙熱不已。

「房間不錯啊。」傑米環顧著光線微弱的房間，看向沉重的橡木家具、酒紅色的床簾，以及地板上厚實的地毯。他指向亞倫釘在壁爐上方的伊比利半島地圖，上頭畫滿了記號。「你是軍人？看你的儀態，我也是這樣猜的。」

亞倫瞥向他每日研讀的地圖、上面一場場標記出的戰役，以及記錄下來的軍隊動向，然後轉過身，背對著火爐。「我不想談這件事。」

「很合理。」傑米點點頭。「畢竟還有更有趣的事可以做嘛。」

說完，他將敞開的襯衫推下手臂，讓它落在地上。亞倫屏住呼吸。逐漸微弱的火光照亮了蒼白的身軀，看起來閃閃發光。火焰的光與影雕塑著青年的肩膀、手臂與胸口，肌肉有如雕像般鮮明——幾乎完美得不像真的。

「想要更多嗎？」傑米沒有等他回應，手已經移動到褲襠。一眨眼的功夫，他便踢掉自己的鞋子，將剩下的衣物全數脫去。

亞倫一動也不動，只是愣愣地看著他。很快地，他就能碰觸那具俊俏的身體，但現在，期待就已經足夠了。

「喜歡你看見的嗎？」傑米的笑容十分自傲，好像他知道自己的外形有多好，而且一點也不羞於赤身露體。

「你要先把那杯喝了嗎？」他指了指亞倫一起帶上樓的那杯白蘭地。傑米把自己的杯子留在書房裡了，一口也沒喝到。現在，他越過房間，接過亞倫手中的玻璃杯，啜了一口琥珀色的液體。口中的滋味讓他瞪大雙眼。「太棒了，比琴酒好喝太多了。」

聽見這樣低估的評價，亞倫不禁笑了。「確實如此。」他拿回杯子，喝了一大口，好舒緩自己緊繃的神經。他將酒杯放在壁爐上，再度轉向現在渾身赤裸的賓客。

傑米大約比他矮了半個頭，所以他得抬起眼才能對上亞倫的視線。這個年輕人打量著他的臉，而有那麼一刻，亞倫以為他會靠過來吻他。但傑米只是伸出手，開始解開亞倫襯衫胸口的釦子。

亞倫沉默地站著，像一個孩子讓保母換衣服般乖巧，任對方脫下他的襯衫。覆著薄繭的掌心滑過他的肩，輕撫他的手臂。掌心掠過胸口，擦過乳首，他發出一聲愉悅的輕嘶。傑米輕觸著露出的每一寸身體，首先是用手，接著用他的唇。他的雙唇和舌尖撫過亞倫穿戴已久的冰冷外殼，讓它逐漸融化。

亞倫顫抖著，心臟怦怦狂跳，陰鬱而絕望的心思逐漸淡去，感覺就像上戰場前一刻般亢奮，卻少了那股焦慮緊張。興奮感充斥著男人的內心，亞倫的拳頭一張一握，站著一動也不動，忍受著傑米對他的探索。

青年的指尖輕輕撫過他手臂上蒼白扭曲的疤痕，然後靠上去吻了吻。他花了一些時間研究亞倫身側那道更大的傷痕，是子彈削去肌肉後留下的。他小心翼翼地輕撫發皺的恐怖傷疤，然後也印下一吻。

亞倫咬緊牙關，眨掉眼裡突如其來的刺痛。這個簡單動作激起的情緒實在太過強烈，他想推開傑米，但就在此時，青年又向下移去，遠離了那道傷疤。

他靈巧的手指溜到亞倫抽動的腹部，然後是他的長褲，並開始工作。很快地，青年便脫下了他的鞋子、馬褲與襯褲，讓亞倫一絲不掛地站在他面前。

傑米跪了下來，手從亞倫的腳踝撫上臀部，讓他的雙腿微顫。青年在亞倫大腿上那道幾乎痊癒的傷疤旁停了下來——如果軍醫薛佛斯真的得逞，他就會為此失去整條腿。傑米也吻了那塊恐怖的紅印，最後將雙唇貼在亞倫的髖骨上。

他一路舔吻，來到了他的腿間，卻繞過了勃起之處。他挑逗地迴避正題，直到亞倫幾乎被欲望折磨得顫抖起來。

最後，殘酷的行刑者終於將他的下身握在手中，一面抬眼看著亞倫的臉。傑米的唇緩緩靠緊，他伸出粉色的舌頭，調皮地舔了一口漲紅的前端。

亞倫呻吟一聲，他的手伸向傑米的一頭棕色亂髮，想扣住青年的頭，把下身捅進他的嘴裡。但他克制住自己，指甲狠狠刺進掌心，不敢去爭取他想要的。但他的跨下似乎有著自己的意志，貼向了他仍不願承認的欲望。

溼熱的感覺無預警地裹住他，強烈的吸啜力道彷彿威脅著要吸出他的生命。傑米的手維持穩定的節奏上下套弄著，他感覺自己逼進了極限。他深知自己禁錮已久的欲望撐不了多久，而他想要的，遠不只是傑米的嘴包覆著他的下身。他又低吟一聲，然後向後退開。

青年站起身，牽起他的手。「那來吧。」他拉著亞倫來到床邊，掀開床罩，拉著男人一起倒在床上。

「你想要怎麼做呢？正面、側面，還是後面？」沙啞的聲音幾乎足以讓亞倫當場洩出來。這麼輕易地聽見這種問題——好像偷竊並不是一條法定的罪名，好像就算認罪、人們也不會因此而辱罵竊賊，好像這樣的行為再正常不過了——讓他喘不過氣。

他甚至不知道原來正面來也行得通。那幾次縱容自己的欲望時，一切都是站著解決的，有時是暗巷中一陣倉促的糾纏，後來則是在某間酒館裡頭的暗房。「從後面來」似乎是理所當然的預設，他現在也想這麼做。他還沒準備好在洩欲的過程中看著傑米的臉。

彷彿猜到了他的答案，傑米轉過身去。亞倫艱難地吞了口唾沫，喉嚨乾澀不已。他伸出手，試探性地從青年的肩胛之間撫至柔軟的臀瓣。儘管有幾道淺淺的傷疤，掌下的觸感仍像絲絨般光滑。

這個年輕人怎麼能在那樣艱困的環境下生存，卻又絲毫不受沾染？亞倫指的不全是外表，傑米的存在透著一股輕盈的感覺，彷彿他的靈魂遠離了生命的變幻無常。愉悅、活潑，彷彿周遭破敗的環境，還沒有完全剝奪他的希望。他的祕訣是什麼？

亞倫放任自己探索年輕男子的後穴，他腦中的紛擾立刻停歇了。他的一隻手指滑進青年的臀縫，沿著穴口繞圈。他的下身因欲望而抽動，急欲向前挺進，前端不迫不及待地滲出液體，亞倫覺得自己隨時都有可能爆發。

他朝床邊桌的抽屜伸出手，拿出許多寂寞的夜晚他自娛時用的油。他將黏滑的油倒在掌心，然後抹在自己的勃起上。然而就連這樣簡單的動作，都讓他不得不咬緊牙關。他來到青年打開的雙腿之間，跪起身，再度伸手揉弄深處緊閉的穴口。

他用一指撐開、刺探，然後再加入一指。青年抬高臀部，向後吞吐男人的手指，唇間洩出了低低的呻吟。「深一點。」

亞倫再也忍不住了，他得進入他。他將滑膩的下身對準擴張過的入口，頂端擠了進去，然後向前一挺，那一圈柔韌的肉壁立刻緊緊箍住，他低哼一聲。

「就這樣，先生。操我吧。操死我。」傑米低吼。

淫穢的句子像條擊中馬匹的鞭子，亞倫低喘著，用力地向前抽送，將自己深深埋入包裹著他的炙熱溫度。對方低低的呻吟又促使他繼續加速。

他的一隻手按著傑米的背心，把他壓在床上，下身從青年身體所帶來的甜蜜欲火中抽出，然後大力頂入。他的腿根撞擊著青年的臀，汗水在他們起伏的身軀之間碰撞堆積，兩人都在攀向頂峰。

亞倫壓低身體，雙手撐在傑米的肩膀兩側穩住自己。他想感受兩具肉身的交蹭，胸膛靠在青年的背上，那頭柔軟的棕色捲髮距離他的臉只有幾寸。他只能瞥見傑米的一絲側臉，但能看見他棲息在臉頰上的濃密睫毛，以及微微張開的雙唇。

「用力點。」傑米鼓勵道。「結束吧。」

這句話如同馬鞭再度朝他揮來，亞倫頂得更深，狠狠埋入身下精實的軀體。兩人的來回抽送，醞釀出令人難以承受的熱度。他再也壓抑不住自己體內的洶湧情欲，就像軍團移動時逐漸逼近的馬蹄聲，累積的快感終於勝過他的防備，把他推向前所未有的強烈高潮。他最後一次挺入，大喊一聲，然後顫抖著射了出來。

下方的傑米弓起腰，克制不住地扭動，若不是試著把他推下來，就是也正在享受高潮。最後兩人雙雙洩力倒下，一動也不動，劇烈地喘著氣，交纏著躺在一起，像是兩名纏鬥已久卻分不出勝負的戰士。

大汗淋漓的溫暖軀體緊貼著自己，這種感受讓亞倫沉醉——肌肉與骨骼，以及流動的血液，還有另一個人躺在臂彎間的氣息、味道與觸感。他一直渴望著這種緊緊相依的感覺，而在這寶貴的短暫時刻，他終於感到滿足、感到平靜。

但他體內蠢蠢欲動的黑暗野獸隨即翻了個身，抬起了腦袋。他的喜悅消散了。本來就不可能持續的。傑米不是他的愛人，只是街上召來的男妓。很快他就會離開，亞倫又得獨自面對糾纏他的惡鬼。

亞倫抽出自己，翻身仰躺在床上。他身上因為汗水而黏膩，覺得自己污穢不堪。他們所做的並不是什麼美事，那感覺再也不像天堂般的享受，而是骯髒、野獸般的行逕——齷齪而不潔。

他用一隻手臂遮住眼睛，希望在他身邊嘆息著伸展四肢的青年可以消失，這樣他就能繼續進行他今夜的計畫。這是他在這世上的最後一次娛樂。現在，就讓他遭受最後一次打擊，然後了結一切吧。

3

爵爺大人似乎睡著了。傑米看著男人一隻手臂遮著眼睛、動也不動，思索著是不是該叫醒他，這樣他才能收費然後閃人。應該要先收錢的。如果這次像是平常的工作那樣，在巷子裡幫另一個人用手或嘴服務的話，他就會先收錢了。但既然憂鬱大人想要享受一整趟，規則就不一樣了。當顧客想要的是和愛人在床上溫存的假象，他當然不能要求對方先付款。

也許男人是想在把傑米送走前再來一發。如果真的是這樣，那今晚可是比他想像的還有賺頭。他只要有點耐心就好了。不過如果不知道自己會拿到多少錢、或是什麼時候會拿到錢，他就會很焦慮。有些有錢的紳士在爽過之後就會突然變得小氣，或甚至直接拒絕付款。他可不能讓這種事發生，他絕不會兩手空空地離開這裡。

傑米巡視了一圈房間，想看看如果有機會的話可以順手摸走什麼東西。他的肚子叫了起來。可惜爵爺大人沒有在臥室裡放一盤小麵包。這傢伙確實需要吃胖一點。

傑米打量著眼前的紳士。他精實、凹陷的腹部緩緩起伏著，慢得像是睡著了，平躺在優雅的床鋪上。不過既然傑米射在了他高級的被單上，這一切就顯得沒那麼優雅了。想起剛剛的享受，青年不由得勾起嘴角。爵爺在床上也許是有點生疏，但有著足以喚醒死人的熱情，而傑米還沒死呢——不過如果再不拿到幾枚錢幣和食物，他很快就只能和死人骨頭談情說愛了。

那根蠟燭應該可以賣個幾先令，但不管他要藏在哪裡，都會從他身上露出來的。他想著自己把蠟燭插在褲子前面溜走的樣子，忍不住又笑了。他走向壁爐，沒看到任何塞得進口袋的東西。不過話說回來，徽曼也肯定會搜他的身。

好吧，他就只好期待自己應得的報酬了。

他赤裸著回到床邊，手腳並用地爬上寬闊的床鋪。他這輩子從沒碰過這麼高級的布料，他想著，然後一隻手撫過被單。也許他可以偷走床單當作酬勞，但如果他真的成功把這東西偷渡出去，他也捨不得轉手。不，他要叫醒這位紳士，而且會很溫柔地叫。

傑米垂下視線，看著那具像是被某種力量困住、一動也不動的身體。如果傑米低頭去舔這位大人頸窩上那甜美的凹陷，這男人大概會不太溫柔地掐住他的脖子。

「喂。」他低聲道。

毫無回應。

他伸出手，用食指戳了戳男人。當然，男人的手立刻飛了起來，抓住他的手指。速度極快、強而有力。

「嗷。」傑米說，雖然他並不痛。

「你想要什麼？」男人的聲音低沉而危險，顯然沒有在睡——以他深色眼睛下面的兩圈暗沉來判斷，他大概好一陣子沒有睡了。

傑米向後跪坐。他大可說「至少六便士，先生」，然後就可以離開了，但這樣未免太過容易了。這個紳士沉重而冷酷的雙眼，警告著讓他離他遠一點，而光憑這一點，就令他更想刺激他。不論母親講幾次好奇心和貓的故事，青年頑固的腦袋就是拒絕記取教訓。

「怎麼說呢，先生，人們想要什麼？一支可以撒尿的尿壺，冬季的溫暖，夏日的涼爽。」他的手在半空中畫圈，像是在召喚某個答案。「當然囉，還有歡笑。年薪一百英鎊。不，可能三千英鎊更好一些。看在上帝的份上，你想要什麼？」

「沒什麼想要的。」

「這樣也行，你想要的就是『沒什麼』。」

有那麼片刻，男人緊抿的嘴角抽動了一下。笑意？還是怒氣？「你誤會我了，傑米。我沒有想要的東西。」

這種口氣傑米不會聽錯，裡頭充斥著殘酷的痛苦。而這男人身上散發的淡淡「麻木」氣息，更肯定了他的猜測。

不知為何，躺在傑米這輩子所知最奢華的房間裡，還有火爐驅走寒冷，或許還有足夠讓他吃上一整個月的食物，而這個男人卻讓絕望將他緊緊攫住。真是個混蛋啊。

傑米的呼吸因怒氣而顫了顫。他靠向男人，一隻膝蓋跪在床上。讓更大、更強的敵人展開攻擊。他沉著嗓音說：「啊，沒錯，填飽肚子、穿高級的衣服，一定無聊透頂。哎呀，你的內心已經沒有鬥志了，已經沒有值得奮鬥的事物囉，懦夫大人。」

此刻，他和男人的距離近得足以聞到他身上白蘭地、性事與汗水的氣味。這樣的組合，再配上他腹中的怒火，喚醒了他身體深處的欲火。幾乎和飢餓感一樣強烈。

不過他不得不稱讚這位大人，因為對方動也不動，也沒有避開對視。「你覺得你很懂嗎？」他低語，太陽穴上的青筋浮起，好看的唇形抿成一條細線，粗濃的眉毛壓低在眼睛上。「你什麼屁都不曉得，小子。一無所知。」

傑米的幽默感又回來了。他的怒氣持續不了太久，向來都是一絲憤怒的火花，然後就消失了。他從紳士身邊微微退開，給他一點呼吸的空間。

「現在我倒是驚訝了，先生。你不喜歡被人嘲諷。」他在床邊一屁股坐下，側身和紳士對視，冰涼柔軟的被單襯著他光裸的臀部。「那我就先暫停好了，因為我知道你有能力讓人絞死我，再五馬分屍丟進焦油，而且全程都交給最高級的人經手。但你說我什麼屁都不懂？我是知道一些什麼屁的，只是並不是你經歷過的屁事。」

他上下打量著陰鬱的爵爺，希望自己可以用手和唇探索他的身體。「你是個軍人，我敢打包票，那些傷疤都是你認真服役的證明。如果你不介意我這麼說的話，先生，它們並沒有讓你的身體變得不討喜。」

男人沉穩的視線終於從傑米的臉上轉開。紳士臉紅了嗎？傑米希望如此。

「但你說得沒錯，先生。」傑米說。「我不知道到底怎麼樣才會讓一個人——或者說，一位紳士——像你這樣的人，去渴望虛無。老實說吧，我無法想像生活會讓一個人產生這樣的想法。我是說，總還是有些希望的，對吧？未來還有一些東西在等著。也許是下一個友善的接觸。」

他沒有阻止自己伸出一隻手，短暫地放在男人強壯的大腿上，觸感溫暖，還有一層粗硬的毛髮。也許男人身上有許多道傷疤，但掌下的肌膚緊實而甜美，讓他口水直流。

男人渾身一震，傑米把手抽了回來，但繼續說著話，好像沒有注意到一樣。「你像個隱士一樣住在這裡，討厭全世界的人類，但你還是有下一個溫暖的日子可以期待。或是期待惡霸泰特上臺演講時一屁股疊在地上。所以，我沒辦法想像追求死亡的心情，是我缺乏想像力。」

「你沒有絕望過嗎？」紳士似乎也發洩了一部分的怒氣，深色的眼裡閃爍著好奇的光芒。

「當然了，先生。我和絕望先生太熟了。可以這麼說，我們熟到都能互喊名字了。但大多都是我在死亡近在咫尺、而不是面對生活的時候，我和這混蛋才有許多直接互動。」

紳士坐起身。他的動作一頓，臉上的線條加深，好像痛楚是他與生俱來的表情。男人把枕頭靠在巨大的床頭板上，向後靠去，像個國王般斜躺在上頭。他的動作不經思考，顯然習慣睡在一整疊的枕頭上。這是一張奢華的羽絨大床，床上的人看起來卻冷硬至極。

「傑米。」他低語。傑米不確定對方是不是真的喊了自己的名字，也許他只是在幻想而已。就在此時，他的肚子發出了一聲巨大的抗議，立刻飛起一隻手抓住自己的腹部。「不好意思，先生。」

男人眨了眨眼，微微皺起眉。是困惑，不是憤怒。「你餓了嗎？」

傑米沒有翻白眼。「有一點。」他眨眨眼，「幸好你沒有睡著，不然我可能會吃了你的。」

紳士似乎沒有聽懂他話裡的雙關。傑米看著床上他優雅的四肢與尺寸完美的下身，不知道有沒有機會實際演示給他看。當男人下床時，他就直接打消了這個念頭。

紳士用一條被單圍住自己精瘦的臀部，來到召喚鈴的拉環旁。他猶豫片刻，然後拋下被單，轉而拿過自己的襯褲。

「穿上衣服。」他命令道。

要死。「如果你堅持的話，先生。」傑米嚥下自己的失望，然後是他負擔不起的尊嚴。「但是還有付款的問題——」

「晚一點。我要叫人送食物來。」

「啊。」難得一次，傑米無話可說。

他現在不用回到外頭寒冷的夜裡、勉強湊食物吃了。

伸手去拿那件不屬於他的長褲時，青年驚訝地發現自己的手正在顫抖。紳士穿上了襯衫，兩人默默地穿戴自己的衣物，沒有任何眼神接觸。房裡瀰漫著性事的氣息，但他們會假裝什麼事都沒發生。

傑米很想笑。不，不僅如此，他還想讓這個男人笑，那種毫無遮掩的放聲大笑。他那幾聲冷淡、毫無笑意的輕笑可不算數。在傑米滾蛋之前，他一定要讓這個憤世忌俗的混蛋笑出來。

老獾應聲而來。傑米對這種類型的宅邸所知不多，但他知道馬夫同時兼任管家是一件不合理的事。不過他敢打包票，兩人都不會和他解釋背後的原因。

「晚上好，阿獾。」傑米說，不過當然被無視了。他靠在高大的床架上，雙手插進高級的新外套口袋裡，看著主僕兩人悄聲在門邊說話。但微曼接著卻行了個禮，還因為紳士說的某句話露出古怪的半邊微笑。

「你的老獾在笑什麼？」等門關上後，傑米問。

「他很樂意去找食物。」

「擔心你吃不夠是吧，我懂我懂，是那種母愛充沛的類型。我完全可以想像他穿著荷蘭圍裙，碎碎念你沒有把燕麥粥吃光光的樣子。」傑米滿意地看見男人的嘴角微微揚起了一點。

紳士抬手示意火爐旁的一張兩人桌，桌面上擺著一張棋盤，棋局進行到一半。

「我們等一下在這裡用餐。」

「那我把這移走，好嗎？」傑米小心翼翼地抬起棋盤，但一顆棋子不小心滾落，讓他渾身一僵。

「無所謂。」紳士指了指地板。「放在那裡就好。」

傑米小心翼翼地把棋盤放在黑暗的角落裡，一邊打量著那些棋子。象牙，如果他沒有看錯的話。就算只有一兩顆，也可以賣出不錯的價格。他蹲在棋盤旁，背對著紳士，把兩顆棋子塞進口袋，手指撫過拋光過的光滑表面。真是可愛的小東西。

隔著空蕩蕩的桌子，他在雇主的對面坐下，雙臂交疊。換了地方，他突然覺得有些尷尬。他知道在床上時會發生什麼，但他不確定自己的客戶現在有什麼需求——想要更多淫穢的調情，或者更正經的談話。

可憐的爵爺大人看起來也同樣不太自在，雙臂同樣在胸前交叉著。好吧，傑米的工作就是確保這男人享受有他陪伴的時光——最好還能因此賺到一大筆小費——所以他開口打破沉默。

「我看到你會紀錄戰爭的進程。」他指著牆上的地圖，上面用大頭針標記出城市與軍隊的動態。「所以你現在在家，是放假？還是等待徵召？」

不知為何，這問題讓對方露出苦澀的微笑。「我的軍旅生活已經結束了。」

「那是好事囉？」傑米思索著還有什麼話可以說，突然靈光一閃。「巴達霍斯！我就知道這名字聽起來很熟悉。那是一場大戰，對吧？」

皺眉的表情再度浮現。「不僅是一場戰爭。那是一座城市，裡頭充滿著想要活下去的平民。」

「你的徽曼說，今天是紀念日。」

他哼一聲作為回應。哀戚再度死死釘在他的臉上，任何一絲輕鬆愉快都消失了。

「一定像地獄一樣。」傑米頓了頓，「我聽說死傷非常慘重。」

「是的。」

「抱歉。像那樣的回憶，任何人的心情都不會好的。」

對方又哼了一聲，然後在椅子裡換了個姿勢。「我寧可不要討論戰爭。」他第二次警告道。

「當然了。」傑米沒辦法強迫自己繼續坐著了。他跳了起來，投向壁爐上那杯被遺忘的白蘭地。他喝了一大口，感受著酒液焚燒他的喉嚨，然後把酒杯帶回桌邊，遞給他的雇主。

「來吧，喝一口保暖。」隨著爐火越燒越低，房裡變得越來越冷了。

男人大口喝酒，強烈的酒精沒有帶給他什麼刺激。傑米猜測，憂鬱大人可能從退役之後就已經喝得太多了。他想抹去這男人臉上的憂愁。在他的朋友之間，傑米一直都是小丑般的角色，能讓任何苦著臉的人笑起來。

「我該用什麼名字稱呼你呢？」他溫柔地引導著，在他們之間悄悄帶入一絲親密。「只要今晚就好。」

「亞倫。」他沒有給出頭銜或姓氏，不過這在傑米的意料之內。

傑米點點頭。「亞倫，很高興認識你。」

沉默像一顆絲質的蛹，緩緩纏繞著，讓他們更加靠近彼此。傑米深受那雙哀傷的深棕色雙眼吸引，然後才意識到自己無法克制地靠向了對方。下一刻，他們的唇就要相觸了。

門上傳來一聲輕微的敲響，打破了兩人周圍的魔法。傑米倏地挺身坐直，亞倫揚升喊道：「進來。」然後門就推開了。

徽曼捧著一個托盤走進來。熱茶和奶油吐司的氣味襲來，傑米的肚子興奮地翻攪起來。他口水直流，舔了舔雙唇，渴望地看著僕役把托盤放在桌上。托盤上擺著冷盤肉品、起司、吐司，還有一盤果乾。

傑米坐到椅子的邊緣，像一隻表演後等著領賞的狗。他嚥下口水，手指交纏著放在腿上，以防自己用兩手去搶食。

徽曼為兩人各倒了一杯茶。傑米撐大鼻孔，嗅著這令人陶醉的氣味。

「還需要什麼嗎，先生？」沉著臉的巨人問道。

「沒有了，謝謝你，徽曼。」

聽到這句話，僕役最後朝傑米投去或許帶了點警告意味的一眼，然後離開了房間。

「你自便吧。」亞倫鼓勵道。

傑米不需要對方邀請第二次，立刻朝食物進攻。他的雇主才剛挑了一顆李子，他就已經將麵包、肉片與起司夾在一起，咬下了一大口三明治。他的肚子發出嘹亮的歡迎聲，向進入腹中的食物敞開擁抱。

傑米本來還想表現出至少一點點的禮儀，但發現自己做不到。他甚至來不及吞下口裡的食物，就急著咬下一口，嚼到一半的食物擠過他的食道，咚一聲落在空蕩蕩的胃底。

等他狼吞虎嚥地吃光三明治，馬上一口喝光了茶，然後拿起一塊果乾咬了一口。桃子甜蜜的夏季氣息在嘴裡擴散開來，他這輩子從來沒有享用過這麼好的食物。有那麼幾刻，傑米忘了自己身處何地、忘了他的客戶——忘了一切，只記得他的立即需求。直到怒吼的飢餓感終於獲得滿足後，他才想起了面前的雇主。傑米用袖子擦了擦嘴，心虛地望向亞倫，後者則掛著深不可測的表情看著他。

「對不起，但我已經好久沒有吃飯了，都餓到前胸貼後背啦。」

男人的臉上浮現一抹淺淺的微笑。「行軍時，軍糧有限，我也體會過這種感覺。」

「你現在看起來也有點餓了。」傑米說，「吃點東西墊墊胃，對你只有好處。要不要考慮吃點水果以外的東西？」

他用烤脆的奶油吐司夾起冷盤肉片，做了另一個三明治，然後推給亞倫。「來吧，先生，吃一口。在激烈運動之後，你一定快跟我一樣餓了吧。」

他眨眨眼睛，把頭撇向床的方向。現在他們做完了該做的事，亞倫也許會想假裝兩人從來沒有發生什麼，不過傑米認為否認自己的本質很不健康。他沒辦法將男人從戰爭的回憶中解放，但讓他接受自己喜歡老二的事實，也許多少能幫助憂鬱大人從黑暗的情緒中稍微爬出來。

亞倫修長的手指接過三明治，然後吃了起來。一開始十分緩慢，但接著便幾乎像傑米一樣狼吞虎嚥了。他將食物全數吃光，用紙巾擦去嘴唇上的奶油。

傑米向後靠上椅背，喝起第二杯茶，一邊看著他。「沒有什麼比填飽肚子更能振奮心情了，是吧？除此之外，再加一場好的性事，還有一夜好眠，絕對是徹底回復精神的優秀組合。」

這句話又帶給他一個淺淺的微笑，但沒有任何回應。傑米更想讓對方笑起來了。

「你相信地精的存在嗎，先生？我有個故事，關於一個女人遇上了一隻地精的經過。住在普查特街上的莎莉．波蒂小姐說這是她的真實經歷，你想聽這個故事嗎？」

亞倫隔著茶杯冒起的蒸氣看著他，挑起眉。「有意思，繼續說吧。」

「好的，所以事情是這樣的，或至少莎莉．波蒂小姐是這麼說的。有一天早上，她走出家門，看見花園裡有一個小小的男人。她把他抓了起來，說：『你是地精。我抓到你了，現在你要給我三個願望！』

「『好吧。』小男人說，『妳想要什麼願望？』

「莎莉想了想，然後回答：『一棟大房子、一座塞滿高級衣服的衣櫥，還有一張能夠一輩子提供美味食物的桌子。』

「『好吧，我會滿足妳的要求。但是要讓妳的願望成真，晚上妳得和我上床。』

「老處女莎莉考慮了一下，最後終於同意了。當天晚上，她終於破了處。她和小男人做了一整晚，到了天亮時，她便要求他實現她的願望。

「『告訴我。』他說，『妳幾歲了？』

「『三十五。』莎莉承認道。

「『噢，小姑娘！都三十五歲了，妳居然還相信地精的存在嗎？』說完後，小男人就跑掉了。」

傑米猥瑣的故事說完後，一陣完全的靜默籠罩著兩人。他用像是禮拜天的主教一樣平靜的表情看著亞倫，等他聽懂笑點。

然後亞倫突然笑了起來——一開始先是哼了一聲，然後是比熱茶更溫暖的輕笑聲。

傑米保持他平淡的表情，繼續說下去：「你不該笑的，先生。可憐的莎莉在那之後再也不一樣了，她完全毀了。」

亞倫笑得更用力了。雖然不像傑米期望的那種歡樂大笑，但已經夠好了。他的任務完成了，傑米又拿起另一片蜜桃乾，塞進嘴裡咬了一大口。

4

亞倫打量著自己今晚帶回家的這位不可思議的年輕男子。青年嘲弄人的小聰明和巧言快語，就像一劑補藥般清新。他可從來沒想過，本來只打算找一個男妓回來發洩欲望的自己，最後卻和對方吃起了宵夜。

接著青年換了個姿勢，彎身向前，想要再拿一片起司，燭光照亮了他外套口袋裡的某樣東西。不，是喬納森的外套口袋。那是一小塊的象牙。他太熟悉那枚棋子了，那組西洋棋是他祖父從義大利帶回來的。

這幾個月來，亞倫心中最強烈的情緒就是源源不斷的自怨自艾，所以他現在幾乎歡迎著血液中流淌的怒火。他站了起來，繞過桌子，向青年伸出一隻手（謝天謝地，他的手沒有發抖)。

「拿出來。」他幾乎氣得說不出這句話。

有那麼一刻，傑米一句話也沒說。他的微笑消失了。青年的手伸進口袋，拿出棋子，放在亞倫的掌心。他站起身，雙腳分開站在那裡，兩手垂在身側，好像在等待對手出手。看在上帝的份上，亞倫早就準備好動手了。他抓住傑米的衣領，把他拉近。

「你這混蛋，為什麼？」說完立刻覺得這麼問簡直像個蠢蛋。你從路邊撿了一隻老鼠回家，被咬的時候根本不該意外。

「壞習慣。」片刻後，傑米開口。「因為我蠢。」青年看著亞倫的另一隻手，但仍然沒有試圖推開他或保護自己。

亞倫放開他的襯衫，拳頭揮向傑米的腹部，力道卻不如他預期的大，因為眼前的男人已經退開了一大步。

「不會讓你傷到我的。」傑米語氣裡的所有愉悅都消失殆盡了，「就算我活該也一樣。」他轉身走向床邊。這個年輕人是因為小看亞倫，所以才敢背對他？還是他知道亞倫不會從背後攻擊他？

亞倫撲了過去，勉強抓住了傑米的後領，但一秒後就發現手裡只剩下衣物。

傑米一定是趁回頭時解開了襯衫，他的外套落在地上，襯衫則連同背心一起垂在亞倫的手指之間。

傑米轉過身來面對他。「我有自己的衣服，所以我不會光著離開這裡的，先生。我們從此永不相見，就這樣。」他的雙臂在蒼白的胸前交疊。「我很蠢，也很抱歉。這是事實。」他的語氣實事求是，沒有哄騙亞倫的意思。

「就這麼簡單嗎？」那股被背叛的感覺仍然讓亞倫怒火中燒。他想讓對方濺血。

「不簡單，先生。一點都不。」青年的聲音變得沙啞。過街老鼠當然會後悔自己露餡了，他現在失去的可不只是這次交易的報酬，還失去了和亞倫的機會。

這一閃而過的念頭讓亞倫愣了愣。機會？什麼的機會？什麼都沒有。什麼都沒有。

但希望自己消失的念頭突然喪失了魅力。現在亞倫只想要活著，好把眼前這個背叛他的傑米痛揍一頓。

他繞著傑米走，青年則以腳跟為軸轉著身，警戒地望著他。亞倫一直盯著青年的手，但接著他做了一個錯誤的決定，抬起了他的視線。他們的雙眼對視。

怒氣染上了欲望，在他的下腹焚燒。但欲望意味著傑米有掌控亞倫的能力，而他不容許這樣的事發生。他絕不容許這小妖孽從他這裡偷走任何東西。他不會讓這男人偷走他的財產、或是他好不容易在決定結束自己的性命後才獲得的平靜。

亞倫咒罵一聲，再度撲過去，抓住青年的手臂，將緊實的肌肉握在手中。傑米像條滑溜的魚，扭動著試圖掙脫。以前一定也有人這樣抓過他，亞倫突然覺得自己像是在面對一隻無時無刻都在逃命的生物。不可以心軟，他警告自己。他善待他、餵飽他的肚子，對方卻以偷盜來回報。

但傑米逃開了。青年的胸口劇烈起伏，將過長的髮絲從眼前推開，然後小心翼翼地退到門邊，像是準備逃離一頭野獸。對，亞倫想，我就是隻野獸。他得在青年逃走前抓住他才行。但傑米現在已經靠在深色的木門上，手正朝門把伸去。

亞倫撲過去，兩人摔倒在地。他們四肢交纏、互相抓撓，亞倫試著把青年壓制在身下，然後……突然間，仰倒在地上的人變成了他。體格較小也較輕的青年跨坐在他的胸口，兩邊膝蓋壓制著他的手臂。

老天啊。亞倫受過戰鬥的訓練，他可以徒手殺人，而且也這麼做過不只一次。他是哪裡出錯了？他當然知道原因。他還沒有動手挖傑米的眼睛，或是肘擊青年的喉頭。

對傑米產生的怒氣讓他振奮，能感覺到勃勃生機灌進體內，但現在那股怒火轉向了自己。他軟弱的天性已經讓他不得不帶著靈魂的傷痕離開戰場，而此刻他意識到，自己甚至沒辦法無情地阻止這個營養不良的雜碎打敗他。

「亞倫。先生。」傑米挪了挪重心，換用雙手按住亞倫的手腕，向下看著他。「你還是想殺我嗎？」

亞倫甚至顧不上回答。他太專注於那雙握著他手腕的有力雙手，而且心中的感覺並不是恐懼。他想要那雙帶著疤痕和傷痂的手，撫摸他的手臂。

「你看起來很鬱悶，先生。生氣啊，那樣比較適合你。」輕佻的挑釁口吻又回來了。這只讓亞倫覺得反胃又愚蠢，自己居然受這樣的人迷惑。

傑米傾身靠近，近得足以讓他聞到白蘭地和桃子的氣味。「我不該那麼做的，不該偷你的東西。」近得足以讓青年溼熱的唇擦過他的耳廓，讓他的身體因期待而發麻。亞倫的下腹一陣顫抖，下身開始充血。

「不，該死。你不該這麼做的。」亞倫用力挺腰，將傑米一把揮開，同時向旁邊一滾。傑米飛了起來，仰面摔在地上。他飛離了地毯，伴隨著沉重的悶響，落在抛光過的硬木地板上。

亞倫站起身，準備迎接下一波攻擊，但青年沒有動靜了。要命。亞倫跪了下來。

不要再有人死了。不可以是傑米。

當然不是，這只是騙人的把戲。亞倫搖著青年的肩膀。「快，你這混蛋。快醒來。」

他跪坐在地上，環顧房間，尋找著剩下的白蘭地，但玻璃杯已經空了。該死。他把手放在傑米光裸的肩膀上，動作變得輕柔。他摩挲著青年手臂內側的柔軟皮膚。他不信任這個年輕人，也不認為自己能讓他獨自留在屋子的任何一個房間內，但他仍然渴望觸碰他。

「快，傑米。睜開眼睛。」

欲望不代表任何事。他用力嚥下唾沫。他會無視聽見傑米的頭撞到地面時的心驚，就像他現在要無視看見傑米的眼皮顫動後的寬心。

「嗷。」年輕人呻吟著。「噢，操他媽的。我把自己搞慘了，對不對？」他裝模作樣的高雅口音已經完全消失了。

亞倫嘆了一口氣，胸口一鬆。當他吐氣時，一股悶痛緩緩升起。「你是個傻子。」他說，然後意識到自己的手仍然在青年的手臂上。

「我就是，先生。」傑米坐起身，揉了揉一邊的腦門。

亞倫不耐地撥開他的手，摸索著有沒有血，但只摸到傑米的頭側隆起一個巨大的腫包。亞倫吞下自動浮到唇邊的道歉。他沒有什麼好抱歉的，這個想偷他東西的小崽子是罪有應得。但他無法阻止自己的手指梳過那頭棕色亂髮，輕輕地揉著，替青年趕走痛楚。他的掌心停在傑米的臉側，再度望進年輕男子那雙湛藍的無辜大眼。

「你會放我走嗎？」

「嗯，我也沒辦法叫警察來，不是嗎？」亞倫的手離開他柔順的頭髮與堅硬的頭骨，突然覺得心中像被挖下了一塊肉。

今夜就要結束了，這個年輕人就要離開了。但在亞倫付那半枚皇冠的酬勞前，他是不會走的——這棉薄的酬勞，完全敵不過他為他帶來的極致愉悅。亞倫意識到，他並不希望傑米消失在他生活的貧民窟中，從此再不相見。

他同時也意識到，他原本決定結束自己生命的計畫，似乎不像今晚稍早時那麼必要了。性事、陪伴，以及傑米的蠢笑話帶來的笑聲，甚至他偷竊引起的憤怒，綜合起來，讓亞倫思考起除了把自己的腦子轟掉之外，還有沒有別的可能性。就因為這個抱著頭坐在他房間地上的小賊，他的人生突然就沒那麼悲慘了嗎？他懷疑，等到傑米將他留在孤獨的沉默裡時，他陰鬱的內心就會再度占上風。他還不想讓這個暫時轉移注意力的存在消失。

「你想走嗎？」在理智來得及駕馭衝動之前，他脫口而出。

「你說什麼，先生？」傑米抬起眼，手肘靠在膝蓋上，雙手仍然抱著頭的兩側。

「你接下來是否有其他趕場？」

年輕人警戒地盯著他。「為什麼這麼問？我要為偷竊付上什麼代價？」

亞倫擺了擺手。「只要你保證不會再有類似的行徑，我就當作從未發生過。相信我，你不會想以身試法的。就算不是我，徽曼也會攔住你。」

「那你要什麼？」他完美的眉毛仍揪在一起，「你想要免費再做一回，讓我彌補過錯嗎？」

「我不想要免費的任何東西。為了今晚的……娛樂，我還是會付你應得的酬勞，但是那是之後——非常之後——的事了。而且我想，你今晚會想要在這裡過夜。」

傑米的眼睛再度睜大，挑起眉，好像亞倫是要求他脫光衣服爬到屋頂上學雞叫一樣。「這劇情轉折得真快啊。你剛才還想打破我的腦袋，現在就問我要不要在這裡睡一晚。我很少啞口無言，但你讓我真的無話可說，先生。完全無話可說。」

「你的話還是挺多的。」亞倫挖苦地說。

他這輩子的所有行為，幾乎都平穩而有跡可循。但今天這一個晚上，他不但放縱自己行那最為罪惡之事，更任由那些十四歲起便不再失控的強烈情緒一一脫韁。十四歲那年，他在絕望與憤恨中來回打轉，因為他終於意識到，自己變態的嗜好再也無法用冷水澡、或是讓人筋疲力竭的運動壓抑下來。然而，至少在少年時期他還沒有完全失去理智。不過今晚，他顯然失控了。

傑米站起身，腳步搖晃著，瞇起眼睛。「呃啊。」

「你頭上還有傷。」亞倫說，「你的頭大概會痛上好一陣子，得有人看著你，還要時不時把你叫醒。」

「不需要擔心我的頭啦，它硬得跟馬蹄鐵一樣。不過如果你想要叫醒我，我不會反對的。」傑米撇了他一眼，然後勾起嘴角，像是在自嘲。

亞倫搓了搓自己的臉頰。「我叫徽曼來把碗盤收走。」

他考慮著要不要向自己的前任中士私下解釋他的貴賓要留下來過夜的事，但他不想放傑米一個人和房裡所有的貴重物品待在一起。這個小賊也許會打開窗戶，把一些比較值錢的東西丟進花園裡，稍後再下去撿。而且亞倫也不想向徽曼解釋任何事，儘管那個大個子確實十分關心他。他們一起出生入死了這麼多回……但是不行。今晚不行。今晚不能讓過去的鬼魂糾纏他。

他走向召喚鈴，傑米則靜靜地再度穿上衣服。

徽曼幾乎立刻就出現了，彷彿一直在等著主人的召喚。

「請把碗盤收走。」亞倫說。

徽曼瞥了一眼傑米，無聲地詢問是不是也要把青年送出這間屋子。

「這樣就行了。」亞倫堅定地說，「今晚我就不需要你了。」

「你確定嗎，先生？」前中士的聲音中添入了不贊同。誓死效忠的他，絕不會是大多數家庭心中的最佳僕役典範。

「是的。」亞倫回答，卻在心中想著不。

徽曼彎身鞠躬，這是只在他對亞倫感到不滿時才會出現的動作。

「你很餓是嗎？」徽曼拿起托盤盯著傑米，語氣聽起來更像在指控他的暴飲暴食。

「我也餓了。」亞倫說。

「啊。」徽曼端著托盤頓了頓，眼神中閃爍著愉悅，半毀的嘴唇微微勾起。大個子似乎很滿意。

門在他身後再度關上。「我們要再脫衣服了嗎？」傑米的手已經開始解背心了。

亞倫的下身喜歡這個點子，在想到傑米光滑的肌膚時完全挺立起來。但他搖搖頭。「我們應該先確定你沒問題……」

「啊哈！你會這麼說，是不是因為你腦子裡想的不是睡覺，亞倫大人？你瞧，在我的老家，如果你有機會待在溫暖的、沒那麼開放的地方，而且沒有人會摸走你的衣服，那就得趕快脫掉，這樣衣服可以穿久一點。」他把襯衫從頭上拉下來，頓了頓。「當然，這些衣服也不是我的。我知道，先生，我只是喜歡在睡覺的時候越自在越好。」

帶著光裸的身軀和半抬的下身，傑米助跑後一躍跳上床——然後臉皺成一團。「但我的動作顯然應該要慢一點。」他仰躺在床上，吐出一口長氣。「喔，真是完美。」

傑米轉過頭，看向亞倫。「現在唯一少的就是你了。」

青年的自信又回來了，又變得洋洋得意了。

亞倫原本已經穿上了靴子，卻不自主地在床沿坐下，又開始脫起來。他背對著傑米，清了清喉嚨，思索他還可以問什麼問題。他意識到自己如此小心翼翼——顧慮著自己是不是在刺探這個年輕小賊的隱私——感覺有點荒謬。「我已經說得很清楚，你不用再提供更多，呃，服務了。所以我在想，你是不是真心樂意……去做……」

「做變童嗎？」傑米問。亞倫看不見他，但可以聽見他聲音裡的笑意。

「確實。你喜歡這麼做嗎？」

「確實。」傑米故意誇張地模仿亞倫的口音，然後大笑起來。「喔，當然了，先生，我愛死了。不過，當然不是每次都這樣。有些男人很臭，讓我連吃下肚的少少晚餐都差點保不住。有些……」他停了下來。

脫下靴子後，亞倫穿著整身的衣服躺上床，舒展著四肢。他看向傑米。「繼續啊。」

傑米機靈的嘴抿成細線。「有些人恨著自己的喜好，而這代表他們也討厭我——尤其是在他們發洩完之後。現在我已經比年輕的時候更擅長分辨出這類可憐人，也更擅長在需要的時候打跑他們。」

亞倫回想起不久前享受完罪中之樂後的自我厭惡，街頭男妓傑米會說他也是個「可憐人」。

「你和多少男人，呃……」

傑米搖搖頭。「我不談論這種事的，不好意思了，先生。」他拉過床單，遮住自己光裸的身體。他又嘆了口氣，然後勾起嘴角。「啊，但是我從來沒有和擁有這麼高級——」他頓了頓，像隻魚一樣輕快地扭動著。「——高級的床鋪的人睡過。」

亞倫不打算就這樣放棄問問題，他對傑米越來越好奇了。「你常常偷客戶的東西嗎？」

傑米並沒有被這句話冒犯到。「如果我有機會，又不會為彼此造成極大的困境，我就會出手。不過如果對方有仇必報，我可不會偷他的錢包。我想我確實是沒有什麼道德底線。」他就像是在宣告自己的鹽用完了一樣，隨性地表示。

「你怎麼知道我不是有仇必報？」

「也許是啊。」傑米打了個呵欠，「你也許會等到我睡著，再把我拖到碼頭上、推進國王陛下的海裡，或者你會直接割開我的喉嚨。」

「那樣太難善後了。」亞倫說。

「啊哈！你確實知道怎麼開玩笑嘛，先生——我希望你只是開玩笑啦。所以會是毒殺囉？我現在好睏，也許是中毒了。」他搓了搓下巴，然後突然在幾乎全黑的寂靜房間裡倒抽一口氣。「不，我知道是怎麼回事了。」

亞倫把雙手枕在腦後，腳踝交叉。「我會怎麼殺你呢，傑米？」

「用善良殺我。」睡意朦朧的回答傳了過來，「食物、溫暖的房間、還有好睡的床。善良的行為。嗯，還有你的身體，男人都……」然後他的聲音漸漸減弱，被深沉而和緩的呼吸取代。

亞倫用一隻手肘撐起身，低頭看著沉睡的傑米。除去淺淺的鬍渣和瘦削的五官，其他部分看上去確實無辜而年輕，但亞倫懷疑他從牙牙學語開始，就是個聰明狡猾的孩子。

他一邊打量著傑米的臉，一邊猜測這個年輕人的祕密。亞倫突然意識到，他身邊如影隨形的存在消失了——就是那股悲慘而空蕩的孤寂感。他像是在試探某顆疼澀的牙，容許自己的思緒朝禁忌的領域延伸。他閉上眼，想像著溝渠裡的死屍，彷彿永無止境的人與馬匹的慘叫，還有英軍入侵城內後，女人與小孩的尖叫。

更多他通常不讓自己想像或感受的回憶湧入內心，他沒有抵抗那股恐懼。把重傷的徽曼從傷亡的士兵中拖出來。他手下的男人與男孩，全都死於將軍的頑固與愚蠢。回到家時，他才發現家人全都不在了——父母和哥哥，都如同在無意義的戰爭中身亡的士兵一樣死去了。他回想著夜晚無數的惡夢，他吞下的止痛藥同時也在抹煞他的靈魂。他拋下他的桎梏，卻僅餘一具空殼。

如果傑米聽了他的故事，他會怎麼說？也許會試著要亞倫一笑置之，也許會說個下流的蠢笑話。看在上帝的份上，亞倫想要的只是一個擁抱而已。但面對和他共享一張床的這個人，他可不敢奢望得更多。

他決心壓下自己體內穩定流淌的欲望，脫下衣物，朝床的中央、傑米仰躺的位置悄悄移動。年輕人小小聲地打著鼾——這其實是個相當討喜、不令人厭煩的聲響。亞倫試著從青年睡著的體溫中得到一點安慰。

今晚，自己的行為既詭異又瘋狂。邀請一位男妓與竊賊在他的屋子裡過夜，這簡直是瘋了。徽曼大概會一整夜睡不著，擔心他主人的喉嚨會不會在半夜被割開。但亞倫太睏、也太舒適，不想在意他的行為會讓別人做何解釋、或是明早他就要面對現實。

此時此刻，他很滿足、很平靜，而他弓身環抱著另一個人的身體，這其中帶來的安慰，也不只是他的幻想。

5

傑米醒來時，陽光直晒著他的雙眼，而他頭痛欲裂，一點也不想撐開眼皮。這不是宿醉，但他的嘴巴確實乾得像是有木屑在裡頭。他的手撫過平滑的床單，以及溫暖堅實的另一具身體，然後突然想起自己身在何處。一股興奮之情讓青年倏地清醒過來。這可是個有趣的情況，和平常的日子大不相同。誰知道嶄新的一天又會帶來什麼轉折？

他睜開雙眼，盯著上方的天花板。沒有裂痕、斑駁的油漆，或是發霉的痕跡——他現在確實不在南華克了。他伸出手揉了揉腦門側邊，在他的頭髮之下摸到一個雞蛋大小的腫包。難怪他頭痛。當然，保母大人一晚叫醒他好幾次、確保他還好好活著，這對他的傷勢一點幫助都沒有。傑米開口抱怨過一回，但亞倫只是解釋說他的頭可能因為碰撞造成某種損傷，因此他得確定他的瞳孔能夠正常縮張。這聽起來一點道理也沒有，但傑米決定乖乖閉嘴、讓對方用燭光檢查他的眼睛——如果他可以在一張柔軟的床上睡一晚，雖然被打擾不少次，這的確只是個小小的代價。

傑米的一隻手撫過亞倫的胸口，手指梳過柔順的毛髮，輕撫著下方光滑的肌膚。他轉過疼痛不已的頭，枕在蓬鬆的羽毛枕上，打量著他熟睡的床伴，享受難得能夠好好觀察他的時刻。

喜歡從背後來的亞倫大人，如果沒有擺臭臉的話，其實是個十分英俊的人。嘴角那兩條深刻的線條，以及永遠刻在他眉心的凹痕，讓他的臉在睡夢中也十分嚴肅。但至少在睡覺時，他看起來放鬆而平靜。他的嘴唇微張，輕微的呼吸聲從中溢出。太陽穴附近有幾絲泛白，夾雜在他漆黑的頭髮之間，與雪白的枕套布料形成鮮明的對比。粗濃的睫毛輕觸著他的臉頰，是什麼樣的祕密隱藏在不斷顫動的眼皮之下，讓他的雙眼就連在睡夢中也不安地轉動著？

鬍渣遍布下顎，加強了他骨骼銳利的角度。太稜角分明了。太瘦了。他看起來幾乎和傑米平常一樣飢腸轆轆，難怪老獾會擔心他沒胃口又孤孤單單。那位忠實的管家兼馬夫兼僕人一定感受到了他主人的絕望之情，只是不知道要如何接近他、或是該如何鼓勵他。

幸好傑米知道。他悄悄湊近躺在他身邊的溫暖軀體，手從亞倫的胸口滑到他的腿間。那裡的毛髮更蜷曲一些，在他搜尋男人挺立的部位時纏繞著他的手指。啊，是了，也許正主還在熟睡中，但老二早就醒了，粗挺而堅實地在傑米的撫觸之下微微跳動。

他在被單下挪動，全身上下的血液湧向下身，頭痛幾乎消失了。頭腦簡單——他的老奶奶以前都這樣說他，而且她是對的。只要腦子裡冒出一個想法，他就會像隻盯上老鼠的梗犬一樣緊咬不放。有時候他的注意力放在辯論或刺探上，像昨晚他對亞倫打破沙鍋問到底那樣，但此刻，他關注的是更基本的需求——把男人的老二塞進嘴裡，然後看著他的床伴呻吟扭動。

傑米把身體擠進強壯的大腿與肌肉結實的小腿之間，深吸一口男人略帶鹹味的甜美氣息。和其他大多數幾乎不洗澡的客戶相比，這乾淨的體味，和那些男人臭得讓人眼睛刺痛的味道簡直天差地別——而且那些人之中，有些人也是有錢的紳士，你會以為他們的衛生習慣應該要比較好。但有些人似乎以為噴一點味道強烈的古龍水，就可以取代好好洗一回澡。

亞倫動了動，低聲咕噥，但還沒完全轉醒。傑米握住他的下身，將前端湊到唇邊。他輕輕擼下包皮，舔過光滑的頂端，然後才整個含進嘴裡。這樣就能喚醒爵爺大人了。男人低吟著，身體緊繃起來。真可愛。

吸吮的同時，傑米的手也不忘上下套弄，就像所有早晨的性事那樣緩慢而慵懶，好像他們有一整天的時間能在床上溫存。躲在被單下，被夾在亞倫的雙腿之間，傑米感到溫暖又安全。可惜沒辦法待太久，不過他會盡可能讓這個過程越久越好。也許在他不得不離開之前，還可以再得到一頓午餐。

亞倫的腰溫柔地擺動，在青年技術精良的手口之下淺淺起伏。傑米的舌頭繞著他略帶鹹味的器官打轉，吞得更深。他捧著男人沉甸的囊袋愛撫片刻，然後手指滑向後方的敏感之處，繞著穴口輕巧地畫著圈。

上方傳來一聲輕喘。傑米含著他的老二勾起嘴角，一隻指尖在緊繃的肌肉之間進出。喔，沒錯，大人喜歡這樣。男人的手在被單下摸索，扶住傑米的頭，手指穿過他的捲髮。

傑米鬆口，男人的老二滑了出去，啪一聲打在腹部上，腫脹而硬挺。如果他希望能待得更久，就得先緩一緩，慢慢把男人推向極限。他轉過頭，面向捧著他額際的手，吻著亞倫的掌心。他輕柔地舔弄男人的手掌，像條感恩的小狗，然後又聽見了一聲輕柔的呻吟。

這是最好的回報。當他受一個男人吸引、或是可以想像對方不只是顧客時，他十分享受取悅對方，幾乎和自己在享受樂趣一樣愉悅。而亞倫絕對屬於這個範疇。要死，傑米會很樂意免費和他上床的。如果他帶著這樣的美好體驗離開，外加幾頓飯和在柔軟的床上睡一晚的記憶，這比什麼酬勞都更令他滿足。

亞倫的手指捧著傑米的臉頰，輕撫著，感覺著他眉毛的形狀、他的鼻樑和下顎。他的手指摸索著來到傑米的唇間，傑米便將一隻手指含進嘴裡，然後用力一啜。他繼續探索男人的入口，輕柔地戳刺、緩緩擴張，感受肌肉在手指周圍抽搐的力道。亞倫將臀部挺向他的手，鼓勵他更進一步。但傑米不想太過深入，在充分潤滑之前不行，所以繼續淺淺地挑逗著。

他把臉埋在亞倫的腿間，親吻著大腿內側，然後舔了舔雙囊。亞倫挺起腰，像是急需傑米再次將他的半身含進嘴裡。

最後傑米決定滿足他，順著深色的毛髮，一路吻到不斷抽動的勃起根部。他重新將亞倫的半身納入口中，品嚐著頂端溢出的甜液。這不可能持續太久的。

傑米的嘴開始上下套弄、吸吮著前端，手指依舊在男人的後穴淺淺進出。那炙熱緊繃的觸感，讓青年的下身也一顫一顫地，渴望填滿其中。

幾分鐘後，亞倫便前後擺動起來，想在傑米的口中釋放，同時讓傑米的手指更加深入。他呻吟著、顫抖著。傑米感覺到濃稠的溫熱一波波擊中他的喉頭。他一口吞下，夾緊大腿，控制住自己同樣想要獲得解放的欲望。

亞倫像匹被拴住的野馬，瘋狂地擺動，片刻後終於稍微平復下來。他喘著氣攤在床墊上，傑米的手指仍夾在他的體內。傑米放開男人逐漸疲軟的下身，從收縮的入口抽回手指。他爬上亞倫的身體，趴在他身上，頭探出被單，微笑著看向他的雇主。

「早啊，你是不是很慶幸昨晚叫我留下來過夜了？」

亞倫的嘴角徘徊著一絲微笑，讓他嚴厲的五官稍微緩和了一些。「你的頭怎麼樣？」

「腫了個包，但我沒事啦。我的頭很硬的，幾乎跟你早上一樣硬了。」他眨眨眼，用自己的下身頂了頂亞倫逐漸軟下來的地方，讓他的話沒有任何想像的空間。

這個動作讓傑米感覺超好，所以他再接再厲，享受著輕輕摩蹭亞倫溫暖的腹部的感覺。如果對方願意，他確實希望能貼著這個男人溫暖的身軀越久越好，但也許他是該暗示一下自己要準備走了。

「感謝你的招待，先生。這是個很美好的夜晚，扣掉某些時刻的話。」

「是的。」男人的微笑消失了，皺眉的神情再度出現。亞倫抓住傑米的肩膀，溫柔地將他從身上移開。想到他們昨晚所做的事、還有傑米剛才對他做的事，在光天化日之下，或許對這位年長他一些的男人來說都太難以面對了。他無法如此接近而親密地直視傑米的雙眼，所以把他推開，翻身坐了起來。

傑米看著他修長的背部，猶如一張完美的畫布，妝點著疤痕與雀斑，還有小小的黑痣。他看著男人垂下頭，不知道裡頭是什麼樣的思緒在打滾。

「你想吃早餐嗎？」亞倫突兀地問道，「在好好吃一頓飯之前，你不必這麼早離開的。今天看來又是寒冷多霧的一天，你應該暖暖肚子。」

「能填飽肚子當然好。」傑米盤腿坐起身，手臂搭在膝蓋上。他繼續觀察著眼前這個將他帶回家，而且出乎意料地似乎不急著趕他走的神祕男子。

亞倫使用了房裡的夜壺，然後來到衣櫃前挑選今日的服裝，似乎在假裝傑米不在這裡——或至少不是赤裸著坐在床上，勃起毫無遮擋。傑米半期待著男人會回饋他的善意，至少用手幫幫他，但他的運氣不太好。亞倫彷彿完全沒注意到他的下身。

「我們要下去吃早餐，你該穿衣服了。」他頭也不回地對傑米說道。

傑米嘆了口氣，心不在焉地揉揉自己的老二，然後爬下床放水，再度穿上亞倫為他準備的服裝。他最後一次瞟了一眼那張舒適的大床，以及上頭皺成一團的柔軟被單，然後跟著亞倫走出房間，爬下樓梯。

樓梯才走了一半，香腸的味道就撲鼻而來。光是跟著食物的香氣，他就可以自己找路去寬敞的飯廳。他的肚子隆隆作響，當他定眼看到桌上閃亮亮的銀器，幾乎都要忘了頭痛。那張桌子看起來就像有魔法，彷彿一名巫師憑空變出了滿桌的早餐，因為四周並沒有僕人的身影。話說回來，老獾怎麼知道主人何時會起床、又怎麼知道他有沒有餓到能吃下這一整桌足以餵飽一支軍團的豐盛早點？

傑米在亞倫指示的座位上就座，在拉開沉重的椅子時，享受著精雕細琢的木頭在掌下的溫潤觸感。

拋光的深色木頭家具占滿了整個房間，和桌椅是相同的材質。他打量著四周，記住細節，將這些全都藏在腦海中。他母親以前總說傑米的雙眼是為了美感而生，有時是寵溺的口吻，大部分時候則是在嘲弄他。

高大的老獾同樣在這裡占了一席之地，但就不像家具那麼好看了。他一一打開餐盤上的蓋子，看著亞倫，後者則無聲地點頭或搖頭示意。他將滿得食物幾乎要從頂端滾下來的餐盤放在亞倫面前，然後轉向傑米。

他盯著傑米的臉，目不轉睛地看了片刻，眼中的威脅意涵不用多言解釋。

「非常謝謝你。」傑米勾起嘴角，「如果可以的話，就給我和他一樣的東西吧。」

徽曼沉默地為傑米裝盤，然後又倒出兩杯冒著濃煙的熱巧克力，放在兩人面前。

他向後退開，行了一個禮，接著就一言不發地離開了。

「你這裡沒有其他人了嗎？」傑米拿起吐司，在嘴裡塞滿食物。「我是說僕人。」

亞倫端起精緻的瓷杯。「我昨晚讓他們都休假去了。」

當然了。所有計畫要帶男妓回家的紳士，確實都會遣走所有的僕役，避免讓他們發現主人危險的喜好。「那他們現在在哪兒？平日早上，你不是應該要有男僕之類的人盯著你吃飯嗎？」

亞倫搖搖頭。「黴曼也許覺得我沒辦法自己裝盤，但我不會讓他幫更多忙了。我不需要有人幫我切肉。」

他意有所指地看著傑米的手，挑起眉。傑米正從盤中抓起一片火腿。

青年笑著把火腿放回盤裡，然後拿起桌上的一把餐具，對著亞倫搖了搖。「我很意外你會讓我拿刀，畢竟我也許是個暴力分子呢，你又不了解我。」

「我知道你沒受過什麼禮儀教育，但這一點我倒不擔心。」

伴隨著金屬的碰撞聲，傑米把銀器放回桌上。他拿起一雙刀叉，切開盤裡的火腿。

「告訴我，傑米，你會從這個房間裡偷什麼？」

他的話刺傷了傑米。青年心中湧起一股怒氣，他放下手中的叉子，深吸一口氣，穩住自己的情緒。首先，高高在上大人嘲笑了他的禮儀，現在又提醒他前一晚幹的蠢事。這位紳士也許十分寬宏大量，但傑米懷疑，他也同樣不能忍受別人說他是一個喜歡雞姦別人的混蛋。

「我不會偷你的東西，先生，尤其是現在。如果任何東西不見了，你就知道要去哪裡找了。你如果派出你的獵狗或守衛來抓我，那是再容易不過了。不了，謝謝。我對絞刑可沒有興趣——尤其不想因為偷竊被吊死。」他想了想後，補充道。

他用刀尖戳著火腿，避開男人的視線。英俊的紳士靠在椅子的扶手上，打量著他。傑米用力地刺了火腿一下。「昨晚我一定是撞壞腦袋了，才會在你這種人的眼皮底下偷東西。我真是個不長腦的人。」

「你生氣了。」亞倫說，「我可以保證，我現在只是單純的好奇。我從來沒有和竊賊說過話。」

噢，現在他懂了。傑米決定，為了這頓早餐，他願意付出一點點的尊嚴，但他不會扯自己朋友的後腿的。他環視了房間一圈，然後檢視著刀子的握把。「這個銀器上沒有刻字，所以如果覺得有機可趁，我就會拿這個。」

他用刀尖指著一個更大的銀器，那是有著臺座的物體，上頭擺著許多碗盤和奇怪的動物裝飾。一隻猴子從側邊垂下來，頂端還站著一隻大象。「那東西就太大了，還有，那叫什麼來著？太特殊了，吉米不會收這種東西的。」

「那東西叫做餐桌飾架。吉米是你銷贓的商家嗎？」

傑米點點頭。「他開了一間贓貨鋪，不過我們會稱他是牙保。」

亞倫突然微笑了起來，是那種真正的露齒微笑。

傑米瞇起眼。「別跟我說你認識吉米，先生。因為他的名字是我胡謅的。」

「我覺得很有趣，因為你正在教我你們的用字，我也在教你我的用字。餐桌飾架和牙保。」

傑米笑了起來。他喜歡現在的亞倫，這個拋下了濃霧般籠罩著他的悲傷的男人。要死，就算在他還是憂鬱大人的時候，他也喜歡他。

「還有什麼其他的東西嗎？」

傑米在半空中揮了揮手。「全部的東西。也許就除了那個什麼飾架的吧。那東西太蠢了，不適合我的飯廳。」

「這樣啊，但這是早餐室呢。」

傑米歡呼一聲，充滿了笑意。「不是吧，你在跟我開玩笑吧，先生。真的嗎？你的每一餐飯都在專屬的房間裡吃？你如果在兩餐之間嘴饞了呢？你要站在兩個房間之間的走廊上吃嗎？」

亞倫的嘴角抽了抽，向後靠在椅背上。「早餐過後，你想要看看其他房間嗎？」

「好讓我告訴你我會摸走什麼東西嗎？」

「當然了。」

「如果你真的想聽最誠實的實話，這裡其實沒有太多我想偷的東西。」

亞倫顯然不相信，瞇起了眼睛。

「不是因為我很挑，是因為我敢打包票，你的財產都太值錢了。」傑米對亞倫搖了搖手指，然後開始丟出一連串黑話。「不管是摸一把還是闖空門，一定要把皮繃緊。如果失風被逮時手上有超過一磅錢，馬上就會被送去掛圈圈，你就玩完啦，老兄。最好當個帕賊就好。」

「什麼意思？」

「就是專偷手帕的人啊。不過雖然沒什麼賺頭，被逮到還是要進去蹲，可能還要加一頓炒肉絲。」

亞倫幾乎要露出微笑。「監獄裡有肉吃嗎？」

「不是啦，不是真的吃好料。是被拖到車屁股揍，毒打一頓那種。」

「被拖到囚車後面痛打嗎？」

傑米點點頭。

亞倫的笑意甚至落進了眼底，幾乎完全從鐵著臉的憂鬱大人變身成另一個人了。

「我真傻，我還以為我懂很多俗語。」

傑米很滿意自己再度讓臭臉大人露出微笑，也勾唇笑了。「餐桌飾架，嗯，我不記得你說的其他字眼了。現在你欠了我很多高級的用字喔，先生。」他把剩下的火腿塞進嘴裡，然後站起身。「我吃飽了。你準備好了嗎？」

亞倫不太確定為什麼他會想帶這個人參觀自己的房子。他們早就該分道揚鑣了——先不論他們根本不該相識。他在內心搜尋，但前兩次縱容自己享受變態嗜好後產生的後悔與自我鄙視，這次卻不復見，只有一股奇特而輕鬆的感覺。

怪了，因為前一天他才覺得自己終於找到了能夠安息的方法，現在卻完全拋諸腦後。就在昨夜的某一刻，他決定不犯自殺之罪了。如果現在的他能稍稍拋下沉重的悲傷幾分鐘，以後就可能有機會安寧地度過幾個小時，也許某一天他甚至能一整天都不受到這重擔的壓迫。

他想，如果他決定要活下去，他最好要開始習慣大起大落的情緒變化。他腳下踩穩的地基震盪了起來，所以他再也不是原本那個穩定、平靜的男人。他不再是個軍人、兒子或弟弟了。那他現在是什麼呢？

他領著傑米穿過紅色的會客室，傑米對於大理石壁爐、鑲嵌木地板、牆上的畫作，以及他母親遺留下來的鋼琴提出了許多問題。這個年輕人似乎是打從心底感到好奇，而不只是想在全部參觀過一遍後，決定亞倫家最好下手偷竊的物品。

當他們進入圖書室時，傑米低低吹了聲口哨。「哇，看看這裡。我從來沒有在同一個地方看到這麼多書，你一定要繳很多紙張稅吧。我都快要希望我能多識一點字了。」他瞄了亞倫一眼，然後聳聳肩，好像亞倫問了他什麼問題。「我會寫我的名字，就差不多這樣了。」他把手塞進口袋，在房裡四處參觀，在晃回亞倫身邊時，青年注意到那張桃花心木書桌。

寬闊的桌面上還飄散著他父親的煙草和古龍水的氣味，而亞倫一直迴避這張裝飾繁複的醜陋家具。他還是認為這是他父親的所有物，所以他只使用擁擠的書房裡那張小小的寫字檯來寫信與處理工作。

他思索著他要怎麼結束這場參觀之旅。這也讓他想到，他不知道等傑米離開後自己要做什麼。

他當初為什麼要回倫敦來？他應該要去施洛普郡的老家才對。他想像著自己策馬穿越沒有染血、也沒有受到砲火襲擊的田野。他的戰馬在倒數第二場戰役時中彈倒下，而他還沒找到下一匹能夠取代牠的馬，也不想找。

傑米終於停止撫摸雕刻在桌腳上的蓮花。他站起身，漫步走向亞倫。「好啦，先生。你媽或奶奶沒有跟你說過，你繼續擺那個表情會讓臉抽筋嗎？」

「從來沒有。」亞倫強迫自己放鬆，暗自驚訝他居然會屈服於一個在街頭賣身的小賊的口頭霸凌。「這對你來說一定很無聊。」他留下這句話，然後走出了圖書室。傑米沒有馬上跟出來，於是他不情願地再度進門。

傑米站在家庭肖像前，頭也不回地說：「跟我說說他們的事。」

亞倫什麼也沒說。傑米指向站在母親椅子後方，雙手搭在她肩上的男孩。「那一定是你，毫無疑問，看得出來那是你的眼睛。站在你旁邊的是你的兄弟，他看起來沒有你那麼開心——至少你那時候看起來比較開心。他比你大嗎？」

亞倫轉開頭。

傑米把手背在身後，身體前後微微搖擺著，好像沒有注意到亞倫的冷漠。他繼續講著這幅畫，好像這是兩人正在討論的話題。

「是的，一定是這樣。雖然他沒有那麼高，但他是你的哥哥。喔，你媽媽很美，你爸爸則是個嚴肅的老男人。非常優雅，但不像某些人是老古板。你們平常和畫裡面一樣開心嗎？」

亞倫不想回答。「我是唯一倖存的人了。」他語氣扁平地說，「我寧可不要談論這個話題。」感謝上帝，至少他的聲音平淡而冷靜。

「喔。」傑米終於看向他。感謝上帝，他沒有試圖說些同情的屁話。

「走吧。」亞倫說，然後兩人沉默地離開圖書室。

當他們走進飯廳時，傑米再度開口：「他們是最近才走的嗎，先生？」

「我說我不想討論這件事。」

「對，你有說，但我不確定你是不是認真的。」

「老天啊。」他啐道，「我說的是明明白白的英文吧。」

「你說的話跟你心裡想的是完全不同的兩件事，請原諒我這麼說。」

亞倫低聲咒罵。他懷疑傑米在取笑他沒種面對自己病態的喜好。「如果我不願意原諒你的出言不遜呢？」他朝傑米逼近，憤怒在血液中流竄。

傑米的眼角微彎，暗示著一絲笑意。「你會叫你的大獾把我開膛破肚，或是你親自動手。但我不會怪你的——畢竟我只是個多管閒事、刺探你的隱私的乞丐。但是，亞倫大人，你讓我覺得很有趣。」

亞倫穩住自己。他不想討論他的家人，但他也不想把傑米踢出去——天知道為什麼。

他聽見傑米淺促的呼吸聲，怒火瞬間轉變成了某種更糟糕的東西。欲望在他的血管裡突突竄動，下身隨著每一下心跳越發腫脹。他向後退開一步，遠離誘惑。

「我不是什麼大人。」他朝窗邊走去，在兩人之間拉出一段距離。明亮的春季晨光招呼著他，但醫生說他的腿還是太過虛弱、不適合騎馬。他好奇傑米會不會騎馬。

「所以你沒有頭銜囉？」傑米問。

「我是個男爵，所以我是亞倫爵士。」他從窗邊轉過身，迎上傑米的目光。為什麼不直說他的姓名呢？他又不怕這類人的威脅。

「亞倫．瓦雷爵士。」他說道。

傑米瞪大雙眼，挑起的眉毛飛得更高了。他把手抬到額前，行了一個正式的禮。

「認識您是我的榮幸，亞倫．瓦雷爵士。」他的舉止裡不帶任何一絲玩笑的性質，

「傑米．布朗任憑差遣。」他彎下腰。

亞倫感受到一股不是欲望的暖意流過體內。眼前的男人笑看生命中的一切，彷彿什麼都在乎，而他展現出的一點小小的尊敬，便令亞倫莫名地感動。

「我想帶你去看看花園。」他轉移話題。

等他領著賓客走到屋外，亞倫突然意識到，他正竭盡所能地延長傑米留在這裡的時間。他接下來要帶他去哪裡呢？閣樓嗎？廚房、還是僕人的房間？

這一開始只是他自嘲的想法，卻意外形成了一個點子——一個他能將傑米留下不只一晚的方法。這個點子十分荒唐，但他越從各個角度思考這件事，就越肯定自己會向傑米提出他的計畫。

「嗯，聞起來真香。」傑米在灌木叢間的石子小徑上轉了一圈，吸入自然的空氣。「好久沒有看見這麼多的綠色植物啦，我平常的社交圈裡可沒有太多人家裡有花園。」

亞倫沒有回答，年輕人便轉過頭來，敏銳地看了他一眼。「你的腦袋裡又在煩惱什麼啦？你真是我見過最愛思考的人了。你得在把腦子燒壞前讓它休息一下呀。」

亞倫清了清喉嚨。他的心跳加速，臉頰發燙。多麼愚蠢啊，他居然為了這件事臉紅，居然認真要提出這個提議，甚至害怕傑米聽完後會嘲笑他、然後拒絕。亞倫的憂慮在腦中放聲尖叫，但他壓下了這些聲響。

「我在想，你願不願意考慮在我的宅邸裡工作。」

傑米瞪大眼看著他，等著他繼續說下去。

「如果順利的話，也許是永久雇用。但也許你沒有興趣。」他緊張得就像個邀請女孩跳舞的少年。太荒唐了！他可是在戰場上發號施令、在槍林彈雨下征戰的軍人，為什麼要害怕這樣一隻過街老鼠？

「工作？在這裡嗎？」傑米錯愕的瞪視逐漸變成不懷好意的微笑。「我究竟要做些什麼呢？」

「我需要……對了，照理來說，像我這樣的人會需要一名貼身男僕。除了徽曼之外，我沒有這樣的僕役人選。但撇開打理我的服裝和起居，他還有太多的工作要做。他也需要休息、還有多一點的個人時間，我一直在考慮要再多請一個人。」

「啊，所以這是為了可憐又疲憊的老獾，我懂了。」他的微笑變得更大、也變得更邪氣。「您真是善良慷慨啊，亞倫爵士。」

亞倫感覺自己的臉變得更燙、火氣也一起升了起來。這個厚顏無恥的小崽子怎麼敢這樣取笑他？這個男妓以為他是誰，可以這樣蔑視他的地位，並譏笑他提議的一份正當工作？

「如果你不想的話，就不必接受這個提議。我只是突然想到罷了。當然，你也完全不夠格。」亞倫尖銳的語氣讓傑米的笑容瞬間褪去。

年輕人的嬉皮笑臉突然消失，朝他走了過來，直直看向他的雙眼。「我為我滿嘴的胡說八道向你道歉，先生。我很感激、也樂意接受你所安排的任何職位。」他刻意強調了最後一個詞，但亞倫決定忽略他。這傢伙似乎就是忍不住要在他說的每一句話都加上一點嘲弄的語氣。「若你不介意的話，請容許我一問，我的職責和酬勞分別是什麼呢？」

亞倫頓了頓，假裝在思考，但其實只是要穩住自己紊亂的情緒。不可置信、愉快、興奮，以及對自己的作為產生的恐懼，在他心中衝突對抗。

「徽曼會告訴你細節。由於接下來你要受訓，酬勞也會根據你的經驗做調整。我不太確定現在的行情。徽曼知道適當的薪資水準，但我想一開始，月薪四英鎊應該足夠了。」

傑米靈動的雙眼大睜。站在這麼近的距離，亞倫可以看見漆黑的瞳孔，以及淺藍虹膜中較深的藍色線條。藍眼反射著陽光，看起來就像兩塊天空的碎片。不知名的感受讓亞倫的心緊緊一揪，他暗自咒罵著越來越情緒化的內心。以前人稱鐵血將軍的軍官，究竟上哪去啦？

「確實很足夠了。」傑米勾起嘴角，這次看起來沒有那麼不懷好意了。「謝謝你。」

亞倫點點頭。「徽曼會讓你穿上正式的服裝，並告訴你工作內容。其他僕役很快就會回來工作，他也會介紹你們認識。」他頓了頓，突然意識到他讓自己落入了什麼樣的險境，因此一陣恐慌。「我相信你會展現出一位貼身男僕該有的禮儀，而不是……」

「一個滿嘴髒話的男妓嗎？是的，先生，我相信我能扮演好我的角色。我不會讓人懷疑我在這裡工作的內容的，我保證。」傑米雙手合十，抬眼看向天空。「我會像個唱詩班的男孩一樣純潔，同時像法官一樣正經。南華克出身的傑米．布朗，有幸超脫自身可悲的生命，得到服侍男爵的機會——我會說的背景就這麼簡單而已。說得越多，就越容易惹上麻煩。」

亞倫低哼一聲回應，但仍在腦中怪罪自己邀請這個手腳不乾淨的陌生人進入他的人生。但話說回來，在昨天以前，他的人生甚至稱不上是生活，現在他卻覺得人生充滿色彩，就像是一幅黑白素描突然變成了油彩畫。

「那就來吧，我帶你去找徽曼。」他開始往屋內走去。

「最後一個問題，先生。我要睡在哪兒？照理來說，貼身男僕不是應該睡在通向主人臥室的小房間，以防主人半夜需要召喚他嗎？」傑米無恥的語氣和微笑，就連聖人都會對他失去耐性。而亞倫可不是聖人。

他停下腳步，轉過身，對著眼前耍嘴皮的年輕人擺出他最嚴峻的表情，那是曾經震懾住無數士兵、讓他們只敢低頭盯著靴子的面容。他的語氣像冰一般冷硬。「你應該能夠想像，這個提議帶給我許多的擔憂。請別讓我後悔這個決定，我隨時都可以把你送回你原來的地方。」

傑米再度正經起來，但青年不像過去亞倫遇過的大部分人，依舊正面迎向亞倫的目光。「遵命，先生。」

亞倫轉過身，大步離開。這個年輕人當然會有疑問了，他該期待這個才剛和他上床的男人給他什麼工作呢？亞倫不能否認，自己在做出這個決定時，確實也想到了性事，但這並不是他留下傑米的最主要目的。他這麼做，是因為他渴望陪伴，也因為這個桀驁不馴的小賊讓他的靈魂再度活躍起來。

將他留在身邊一陣子，是為了要讓亞倫活下去。

6

他的生活變得奢侈許多，卻也多出太多的規矩、限制和禮儀。通往僕役房間的那道地下室樓梯，讓傑米幾乎喘不過氣。在這裡，僕役之間的階級並不像大多數富人家中那麼分明。亞倫爵士只有最精簡的僕人配置，徽曼是僕人總管、管家、甚至在必要時刻也是馬夫——他從沒聽過管家還要外出工作的。

不過，就像貓討厭下雨天那樣，讓傑米討厭到骨子裡、壓抑不住自己內心最糟糕那一面的，卻是女管家欽普特太太。她是一手掌控起居室女僕和廚房女傭的暴君，甚至孤獨軟弱的老男僕迪克也在她的監管之下，儘管各方面來說，他都應該是由徽曼負責才對。就連負責廚房的廚子，也都對欽普特太太唯命是從。

傑米最討厭惡霸，也不只一次為了阻止欺凌弱小的事情搞得自己頭破血流，而欽普特太太就像某些恐怖統治著南華克的惡棍一樣壞。他同情布萊迪、珍妮、小蘇珊，還有在廚房裡做牛做馬的那個斜視女孩——他忘了她叫什麼了。可憐的迪克看上去至少有五十歲了，每次只要欽普特太太對他說話，他都看起來像是要尿褲子了。都怪徽曼沒有扛起屬於他的責任。

作為主人的新貼身僕役，傑米的工作內容並不屬於欽普特太太的管轄範圍，所以他大部分的時間都在樓上，在亞倫的衣服之間忙碌、或是假裝要幫他的靴子打蠟。但那個老女人總是想找機會打壓他，他能從她惡毒的視線與尖銳的語氣間感受得到。她是在伺機而動，準備逮到機會就把他踢出去。

目前，他只需要在和其他僕役一起用餐時忍受她的言行。他當然沒辦法逼自己忍氣吞聲，他就是得用卑鄙的言詞取笑、引誘她落入他的陷阱，並且總是有辦法把她本來就泛紅的臉氣到像要炸開一樣。

不過值得慶幸的是，老徽曼並不像傑米以為的那樣是個恐怖怪物。當然，在傑米剛入職的頭幾天，他們有過幾次或大或小的爭執。這個山一般龐大的男人極不情願地帶傑米熟悉他的新工作，並毫不掩飾對他的懷疑。但在第三天，當傑米從老獾嘴裡得知了他主人身上那些傷痕的故事後，他們的關係就緩和了許多。

「不對，你要用絨毛刷。」徽曼吼道，一邊從傑米手中奪過刷子，示範從亞倫的夾克上移除線頭的正確方式。「記住，一天至少要檢查他的靴子一次。一位紳士可不能穿著磨損的靴子公然露面。」

傑米看著他動作敏捷地刷著絲綢，直到布料變得光滑無比、乾乾淨淨。他其實能夠自己做好的，但他實在太享受惹徽曼生氣的過程，所以老是忍不住裝傻逗他。

「每天檢查他的靴子，我記住了。但主人從來不出門，對吧？留一個我這樣的人在身邊，似乎有點不太值得。」

老獾低哼一聲，同意得不能更同意了。

「他很嚴厲，但你非常尊敬他，對吧？」傑米繼續說，決心要從他身上挖出更多關於亞倫的故事。

「他救了我的命。」徽曼把外套掛回衣櫃，然後轉過身，鋼鐵一般的視線從粗濃的眉毛下直盯著傑米。「所以不管是誰傷害他，我都會十分樂意親手處理掉那個混蛋。」

「啊，忠心耿耿，我欣賞你。他是在什麼狀況下救了你的？」

「這與你無關。」

「確實與我無關，但我還是要問。如果我要為這個人工作，如果我要『花許多時間』在他身邊，我應該有義務知道他是為什麼才老是做惡夢。」傑米決定誠實以告。

在徽曼面前不需要假裝自己是個好僕人，因為他知道他並不是。他得讓徽曼知道，在主人夜半驚醒的時刻，他能給的是徽曼永遠做不到的安慰。他會在他主人的生活中建立屬於自己的一席之地。雖然老實說，自從第一晚之後，亞倫就沒有再召喚傑米和他共度了，而關於主人的惡夢，也不過是傑米的猜測罷了。

他坦然地迎上徽曼強硬的視線。「我也許是個賊、是個男妓，也是個騙子，但我來這裡不是為了傷害什麼人。如果可以的話，我也想幫忙。所以我和你不如達成一個協議吧？你多和我說一點亞倫爵士的過去，我就不再表現得好像我會把鞋油和培根搞混一樣。」

那男人緊繃的嘴角是不是快要勾成半個微笑了？

「跟我說說巴達霍茲的事。」傑米頓了頓，「拜託嘛。」喔，如果他想要的話，他絕對可以贏得所有人的心。就連壞脾氣的老獾都會在他無辜的大眼之下變得溫和。

「那天跟現在一樣冷。我們在濃稠得足以淹死人的泥濘裡挖了好幾週的壕溝，期間我們頭上的槍林彈雨從沒停過，砲彈在村莊周圍的石牆上打出一個個大洞。然後進攻的時間到了。你有沒有用漏斗倒過東西，卻發現出口堵住了，所以什麼都流不下去的經驗？」

傑米點點頭，但徽曼的眼神已經看向遙遠的某處。「超過兩千人在兩小時內死去，全都堵在牆上炸出來的洞口。法國人在那裡設了埋伏，朝我們開槍、扔手榴彈，就像天堂降下的嗎哪。」他的口吻充滿了嘲諷，用聖經中上帝祝福的糧食來比喻彈火。

「我們撤退了嗎？當然沒有。我們是一群勇敢的大兵，爬過死去和半死的同袍，潛進村莊裡，趕跑了法國佬，獲得了勝利。聽起來非常英勇，但我錯過了那場慶祝，因為我的頭被炸開了，失去意識。不知道他是怎麼辦到的，但瓦雷隊長把身為勤務兵的我從屍堆中挖了出來，帶到安全的地方，然後再度衝進瘋狂的戰場。」

傑米不需要問也知道他指的戰場是什麼。每個人都知道巴達霍茲的戰役過後，隨之而來的是可怕的強暴、擄掠、殺戮，在城內肆虐了將近兩天，遠遠超過法軍與西軍從城內撤退的時間。

「他們說威靈頓看到死者屍體時哭了。」徽曼的笑聲聽起來更像嘶吼，「為了他一手打造的災難，他活該要在地獄裡啜泣。」

「聽起來確實糟糕。」傑米說，「也難怪在經歷過這種折磨後，所有活下來的士兵都成了活死人，包括你，先生。」這是他第一次用敬稱對徽曼說話。

徽曼似乎從回憶中清醒了過來，他的眸光顫動，銳利地看了傑米一眼，想知道青年是不是又在嘲弄他。但他看見了青年肅穆的神情，徽曼便點點頭。「啊，這詞用得真好，小子。我們都成了活死人，但恐怕沒有人比主人更糟了。他絕口不提在我失去意識的那段時間他經歷了些什麼，但一定是恐怖至極的壞事，而且我指的不是他腿上的那道傷。」

「那麼，現在是時候讓他重新活過來啦。看我的，我會讓他活過來的。」傑米露出一個微笑，而徽曼沒有斥責他，這對傑米而言已經是徽曼最有禮貌的表現了。

那次聊過後，兩人便達到了一個小心翼翼的平衡，而且徽曼就算稱不上是個伙伴，至少也比欽普特太太友善多了。現在傑米已經在這間位於梅菲爾附近的屋子裡住了將近一個星期，屋簷下溫暖、安全、穩定又無所事事的生活幾乎讓他無聊到瘋掉。

作為一個沒有任何社交生活的男子的貼身男僕，傑米的工作輕鬆悠閒，因此在不需要跟著亞倫的時間，他把握機會探索這間房子，包括翻閱那些他幾乎一個字也看不懂的藏書。他看到了許多值得順手牽羊的東西，但一樣也沒碰。

今天，他決定要來找點樂子，也許是搭瓦雷家的馬車去公園兜風——男爵家有兩輛馬車，一輛敞篷，另一輛則有頂棚——或是外出採購。如果這個人不懂得享受人生，那麼坐擁這麼多的錢財又有什麼用呢？如果他無法說服亞倫出門，那至少要把他哄上床。已經過了好一陣子——幾乎要七天了——而傑米不知道這位憂鬱爵士究竟在等什麼，為什麼他們每晚都要隔著一個房間的距離過夜。

他前往亞倫的書房，看到男人正低著頭在寫字檯上寫著什麼。從傑米的角度看來，他確實花太多時間坐在那張該死的桌子前，總是在算帳、寫信、還有天知道在忙什麼的破事。他需要的是一點新鮮的空氣，還有一點娛樂。

傑米靠在小桌的桌緣，拿起一個架子上的青銅小象，在手裡墊了墊。「今天天氣很好耶，看來冬天終於要結束了。」

瓦雷心不在焉地從正在閱讀的信件中抬起眼。「是的。」

這樣是行不通的。他的眼神穿過了傑米，而不是聚焦在他身上。他可不是一個任人忽視的家具，尤其當他穿上了整潔的新外套、時髦的領結，還剪了一個清新的髮型、並梳理得像是布魯梅爾[1]一樣的時候。

傑米把小象放回原位。「我想我們可以去公園走一圈，或者去你的裁縫店一趟。你的衣櫃狀態實在太令人哀傷了，先生。你需要一件新夾克，或至少一兩件新的背心。」

他的雇主瞪著他。「我現在不需要添購任何新衣。謝謝你的關心。」

「我只是盡我的責任囉，我是貼身男僕嘛。」傑米提醒道。「照顧你的服裝是我的人生志業呀。」他勾起嘴角。

亞倫的嘴唇抽動了幾下。「你已經感到無聊了嗎，傑米？」

「不完全是無聊啦。我已經越來越會下棋了，所以我覺得那還挺好玩的。但我也不介意出去走走、再度看看這座城市。」

1　布魯梅爾（Brummell），英國著名的潮流開創者。

我在這裡幹嘛？他想要問這個拒絕和他上床的男人。過去一週，亞倫都和他保持著距離，對他十分有禮，卻不像第一晚那樣親密。他們會一起討論亞倫從報紙上讀到的新聞。傑米學了怎麼下西洋棋和打撲克牌，也教對方怎麼擲骰子。但現在他必須稱他為「先生」了——不能再直稱他「亞倫」——而這位瓦雷先生只把他當作一名僕人，雖然確實是十分熟稔的一個。他們之間有著同伴的友好之情，卻感覺奇怪又矯情，不是傑米期待或想要的。每天晚上，他都給對方許多機會邀請他進入房間，但男人每晚都將他遣走。

此刻，亞倫瞥了一眼桌上的紙張，把筆尖擦乾，闔上墨水罐，然後站起身。「我想，出門走走也許是個好主意。這個冬天太讓人窒息了，我的醫師也建議我多活動我的腿。」

「很好，那就是到公園裡散散步了。」他頓了頓。「但我可以和你走在一起嗎？」

某種情緒從男人的臉上一閃而逝。「如果你走在我身後一兩步遠的地方，拿著我的雨傘和大衣，那就不會有問題。」

傑米在心中搖搖頭，他永遠都搞不懂，一個男人為什麼得做那麼多傻事才能維持在社會上的名譽和地位。在他的世界裡，人們自由多了，只要一個人願意，他可以隨便選擇和誰度過一天，不會被太高的階級地位綑綁。

一小時內，他們就坐上了馬車，是載著傑米進入新生活的那一輛。從那一夜起，這一整週的日子都變得好奇妙，充滿了意料之外的轉折。而現在他坐在這裡，渾身清洗乾淨，肚子填得飽飽的，打扮得甚至稱得上是時髦了，卻還是找得到理由抱怨。

人們都太愚蠢了，就算天上掉下來的好運直接砸中腦袋，他們也永遠不會滿足。所以就算這位喜好同性的爵爺再也不碰他了，又怎麼樣呢？他們的關係要朝什麼方向進展，完全是紳士本人的決定。傑米得停止無謂的煩惱，如果真的無處洩欲，他自己動手也行嘛，剩下的事就順其自然吧。

他們搭乘的是比較大的旅行用馬車，而不是更輕便的敞蓬馬車，黴曼則坐在車頂的駕駛位置——傑米其實更想坐在車頂。清新的微風從小窗戶吹進車廂，空氣聞起來舒適而乾淨，帶著雨水與煤煙、馬糞與暗巷中垃圾的氣味。這是倫敦的味道。

傑米放鬆地靠在座位上，享受著這趟車程。以前的他總是用走的，只能聽著馬車的車輪滾過石子小徑，在不平整的道路上摩擦的聲音。外頭的街道十分嘈雜——馬匹嘶鳴、車夫叫囂、車輛行徑的啷噹聲響交織在一起。

他瞥了一眼自己的旅伴。

亞倫正凝視著窗外，光線將他臉龐銳利的線條照得像是某種藝術品。他是個非常俊美的男人，沉鬱的模樣吸引著傑米的目光，就像一碗奶油吸引著貓。傑米的膝蓋「不小心」撞了男人一下，試著引起對方的注意。但他的嘗試無效，於是用腳尖輕輕點了點亞倫的鞋子。

半闔上的雙眼轉了過來，亞倫爵士用貴族的高鼻子盯著他。「你這輩子都住在倫敦嗎，傑米？」

「沒錯，先生，在南華克土生土長。」

「你喜歡騎馬嗎？」

「從來沒有機會嘗試呢。我和馬不知道合不合得來。」

「我在想，也許是時候去鄉下看看我那裡的房產了。你去過郊區嗎？」

「我得承認，從來沒有。」

「施洛普郡的土地很美。你可以走路或騎馬漫遊好幾哩，享受徹底的獨處。我想你會喜歡那裡的。」

傑米覺得亞倫似乎有更多話想說，遠不只是他字面上的意思。「聽起來很不錯，先生。」

「在那裡，你會覺得……比在城市裡更有活力。更自由。」

啊，傑米懂了。可憐的亞倫．瓦雷爵士，被傳統、道德與宗教結構緊緊綑綁，生命正一點一滴地流失。他害怕自己的需求，試著壓抑自己，直到再也受不了，於是他放縱了自己，事後又更加自我厭惡。

傑米在第一晚就發現了這一切；罪惡感是一種常見的疾病，幸好他自己並沒有這種傾向。但看來亞倫覺得在鄉下，他才更能自由地追求他想要的東西。那也不錯，他們就該去那裡，而且越快越好。

「我很樂意陪你去。」傑米說，「我一直很想看看養牛或羊的地方呢。」

馬車停了下來，片刻後，徽曼打開車門，讓他們進入公園。

「如果你想的話，可以去找間小酒館。」亞倫對他說，「喝個一兩杯，然後再回來接我們。」

「是的，先生。」老獾看起來欣喜不已。傑米想他大概跟自己一樣，受夠悶在家了。給這人一大杯啤酒、再給他一個女孩陪酒，他大概就像上了天堂一樣吧。他絕對是個約克郡人，如果傑米沒有認錯他的口音的話。

陽光很溫暖，但微風仍帶著寒意，吹動傑米的髮梢，試著鑽進夾克底下。他的手臂上掛著主人的大衣，手中握著主人的傘。主僕之間保持著一點距離，一起沿著石子小徑往前走。他們經過一座開滿荷花的大池塘，許多白鵝正悠游其中，然後走到一棵扭曲的老樹拱起的大樹枝下方。

傑米看著自己鞋子上的扣環在陽光下閃閃發亮的樣子，一股得意之情油然而生。他從來沒有穿過這麼高級的鞋，光是看著就讓他的內心充滿歡喜。他繞開一坨鵝的糞便，扮了個鬼臉。

「聽過納西瑟斯的故事嗎？」亞倫饒富興味地說。

「沒有，我想我之前錯過了。」

「有一個人太愛自己在水中的倒影，他的膚淺觸怒了眾神，最後就被變成了那種花。」他指著一叢矗立在水邊、垂向水面的黃色花朵，「總是伸長了脖子，想要看看自己的帥臉在水中的倒影。」

他的取笑讓傑米皺起臉。「如果願意的話，你也是可以非常伶牙俐齒的嘛。我不是在裝模作樣，只是在看這雙鞋。我喜歡這雙鞋的外觀，它們不是我做的，所以這也算不上是自傲，對吧？所以我欣賞它們，應該沒有問題吧？」

「完全沒有問題。」亞倫的聲音很溫暖，微笑繼續在他的嘴角蔓延。他笑起來很好看。

他們繞著池塘的邊緣漫步，經過幾對散步的夫妻，最後走進了一區小小的樹林。這裡的小徑被層層樹枝遮蔽，路上一個人也沒有。這裡靜謐無人的感覺，就像是一間專為他們打造的陰暗教堂。頭頂上，鳥兒正啁啾歌唱，在樹梢的葉片之間跳動。雙腳下，只有鞋底踩在石頭上的喀啦聲，打破這裡的沉默。

在這樣寧靜的環境中，傑米不得不注意到走在身旁的主人，身上所有私密的小細節——他靴子移動的方式，他夾克袖子劃過空氣的聲音，以及從他溫熱的身上飄散出來的氣味。欲望在他體內攪動、膨脹，在他打量亞倫英俊的側臉時，他的下身便腫脹了起來。

此時，對方也轉向他。他們的視線相交，傑米挺立的器官更加膨脹起來。老天啊，總要有人打破這個狀態吧。他沒辦法等到去鄉村、或是等亞倫自己想通了。他就是沒這個耐性。

他們的腳步緩了下來，然後停住了。他們並肩站在小徑上，凝視著彼此。

「那麼，你想要怎麼樣呢，閣下？」傑米問。

老天，這個年輕人真是沒完沒了！亞倫的呼吸不太平穩。他壓抑了好幾天的欲望開始拉扯他的理智，像是一匹失控的馬。傑米不斷提議、刺探、挑逗著他——並非每次都是有意的，單單是他在亞倫屋子裡的存在，就足以撩撥他的內心。這麼多天以來，他都吸引著他、將他拉向自己內心的渴望。現在又這樣。他是真不知道，在公共公園的小徑上，他的提議有多麼危險嗎？

亞倫朝他走去，兩大步跨過兩人之間的距離。他抓住傑米的上臂，搖晃著他。

「你在玩什麼把戲？」他怒斥道。「你瘋了嗎？還是只是魯莽過頭？」

傑米的雙眼一如往常地大而無辜。他看起來就像是被人抓到在教室的墨水瓶裡偷偷倒入果醬的學生。「這裡沒有別人呀。除了我們之外。」

傑米的舌頭探了出來，舔溼自己的嘴唇，亞倫則被那一抹粉色吸引了視線。他的心臟劇烈跳動，他的下身感覺隨時都可能在褲子爆炸開來。他想要親吻那雙溼潤的嘴唇，甚至願意為此出賣自己的靈魂。駕馭著他理智的韁繩斷開了，欲望在他體內轟然作響。

亞倫最後一次搖晃了眼前的年輕人，然後低下頭，用唇封住了傑米的嘴。他們的嘴唇相撞，威力就像洪水拍打在堤防上，熱情在他的心中洶湧無比。他的牙齒在這個吻的力道之下刮傷了嘴唇內部，但對方柔軟而溫暖的雙唇，才是他內心最渴望的事物。當傑米的舌頭溜進他的嘴裡時，這溼潤而邪惡的物體讓亞倫驚訝地倒抽一口氣。

他放開傑米的雙臂，將他的臉捧在手掌之間，感受著他下顎堅硬的線條、似有若無的鬍渣、以及手掌下柔軟的肌膚。雨傘伴隨著一聲悶響落在地上，傑米的雙臂環住亞倫的背，抱住了他。

老天，他們就站在上帝所賜的綠地中央一條小徑上，在這個任何人都可能撞見的公共空間中擁吻著對方。這個想法讓他恐慌、激動而興奮。當血液直衝他的下身時，他所有的感官彷彿都消失了。他的脈搏在耳朵裡突突跳動，幾乎什麼也聽不見，而在他體內流竄的強烈情感，更讓他的身體像是要分崩離析了。

傑米貼上來，胯下與亞倫緊緊相貼，腫脹的部位形狀明顯。亞倫的下身回應著他，緊繃得像是要撐破他的褲頭，只一心想往它期望的地方前進。他的臀部扭動著，摩蹭著，想要解放他急迫的需求。而他沒有停止親吻傑米。能和人接吻的感覺真是奇妙。兩人的嘴親密地互相探索，甚至比兩具身體的結合更為私密。

「嗯。」傑米低吟著，向後退開一步，深吸一口氣。

亞倫的雙手放開了對方的臉。他睜開雙眼，看著傑米緊閉的眼皮，長長的睫毛棲息在臉頰上。他的胸口因突如其來的情緒而疼痛著，而這不可名狀的感覺令他害怕。

亞倫向後退開。

「不可以這樣。」他板起面孔說道。「不可以在這裡。我們得繼續走。」

話雖這麼說，但在他的下身這樣抽動時走路，實在太痛苦了。他跨著大步前進，傑米撿起地上的雨傘和大衣後，得用跑的才追得上他。

「這裡很安全，一個人都沒有。」他重複道，聽起來上氣不接下氣。「也許那棵樹後面就可以了。不會花太久時間的。我可以好好幫你。」

「我說了不要！」亞倫咬牙切齒地說，因為他渾身上下正在對著他尖叫相反的答案。儘管他表現出生氣的模樣，但他已經開始想像他們稍晚會在臥室裡、或甚至是馬車上做的事了。

傑米沉默下來，他們繼續快步向前走，直到穿過樹林，繞了一圈再度回到更多人的道路上。

亞倫思索著自己變態的欲望，思索著那些身為一個男人想到都該覺得羞恥的需求。他這輩子都一直在思考同一個問題，他為什麼會有這些感覺？這麼多年來，他一直試著壓抑自己的天性。他和幾個女人同床過，但比起男人在他心中勾起的欲望，和女人的這幾次經驗都顯得脆弱又平淡。保持禁欲的生活，他最終依舊得尋找一個出口釋放他的焦慮。現在有了傑米，這是他第一次體驗到超越肉體的解放。他喜歡這個青年，覺得自己和他有某種特殊的連結，而比起他扭曲的欲望，這更令他恐懼。

「先生。」傑米喘著氣跟在他身邊小跑著。「記得我和你說過的老莎莉嗎？嗯，她可不是她家裡唯一一個見過魔法生物的人。她的哥哥唐諾也有個遇見小妖精的故事。你想聽嗎？」

亞倫瞥了他一眼，然後稍微緩下腳步。

「老唐是個酒鬼，和他的朋友派特一樣。這兩人同樣也喜歡釣魚。他們每天都去最愛的池塘，但到了晚上，兩人都沒有帶一條魚回家給妻子，因為他們一整天都在喝酒。

「所以有一天，老唐發現有個巨大的生物在拉扯他的魚鉤。他把線拉了起來，發現有個矮小的男人在釣線上掙扎。他認出那是愛爾蘭的小妖精，但他有向這個小傢伙要黃金嗎？沒有。他有開口要一大簍的魚、好讓他帶回去餵飽妻子和飢餓的孩子嗎？喔，不，老唐對自己的一個願望有個更好的點子。當時才日正當中，而他的酒已經快要喝完了，所以他要求這個小人把整座湖水都變成最上好的啤酒。

「『傻子。』他的朋友派特看了一眼裝滿可口的棕色啤酒的池塘，憤怒地說道：『現在我們得尿在船裡啦！』」

傑米瞥了他一眼，等待他的回應，而亞倫忍不住露出了微笑。這個笑話其實沒有那麼好笑，但傑米說故事時平淡的口吻，聽起來很是悅耳。

「我得說，這世界上充滿了傻子。」傑米繼續說下去。「人們總是渴望不一樣的事物，而不盡情享受就在他們眼前的東西。」

「你認識很多有趣的人呢。」亞倫評論道，無視了最後的一句說教。

「對，我的腦袋裡裝滿了這類的故事。這能夠娛樂你好幾年了。」他眨了眨眼，眼中閃爍著光芒，而亞倫注意到他的藍色背心幾乎和他的雙眼顏色完全相當。傑米很適合這套嶄新的服裝，而他自己也知道。

「我不知道幾年後還是否如此，但你現在確實很娛樂我。」亞倫頓了頓。他似乎沒有否認他們之間肉體吸引力的必要了，此時此刻，空氣中瀰漫的性吸引力瞬間暴漲。「至於另一回事……如果我們之間真的要發生任何關係，我們必須特別謹慎。」

他銳利地看向年輕的男子。「不許再發生這樣公開的意外。永遠不許。」

傑米點點頭。「是的，先生。了解了。這樣太危險。」他又走了幾步，高跟的靴子在碎石地上踩出清脆的聲響。「但也許在回程的馬車上……？」

真是無藥可救了！這年輕人的飢渴似乎無法止息，而他點燃了一把火，將亞倫的理智燒得體無完膚，他們也許真的會照著他的提議做。亞倫又加快了腳步，期待起回家的旅途。

7

當他們終於在公園散完步，傑米也清掉了靴子上偶然踩到的鵝糞後，馬車已經在那裡等他們了。徽曼站在車邊，而當亞倫看見他時，就知道有什麼事不太對勁。他們相處了這麼多年，他一眼就能認出這男人焦慮的模樣。徽曼不耐煩地在兩腳之間轉移著重心，雙手插在口袋裡，弓著肩膀。

亞倫快步走向他。「怎麼了？」

「沒有的事，先生。」

他當然是在說謊，而他突然變調的口音也證明了他確實很煩心。

亞倫轉向傑米。「我想我把我的鼻煙盒給弄丟了。麻煩你照著原路回去幫我找找。」

傑米難得一句話也沒回，眼神來回掃過徽曼與亞倫。他簡短地點了點頭，然後大步走向樹林，甚至懶得假裝自己要尋找什麼鼻煙盒。

「好了，中士，省掉不必要的廢話，告訴我發生了什麼事。」自從他們回到英國後，亞倫就沒有再稱呼他為「中士」過，而現在，他希望套用官階能讓徽曼鬆口。

徽曼立刻站好——立正、挺胸、雙手貼在身側。但他沒有遵從命令。「不好意思，這和您無關，先生。」

他還曾經對這人有著完全的主導權呢，亞倫諷刺地想。

徽曼仍然保持著立正的姿態，說道：「但我希望能夠休假一小段時間。有些私人事務需要處理。」

「你當然可以休假。」亞倫猶豫著。「我不會干涉的，徽曼。你也知道我們會為對方保守祕密。」

徽曼眨了眨眼，撇開視線。「是的。只是……這……我覺得很羞愧。只是如此而已。」

亞倫等待著。

徽曼的眼神仍打量著一旁的大樹，脫口說出：「我曾經答應過查理・寇特一件事，但我甚至沒有試著遵守約定。已經超過一年了，而我從來沒有……」他深吸一口氣。「我只是繼續快樂地過我的日子。」

「別傻了。你和查理做的任何約定，都是在巴達霍茲之戰之前吧。我記得他幾週前才因為傷寒過世了，可憐的傢伙。他會理解你的處境的。被炸彈炸成碎片可不是快樂地過日子。你也有自己的事要擔心。」

「但查理太太和大小姐。我答應要照看她們的，先生。」

「啊。」亞倫一陣不悅。在他離開的期間，徽曼一定是聽到了什麼關於寇特太太與她女兒的壞消息。

亞倫對大兵寇特的妻子並不熟，只知道她十分遵守軍規。查理太太對於禮儀有著非常嚴格的態度，並盡可能地不為軍官們添麻煩。

但大小姐卻是另外一回事了。寇特的女兒無所畏懼，對凡事都充滿了好奇。軍營裡的生活十分原始，大小姐——亞倫不記得她的本名了——從不抱怨，因為她沒有體驗過其他的生活。軍鼓的聲音早已融在她的血液裡，但在她母親不注意的時候，她還是有辦法鑽規則的漏洞。不只一次，他坐在自己的帳篷裡，抬眼就看見她莊嚴的灰色大眼，正從打開的帳幕外看著他。

徽曼嘶啞地說：「我答應過查理，我會照顧他的妻子和大小姐，但後來人算不如天算……就在查理過世後，查理太太告訴我，她什麼都不想要。她會一如往常地照料傷兵。」

「強悍的女子。」亞倫說，一邊回憶著那位從來不曾微笑的黑髮女子，每當她遇見軍官時，總會試著把自己永遠通紅的手藏在身後。「很有尊嚴的女人。」

「像鐵打的一樣。」徽曼同意道。「她說和軍醫與傷兵共事，能讓她忘記自己的困擾。」他下意識地用手撫著自己帶著傷疤的臉頰。「但你瞧，先生，她偏偏就是識人不清。她非常仰慕那位薛佛斯先生。」

「你擔心她最後跟了他嗎？不管你聽見了什麼風聲，我都心存懷疑。那混蛋不可能的。他太自視甚高，就算為了一時欲望，他也不可能選擇像她那樣的女人。」

首席軍醫薛佛斯先生，外貌一表人才——身材高挑修長，臉上永遠掛著微笑，長著一頭濃密的金髮。但從他們初次見面，這人就令亞倫反胃。有好幾個月的時間，他總是不了解為什麼。畢竟薛佛斯是個受過良好教育與訓練的外科醫生，技巧優異。他不只會縫合傷口或截斷傷肢，這男人對外科手術有著特別的熱忱。

然後亞倫發現他的技術，是靠著肢解那些死在他手術臺上的屍體鍛煉而來的。並不是他殺害了他們，不，他確實盡其所能地用自己的手術刀拯救這些男人。但如果他們死在手術臺上，薛佛斯便會繼續將他們切開、隨性戳弄他們的內臟，同時還一邊輕鬆地吹著口哨。

當他受了重傷躺在地上時，亞倫也看過這人搜刮死者的口袋，像戰場上的禿鷹般，將金錢與其他的遺物收進自己的口袋裡。

「你想都別想，混蛋。」他當時這麼低語道。

薛佛斯只是露出微笑，露出他強韌而潔白的牙。「我們走著瞧。」

「那男人是個惡魔，先生。我懷疑他根本沒有靈魂。」徽曼說，又開始來回踱步。「會說漂亮話。表現得像個紳士。但我發誓，先生，他心裡什麼也沒有。」

「確實如此。但如果查理太太真的跟了他，你也無計可施。」

「不，的確什麼也做不了，先生。這樣就已經夠糟了。但我聽到的事比這更糟。

我遇到了一個同鄉的男人，現在他是皇軍的士兵。他在燧發槍兵團九十五旅，受了重傷，幾乎少了整隻手。」

亞倫幾乎想要打斷他，叫他直接切入重點，但鄉村長大的黴曼說故事的步調就是如此緩慢。「我的老朋友奈德之前在葡萄牙，不像我們在西班牙。他在那裡見到了薛佛斯，所以那個軍醫已經換軍營服務了。奈德會注意到他，是因為他身後的跟班——到哪裡都跟著他。奈德告訴我她是個漂亮的小東西，是個年輕的孤兒。」

亞倫閉上眼睛，不想聽見接下來的話。

黴曼繼續說道：「查理太太已經去見造物主了，可憐的女人。奈德認為她是因為傷寒或什麼意外而死在西班牙的。但重點在這裡，先生。大小姐在薛佛斯手中。奈德說，一直跟著薛佛斯的女孩就是她。你現在懂了嗎，先生？大小姐被查理太太託付在軍醫的手中了。」

「該死。」

黴曼露出歪斜的半抹微笑。「再正確不過的結論，先生。現在你了解了，我一定得走。」

亞倫點點頭。「我會讓傑米幫我打包，我們立刻就——」

「不，先生，不是你。是我答應查理的，這不是你的事。這是我的失誤，而我得自己贖罪。」

「中士！」亞倫大吼出他過去的稱謂。「寇特原先是我的手下的人，他家人的命運當然與我有關。你必須讓我幫你。」

顯然他的紀律在退役之後就完全崩壞了，因為徽曼沒有立刻遵守命令，而是搖著頭。「不，先生。」

「為什麼不？」

徽曼怒視著他，最後垂下了視線。「他是合法收留她的，先生。」

「所以你打算採取非法的行動嗎？」亞倫再度咒罵。

「該怎麼做就怎麼做。恕我直言，先生，我不希望你在現場。」僕人壓低聲音，帶著歉意，卻十分堅定。他的口音消失了，所以他已經再度恢復了理智。

亞倫放棄了。難怪徽曼會想要推開他。亞倫最近雖然已經不再終日耽溺在悲慘的自哀自憐之中，但他仍然虛弱、也已經超過一年沒有騎馬超過一哩路了——他不但幫不上忙，還會成為一大累贅。「我會資助你的旅程。」

「我不需要錢，先生。我有積攢的旅費。」

「去你的，徽曼，你得學著妥協。我不會堅持要跟你一起去，這就是我的讓步了。你要收下我的資金，不要為了這件事哭天喊地——那是你的錢。等到我們回家，我就和律師諮詢。除了殺掉那個混蛋之外，一定還有別的方法。」

徽曼看上去鬆了一口氣。「謝謝你。這樣也很有幫助，先生。既然你已經同意，先生，我就會從里斯本開始。那是奈德最後一次見到那個混蛋軍醫的地方。」他停下腳步，一手拍在馬車的車輪上。「瓦雷隊長，先生。喔，不。你的宅邸。我離開的時候，誰要負責管理呢？」

「怎麼，當然是我了。」傑米出現在他們身邊。「沒有看到你的鼻煙盒，先生。」他眨了眨眼，對亞倫說道。亞倫貨真價實地遺忘了他整整五分鐘——這是這人進入他的生命中後第一次。

「你不用像是要把我撕成碎片那樣瞪著我吧，徽曼先生。」傑米打開車門，等著亞倫上車。他一手扶著門把，一邊對徽曼鞠了個躬。「我剛才只是在開玩笑，我保證。」

「爛玩笑。」徽曼咕噥道。

「如果你會擔心的話，我大部分都沒有聽到，獾先生。我只知道你要去找一個軍醫。」

亞倫無視了傑米的話。當他經過時，他伸手捏了捏自己前任勤務兵的手臂。「我們會想你的，徽曼，但你什麼都不必擔心。我保證，你不在的時候，我的宅邸不會天崩地裂的。我會盡可能地幫助你。」

徽曼喃喃道謝著，亞倫便爬上了車。

「我聽見的其實比我告訴老獾的還多。」等到傑米在亞倫身邊坐定，關上車門後，他便這麼說道。照正規的禮節來說，他應該要坐在亞倫的對面，背對著馬匹，但又一次，亞倫什麼都沒說。

傑米歪了歪頭。「他是真的要趕去國外，殺死某個混蛋嗎？」

亞倫考慮著要不要叫他少管閒事，然後他注意到那雙閃爍的藍眼睛中展現出的情緒，那不僅僅是好奇而已。「你喜歡徽曼先生嗎，傑米？」

「他？那個恐怖又醜陋的惡魔？應該吧。」傑米向後靠在座位上，看向窗外，好像很後悔自己表現出關心的模樣。

「不會走到謀殺那一步的。」亞倫雖然這麼說，但內心其實沒那麼有把握。

傑米的視線似乎死死釘在窗外的景色上，而亞倫藉著他難得分心的空檔，好好欣賞了一番傑米精瘦、結實的身體。他的雙手和修長敏感的手指，放鬆地靠在大腿上。窗外的光線照亮了傑米的頸部，讓他的喉結特別顯眼。一抹微笑掃過他的臉，令他臉頰上的線條動了動。

「喜歡你看到的畫面嗎，先生？」他壓低聲音說，但眼神仍對著窗戶。該死，這人的後腦勺一定有長眼睛。

亞倫的雙臂在胸口交疊。「我只是注意到你入職之後增重了不少。」

「確實如此。你也是啊。但是認真說，你真的只有注意到這個嗎？」傑米的視線從窗口移開，亞倫便發現他帶著一抹掠食者般的飢餓微笑。

亞倫的呼吸變得急促，下身開始騷動。「對，就是這樣。我們不能在馬車裡表現得像動物一樣。」他命令自己任性的身體放鬆下來。很好，如果他的欲望沒辦法再承受任何壓抑，那他就要徹底地釋放它。不要在公園或這裡，亞倫告訴自己，然後突然意識到這代表了什麼。他沒有告訴自己不要在家裡。

注定是會發生的。令他心神不寧的飢渴之感一直都存在，削弱了他的決心。他屏住呼吸，等待著。如果傑米現在碰他，他僅存的一點憂慮都會消失，就像在公園裡時一樣。就在他們行經繁忙的街道時，他會抓住傑米，再度品嚐他的嘴和他的皮膚。

亞倫坐在安靜的馬車裡，一方面擔心、一方面又期待傑米會靠在他身上，或是用手指撫過他的大腿。但青年的手好好地放在原處，而且直到他們在宅邸前停下馬車，徽曼打開車門前，他們都沒有再說一句話。

「謝謝你，徽曼。」亞倫說。他用力揉了揉自己的腿，好像它又開始犯疼，但只是為了等勃起的器官平復下去。「我立刻就寫一張字條給我的律師。」

他很快地爬出馬車，沒有回頭看傑米是否跟上，逕自爬上了進自家大門的階梯。

在他前往書房的途中，走廊前方的一間房裡傳來東西摔破的聲音，讓他嚇了一跳。惱怒的咒罵隨之而來：「看在耶穌的份上！」這是迪克的口頭禪。

亞倫停下腳步，思索著自己該不該去當面與迪克對質。但他除了說「把這裡整理乾淨」之外，他還能說什麼呢？反正說與不說，男僕都要這麼做的。

能幹的欽普特太太最近才來到亞倫跟前，抱怨過迪克的事。「你一定也看出他不堪用了。你大可用同樣的價碼請兩個英俊的年輕小伙子，先生。」她當時這麼懇求道。

亞倫拒絕了——而且並不只是因為他不想要讓家裡充斥著性感的年輕人。某些人會對自己家裡的女傭有非分之想，這就已經夠糟了。但是，老天啊，他才對傑米做了一樣的事，不是嗎？

他告訴欽普特太太，只要徽曼沒有抱怨，他就不會做任何改變。由於管家太太非常害怕徽曼——後者又對幾乎失能的男僕特別照料，把他大部分的職責都扛了下來——迪克就繼續留了下來。

「他如果再說一次謊，先生。」欽普特太太這麼警告亞倫。「請你務必要遣他離開。」

對於這句話，亞倫沒有回嘴。這頭老龍已經在家族裡服侍很長一段時間了，讓她保有最後的發言權，是阻止她噴火的最佳手段。

而現在，迪克顯然是打破了起居室裡的某樣東西。他無疑可以淹滅證據，如果他夠幸運，也許好幾天內都沒有人會發現。

亞倫繼續往書房前進，只是在心裡反省，自己是失敗的家族財產管理人。他其實一點也不在乎他繼承的任何東西，尤其是那些花俏的飾品。在他心中，等到把裝飾品帶回家賞玩的人過世之後，大部分的物件都會變成毫無意義的垃圾。只有某些物品，像是他父親的書桌，盛載的意義又太過重大了。

起居室裡摔破東西的聲音，並沒有讓他產生任何不悅。也許這就是為什麼他可以如此心安理得地雇用一位小偷。不過想著那小偷距離他寢室只有幾步之遙的可口身體，卻能讓他夜不能寐。

但是這種無用而痛苦的欲望要先暫時擺到一旁了。他坐了下來，為徽曼寫字條請加德納先生來一趟，並立刻就忘了迪克打破東西的事。

一小時後，他還在等待律師的回應，卻又聽見起居室裡傳來另一聲惱怒的喊叫。興奮的交談聲隨之而來。他嘆了口氣，放下書本，前去一探究竟。

女管家正站在起居室中央，手叉著腰，怒視著眼前一字排開的僕役們——那些獲准可以進入主廂房的僕人。迪克、女傭們，當然還有傑米。沒有人注意到亞倫出現在門口。僕人們的注意力都放在欽老太太身上，這是傑米幫瓦雷家族凶猛的守護者取的名字。她指著一把小心包裹在手帕裡的碎片。這團殘骸躺在一旁的桌上——是某個小雕像的碎片。從碎片的花紋來判斷，那是一個小牧羊女，是某個早被人遺忘的祖先搜集而來，最令人作嘔的陶瓷雕像之一。

「我知道這不是珍妮的責任。」欽老太太大吼。「是我派你過來的，迪克，只有你會是嫌犯。你玩完了，我告訴你。」

亞倫從來沒有見過她對其他僕人怒吼的模樣，而這實在太讓人印象深刻了。她就像是站在講臺上的牧師一樣，聲音嘹亮、充滿了地獄之火。可憐的迪克看起來快要哭了。欽老太太繼續說下去。「主人答應過我。再犯一次錯，你就準備打包走人。我向你保證，迪克，這——」

但就在亞倫來得及現身表明自己從來沒有答應過這種事之前，另一個聲音便打斷了她的長篇大論。「好了，欽老太太。妳怪錯人啦。不是迪克。完全不是他。是我喜歡這個小東西。我只是想要看仔細一點，然後咻，碰，它就從我的手指間溜掉啦。我犯了一個糟糕的錯。但我確實應該馬上坦白犯行才對。」

迪克的渾身一顫。「但是……」他欲言又止，傑米的手肘狠狠拐了一下他的身側，他又跳了起來。

「我的理由是這樣的。」傑米用和女管家喝茶聊天的口吻說道，「我忙著幫亞倫先生清理他的靴子和錶帶之類的東西。獾先生跟我說了一個擦鞋的祕方，我就完全忘了這回事了。他叫我要用香檳，妳敢相信嗎？用香檳擦靴子。這個浪費的想法讓我把其他事統統拋到九霄雲外啦。」

亞倫試著壓著自己的笑聲，卻聽起來像是一聲咳嗽。欽普特太太嚇了一跳，只不過她的反應比迪克優雅得多了。她轉過身來面對他。「不好意思，先生。你來得正好。」

「我想也是。」

「如果可以，我會先和徽曼先生討論過的，但他忙著打包去探望他病重的阿姨。」欽普特太太說。

「他是這麼說的啊？」傑米低聲咕噥道。

她無視他，然後繼續說下去。「而且我不太相信傑米說的這個版本。」

「為什麼不？」亞倫問，並決心不要和傑米對視。「妳是在質疑他是個騙子嗎？」

「他是在想辦法保護迪克不要被開除，先生。我們上一回討論過這件事——」

亞倫已經聽夠了。他揚起聲音：「我從來沒有同意過。我相信，這個裝飾品的損毀讓我們都很難過，但我也很確定，我們不會為了它開除任何人。」

「但是先生，我們不能讓這樣笨手笨腳的人在充滿了寶藏的宅邸裡橫行。這就和雇用一個小偷一樣糟糕啊。」

亞倫現在更不想和傑米對上視線了。「我不認為摔壞一個醜陋的小雕像值得這樣大驚小怪。」他說。

「但是，先生……」她又試了一次。

亞倫希望自己能就此打住，讓她保有最後的發言權。欽普特太太畏懼徽曼，但他接下來不知道要消失多久的時間。

她總是稱他為亞倫少爺，而他一直都是家裡最小的兒子。然後他跌跌撞撞地退伍回家，帶著永恆的傷痛，對任何事都不感興趣。現在是時候將自己塑造成這幢屋子裡最高的權威了。

「欽普特太太。」他挺身站直，怒視著她，像是過去在戰場上的將軍那樣。這是今天之中，他第二次借用了他已經拋下的身分。「夠了。我們不會再討論這個話題了，妳聽懂了嗎？你們各自回到崗位上。現在就去。」

眾人一聲不吭地走出房間。就連欽普特太太也沒有回頭。

「傑米。」亞倫喚道。

他慢悠悠地晃回房裡，勾唇一笑。「很抱歉，我打破了那個醜陋的小雕像，先生。」

「不是你。」亞倫試著不要露出微笑。他等著最後一點腳步聲消失在走廊上。「你不用為迪克說謊的。我不會開除他。」一股劇烈的疼痛從他的腿上竄過，他跌坐在一旁的沙發裡。

傑米走了過來，並在沒有經過他的許可之下在他身邊坐定，而且靠得有點太近了。亞倫可以感覺到他的腿所散發出的溫度。他對這個男人太敏感了。傑米呼吸時，四周的氣氛彷彿也因此流轉起來，這一定也是他自己的想像而已。

傑米移動了一下，他貼著亞倫大腿的那股壓力就消失了——卻來不及讓他加速的心跳平穩下來、或是讓往他下身衝去的血液回流。

「很好啊，先生。」傑米輕鬆地說，好像他完全不受剛才的肢體接觸影響。「都是個快要葛屁的老朋友了，我們的老迪克。他從來不是個讓人興奮的傢伙，但他也不至於要上絞刑臺啦。」

「你是說，他不是個壞人吧？」

「就是這樣，沒錯。」

「你為什麼要保護他？」

傑米聳聳肩。「他在這個殘酷的世界上，已經吃了夠多苦了。」

另一個念頭從亞倫被欲望蒙蔽的腦中竄了出來。「而你認為我會保你不被開除。」

傑米的眼中閃爍著調皮的光芒。「也許喔。」他緩緩地說。

「你是個小賊，傑米。」亞倫柔聲說。

「也許喔。」

「不是也許而已吧。」

那天下午，他得知了傑米的另一個重要特質。儘管他伶牙俐齒、開口就損人，但這位年輕人的心很柔軟，而且出乎意料地懂得人情世故。他保護弱小的天性是與生俱來的，但這樣充滿榮譽感的行為模式，卻與他偷竊與賣身的作為大相徑庭。如果他過去經歷的是不一樣的人生，傑米會變成什麼樣的人？也許會變得優秀而體面。也許他會成為一個領導者。

亞倫從來沒有認真思考過較低階層的人們的處境。他就像所有的同儕那樣，從小到大都認為他們是另一種族類，沒有感性的靈魂、更高層次的思考、或是高尚的情操。在軍中，雖然他手下的士兵都十分敬重他，但他們之間的距離不只是官階，還有社會階級的差異。認識傑米後，這是亞倫第一次想到，也許人們是生而平等的，只是因為人生給了他們不一樣的境遇，才造成大不相同的結局。

那天逼近傍晚時，加德納先生終於回應了亞倫的字條，說他翌日能夠與他會面，但徽曼再也忍不下去了。平時鎮定的男人似乎迫不及待要立刻出發，好扭轉寇特家人的景況。

「我很抱歉，先生。當我想到那個邪惡的男人可能會對小女孩做什麼事，我就忍受不了。我今天一定要出發。我要花好幾天的時間才能到里斯本，那是奈德最後一次見到薛佛斯和他的女孩。可憐的大小姐，她總是那麼勇敢、像個軍人一樣——一個英勇的年輕小姐，出落得像她母親一樣優美。不管你的律師能不能找到合法的方法，把那個女孩從醫生手中帶走，我都要去拯救她。」

他朝馬廄走去。亞倫看著他離去，然後才想起來，他忘了給他旅費。

亞倫沒有追向對方，而只是大喊了一聲：「一！」然後打了一個手勢，要他折回來。中士立刻跑回他面前。亞倫掏出裝了錢的皮包。「收下吧。」

「謝謝你，先生。」徽曼說。他轉身快步走開，腳步幾乎算得上是小跑。

「你剛才在頭旁邊比的是什麼？」傑米站在他身後。

亞倫看著他，但腦子裡還在想著別的事。「嗯？」徽曼總是非常沉著冷靜。在西班牙時，薛佛斯一定是做了什麼惡行，才讓他這麼急迫。他想，也許還有些事他沒有說出來。

「你對他大叫，然後就在頭上打了一個手勢。」傑米堅持道。「那是什麼？」

「我叫他到我面前來。」

「那是某種軍事信號嗎？」

亞倫搓了搓疼痛的大腿根部，點點頭。

「還有更多嗎，你之後也許可以教我？」傑米提議。「如果我們被敵軍團團困住，這樣我們還可以聊天，對吧？」他也許只是試著轉移亞倫的注意力，因為後者仍看著徽曼騎馬奔馳而去的方向，動也不動。

該怎麼把女孩帶走、收到自己的羽翼下，這部分他應該要和徽曼好好計畫一番的。可是一但徽曼下定決心，就再也沒有什麼事能夠改變他。他就像是一顆看似文風不動的石頭，但只要它開始向下滾動，就沒有任何東西能阻止它了。

亞倫盡可能地把這個念頭拋到腦後。有傑米在，這似乎還有一點可行性。晚餐後，他們回到亞倫的書房，他拜託亞倫演示不同的軍事信號給他看，而傑米則大笑著模仿他的動作。

「就像是在跳舞一樣。」傑米邊說邊在腰部的高度轉著自己的手，做出回來的手勢。「唯一合理的動作只有停看聽。」傑米誇張地做出停在半路上，然後把手放在耳邊的動作。「你所有的手下都知道這些嗎？」

「他們的性命也許全靠這些無聲的溝通來保住，所以他們當然知道。」他的話讓他回憶起可怖的真相——知道幾個信號並不能保全他們大部分人的性命。「夠了，我們來打牌吧。」

他們玩了幾局撲克牌，但兩人都有些心不在焉。沒過多久，傑米就再也假裝不了自己能專心了，兩手一攤放在桌面上。

「你的腿整個晚上都不對勁。」他坦率地說，「爬樓梯的時候一瘸一拐，而且連坐著的時候臉都擠成一團。讓我幫你按摩吧。」

亞倫還來不及問那是什麼意思，傑米就已經蹲到他身旁，挪開小牌桌後朝亞倫的靴子伸出手。他抓住鞋跟，輕輕脫下靴子。亞倫穿著靴子去散步，以為這樣可以給他的腿多一點支撐，卻沒想到這會讓他的腳浮腫、靴子脫不下來。

傑米一邊從亞倫布滿傷疤的浮腫雙腿上脫下吊襪，一邊咂舌。「看看你，你真的把自己毀得體無完膚。」

傑米小心翼翼地把他的腳放在地上，幫他脫下另一腳的靴子，然後注意力再回到他受傷的那條腿上。他像隻母貓在幫小貓理毛般溫柔，將亞倫的腿抬起，放在自己的大腿上，然後溫柔地按摩起他痠痛的小腿。他的手溫暖而謹慎，從膝蓋一路按到腳踝，然後再度上移。

亞倫打量著坐在他腳邊的年輕人，正以令人賞心悅目的臣服姿態服侍著他。這樣的服務令他感動，卻又大大挑起了他的欲望。當傑米按摩著他的腳背、腳踝與腳趾時，他輕聲呻吟著。頂著一頭亂髮的年輕人抬眼看著他，露出微笑，那抹心知肚明的笑意讓亞倫屏住呼吸。他的心劇烈地跳動著，知道如果他把這件事帶回他的臥室，一切就會大不相同。

這和他們的第一晚並不相同，那天，他是雇用傑米來享受最後的一點歡愉，然後他就要了結了自己。但如果他現在帶著這個男人回到臥室，他就沒辦法阻止自己在房裡一次又一次地與他交合。他們會發展出一種類似感情的關係，在神與人的眼中犯下無法赦免的罪行。

但傑米完全沒有意識到亞倫內在的衝突，只是把注意力轉向他沒有受傷的那條腿，用雙手為他帶來更多的歡愉。亞倫把他的懷疑與恐懼推到一旁，向後靠在椅背上放鬆，看著傑米把玩他的雙腿。

「你似乎很有經驗？」

「對，我的奶奶——嗯，她並不真的是我奶奶，但我都這麼叫她啦——會關節痠痛，以前會付我一便士幫她按摩。」他眨眨眼。「但不像幫你按摩這麼有吸引力，先生。」

他將注意力轉到亞倫戰時造成的傷疤，用一隻手指輕輕滑過表面。「看來這差點差點就讓你保不住你的腿了。」

「嗯，就是這傷讓我退伍的。」

「在巴達霍茲受傷的嗎？」傑米追問。「老獾告訴我了一點那裡發生的慘事。他說你是他的救命恩人，把他拖到安全的地方去。在那之後，發生了什麼事？」

尖叫、血腥和恐怖，他的手下做出了他從軍這些年來從沒見過的種種暴行。他們表現得像是中邪了一般，而他完全沒辦法掌控他們的行為。然後，一陣劇痛從他的腿上傳來，他就倒地了。有個東西擊中他的頭，然後他就失去了意識，直到他被薛佛斯先生喚醒。

「我中槍了。」他簡單地回應道。

「這裡也是那時候受傷的嗎？」傑米跪在他的雙膝之間，輕撫亞倫的身側。他的襯衫下有著另一個凹陷的傷疤，那是另一顆毛瑟槍的子彈打中他後留下的痕跡。

「不，那是好幾年前的事了。」

「你已經筋疲力竭了，先生。」傑米開始解開他的襯衫，而亞倫沒有阻止他。「你的辛勞為自己賺得了退伍休息的機會，你的英勇事蹟也讓你值得擁有一點享受。」

「我不是英勇，我只是完成工作。」他喃喃自語，想著那座毀壞的城市裡他沒能拯救的人們。「而且不是每次都做得很好。」

「我相信你盡你所能了，先生。」溫暖的手滑到他的襯衫與內衣下，撫過他的腹部。「而且至少，老獾這輩子都會感激你的。」

傑米的身體在他張開的膝蓋之間，雙手撫摸著他，亞倫的下身隨著心跳抽動著。老天，他是多麼希望這雙靈巧的手停止逗弄他、好好握住他的勃起。他想要那雙抿緊的嘴唇含住他的下身，用溫暖和溼潤包裹他。他還沒有忘記傑米在那天早晨吸吮他的感覺。事實上，他每天早晚、甚至在平時的某些時刻，都會重新回憶起那段經歷，就連現在也是。唯一能勝過它的記憶，則是將他的下身深入對方的後穴，更加強烈的回憶——傑米汗溼、起伏的身軀，被困在他身下的模樣。

「這裡不行。」亞倫把傑米的手從他的肋骨上推開。「回我房間去。」

「是的，先生。」傑米勾起嘴角，然後站起身，看了他片刻。他向亞倫伸出手，幫他站起身。他們面對著彼此，遲遲沒有放開手。「你不會後悔的。只要你不堅持要自己感到後悔，就沒問題。我說，你就放下罪惡感，容許自己滿足需求吧。」

看著這位年輕竊賊懇切的雙眼，亞倫發現自己開始相信他了。他確實可以放下自己的罪惡感。他只想要放鬆自己，讓自己順從試探，滿足自己的需求……但不能在這個隨時都有可能被僕役打擾的地方。

他用力擁住傑米，在他的嘴上印下輕輕一吻，然後向後退開。

「上樓。」他又說了一次，然後領頭往房間走去。

寢室的門在身後關上、鎖好後，他們的衣服就像是被拋棄的破布般，紛紛散落在地。很快地，兩個男人就褪去了所有的衣物，緊緊擁抱在一起。

他將傑米結實的身體圈在臂彎裡，感受肌膚相親的觸感，傑米精實的手臂環著他的背，兩人的雙腿與下身交疊，溫熱的嘴緊貼著他的唇——這就是亞倫一直在追求的滿足。

幾乎是全部了。但他還有其他的渴望，而他要讓那些幻想成真。他的雙手沿著傑米的背下滑，抓住他的臀部，緊實的臀瓣沉甸甸地落在他手中。他將嘴從傑米的嘴上移開，深吸一口氣，然後開始吻起他的下巴、他的脖子和胸口。青年略帶鹹味的皮膚令他陶醉不已，他想要更多。他的下身幾乎和他的傷腿一樣疼痛，後者已經撐不住他的體重，開始顫抖起來。

亞倫拉著傑米，一起來到架高的床上。他們四肢交纏、兩具身體扭動著，摔進床裡。他喜歡傑米的體重壓在他身上，喜歡他的體溫貼近自己，喜歡他們再度接吻時他滑溜的舌頭。

傑米貼著他的身體，緩緩擺動著，而他的動作，更煽動了亞倫的欲望。年輕人撐起身，抬腿跨坐在他身上，膝蓋埋進亞倫身側的床墊。他伸手將亞倫的頭髮向後撫平，指尖在他的臉側徘徊，輕撫他的輪廓。

亞倫閉上眼，臉頰貼進他的掌心。傑米溫柔的觸碰讓他的心臟一縮，胸口緊繃。他壓抑這樣的需求太久了——他只是想和另一個人類進行這樣簡單的接觸。他再度睜開眼，看向青年湛藍的雙眼，一股神聖而寂靜的氛圍籠罩著他們。

傑米難得沒有在笑。事實上，他的眉頭正微微皺起。他是否也和亞倫一樣，感受到一股奇異的吸引力？或者，他只是幻想著有什麼重要的意念在兩人之間傳遞？

傑米輕笑一聲，打破了這個氛圍。他彎下身，親吻亞倫的胸膛，舔著他的乳頭，並分別含進嘴裡吸吮。亞倫有點錯愕地倒抽一口氣，將胸部挺向傑米的嘴。以前和其他男人躲躲藏藏的短暫交合過程中，他從沒有經歷過這樣的挑逗。他們總是趕時間，以有限的接觸、最快的速度結束一切。

但傑米想要慢慢地享受這樣的逗弄。他輕咬一下亞倫的乳頭，讓他呻吟出聲，然後向下一路吻至腹部。他握著他的下身，親吻頂端，最後啜進嘴裡。亞倫吐出一口氣，再度閉上眼睛，向快感屈服。

他拉扯、吸吮著，直到亞倫的下身像石頭般堅硬，然後傑米放開他，坐起身。

「先生，你有沒有什麼東西能讓這過程容易一點？」

亞倫點點頭，朝著床邊的抽屜打了個手勢。傑米知道潤滑油放在那裡，也有看過他拿來使用，但他不打算擅自去翻動他的床頭櫃。他從亞倫身上爬下來，取來一小瓶的潤滑油，在手掌上倒了一點，然後抹在亞倫的下身上。

他的觸碰讓亞倫呻吟起來，他低語：「很舒服，對吧？你好粗，真的好粗喔。你想要不上油就狠狠地上我吧？你想要把我撕成碎片吧？」

這是稱讚。哪個男人不喜歡聽到自己的下身有多大呢？傑米的用字與溫柔誘惑的語調，如預期般地點燃了亞倫的欲火。他挺起臀部，將自己推進男人套弄的手中。

傑米換了個姿勢，跪起身，一手探進雙腿之間，把沾滿油的手指插進自己的後穴。他閉著眼，咬著下唇，手指在自己的體內進出。直到覺得足夠後，他才抽出手，小心翼翼地將亞倫的硬挺對準入口。

頂端沉入，被那一圈肌肉緊緊環住，亞倫低哼一聲。感覺太好了。傑米緩慢而堅定地向下推，將他深深地吃進去。穴內因潤滑油而滑順，感覺就像將手指探進尺寸過小的高級手套，緊繃卻舒適。

亞倫直直看著傑米的臉。年輕人的雙眼半睜半閉，雙唇微啟，細小的呻吟從喉頭逸出。配合著亞倫下身的角度，傑米的身體微微向後傾，他的欲望則像船首的旗杆一樣挺立在亞倫的眼前。亞倫伸手握住，扎實地套弄一下。如此深埋在青年體內，實在很難集中注意力，幾乎什麼事都無法思考，但他努力嘗試回饋，手上下移動著。

藍色的雙眼緩緩張開，打量著他。傑米慢條斯理地在他身上上下擺動。亞倫的下身像是著火般滾燙，又熱又緊的肉壁緊緊包裹著他。

「你喜歡這樣吧？」傑米低聲說。「那就說出來。說你喜歡操我的屁股。這就是你想要的。你做夢都想這樣做。大聲承認，亞倫。」

自從正式雇用後，這是青年第一次以他的本名稱呼他。亞倫喜歡傑米喊他名字的聲音，喜歡他粗魯的語氣，以及他說的那些污言穢語。

「『我喜歡從後面操你，傑米。』說啊！」青年要求道，一邊縮緊自己，緊緊夾住亞倫的下身。他就這樣讓亞倫埋在他體內，停止動作，緊盯著亞倫，像是在等待正確答案的學校老師。

亞倫口乾舌燥地幾乎講不出話。當他的話脫口而出時，聽起來沙啞不已。

「我……啊，老天。操！」他呻吟著。

「說啊！」

「我喜歡……喜歡上你。」

「『上你的屁股。』不要再害怕承認了。」他抬起身，又立刻裹著亞倫的下身往下坐——狠狠地貫穿自己。

亞倫倒抽一口氣。「我喜歡上你。我喜歡……我喜歡這樣。」

「很好。這樣很好。」傑米的聲音就像水一般溫柔地包覆住他。「這就是我想聽的。現在，開始做吧。」

話說得倒輕鬆，現在可是傑米坐在他身上掌握全局，但亞倫順從地挺起臀部，將自己撞進對方體內。他一次又一次地填滿他。他放棄套弄傑米的下身，轉而抓住他的腰，引導他上下移動。

快感在他體內堆積、竄動，填滿他的身體與思緒，直到他再也沒辦法擁有其他的想法或感受。他們兩人身體交合的位置，成了世界的中心，是一切平衡的支點。歡愉的感覺在他的血管裡流動，然後在胸口綻開。直到他最後一次向上挺進傑米的深處時，他的情緒都還是高漲無比。他溫暖的體液噴射而出，下身抽動著。

等到他從高潮的暈眩中恢復後，亞倫再度伸手向傑米的下身，繼續剛才未完成的工作。他不斷套弄，直到傑米開始呻吟。要不了多久，他就將傑米推向高潮。傑米搖擺著臀部，亞倫已經疲軟的器官便從他體內滑了出來。低哼幾聲後，傑米就在亞倫的手中射了出來。

「真舒服。」他低聲說，吐出一口長氣。「謝謝。」他的手覆在亞倫還握著他下身的拳頭上。

結束性事後，亞倫半期待著自責與羞恥之感像之前那晚一樣湧入他心中，但這次，他的喜悅並沒有褪去。他花了一點時間才認出這股幾乎陌生的情緒。他很快樂。很滿足。

傑米趴倒在他身上，頭枕著亞倫的肩膀。亞倫的手臂立刻無意識地環住他，將他擁得更近。亞倫把臉埋進青年的頭頂，柔軟的頭髮搔著他的鼻頭。喔，他很樂意習慣這個感覺的。男妓、小賊，不管傑米是什麼都好，亞倫都希望他在身邊。

過了片刻，傑米嘆了一口氣，從他身上溜下來，在他身旁躺好，頭枕在手臂上。

「所以我們的老獾究竟想做什麼？我今天在公園聽到的確實多了點，但還不夠多。你可以告訴我整件事的來龍去脈嗎？」

「他答應過一個朋友，要照顧他的妻小。現在父母雙亡，年輕的小姐便落入一個危險男人的監護之中。徽曼希望把她從他身邊帶走，但我怕他最後只會訴諸暴力，為自己惹上麻煩。我不應該讓他自己出發的。」

「那個女孩幾歲了?」他濃密的眉毛蹙了起來。

「我猜應該差不多十一歲或十二歲了。」他回想著那小女孩的鵝蛋臉，以及總讓她看起來成熟而超齡的、筆直黑色眉毛。「她母親是軍營裡的洗衣婦，也照顧傷兵。而大小姐以前總會幫著她洗衣服。徽曼和我都想不起她的本名了。她是個安靜的小東西，卻比大部分的孩子都來得有自信。」

傑米翻了個身，把下巴靠在前臂上。「如果那個紳士喜歡年輕女孩，那麼老獾可能就太遲啦。也許這對那女孩來說也不算是壞事。如果有人保護她的話，她的人生也許還能平安地過下去。比她一個人生活要好得多了。」

亞倫打量著他的臉，看著他皺起的眉毛與下垂的嘴角，然後突然意識到，這是傑米的經驗談。「你第一次……你被……奪走的時候，你多大了?」

傑米的視線掃向他，然後很快地轉開。「太小了。」他聲音扁平地說，一邊聳聳肩。「這沒什麼好多聊的。不過我確實有個更有趣的故事可以告訴你，如果你想聽的話。這次的主角是釣魚老唐的好友派特，我之前和你說過的。」

「繼續吧。」亞倫微笑著，一邊期待著故事，但一邊意識到傑米是想要逃離令他太痛苦的黑暗故事。他懂的，他們都有無法說出口的恐怖回憶。

「就像我之前說過的，派特和他的朋友老唐一樣都是酒鬼，但他也是個優秀的戀人。他向我坦白過一個年輕時代的故事，他那時還是個旅行的工人，走過無數的土地。在旅途中，他曾經在北方遙遠的一間小酒館落腳，那裡一個女人也沒有。晚上，他喝酒喝到一半，派特突然覺得欲望高漲，便問酒館主人，這裡的男人都是怎樣抒發自己的寂寞之情。

「『嗯，先生，後面有個大木桶，側邊挖了一個小洞。如果我們需要解決需求，我們就會好好利用它。』

「派特喝完酒，走到酒館後方，掏出他的老二，在那個小洞裡盡情享受。等結束後，他回到酒館裡感謝主人的幫忙。『先生，這是我這輩子最享受的時刻了。我該怎麼回報你呢？』

「酒館主人說：『什麼都不用。但現在輪到你進木桶了。』」

傑米勾起嘴角——露出他邪惡的微笑——亞倫則放聲大笑起來。

「你真的是個小混混，傑米。」

傑米抬起眉毛。「我只是把別人說的故事告訴你而已。我說的每個字都是真的，至少他們都是這麼發誓的。」

亞倫伸出手，撥弄傑米已經十分蓬亂的頭髮。「我要拿這個小騙子怎麼辦呢？」

「你要怎麼辦都可以啊，先生。」傑米壞笑地回答。「我就是來取悅你的。」

這就是亞倫擔心的東西。他不想要成為這個年輕人的「監護人」，就像薛佛斯監護寇特家的小女孩那樣。他不想要傑米認為，他得從任何層面上服侍他才行，但雇用他作為貼身男僕，他們註定就要變成這樣的關係。這會怎麼收尾呢？他真的能夠相信一個為了利益與人身安全而出賣身體的青年嗎？

8

傑米已經厭倦了腳夫的角色，而現在才不過下午而已。由於徽曼不在家，沒有人擔任為訪客開門的管家——雖然他們也沒有任何訪客——他們也不希望以迪克作為這個家的門面，因此欽普特太太決定，要讓傑米擔任守門員的角色。這代表他不能離開一樓太遠。她同時也交代他，在她出門辦事回來之前，要把走廊上的黃銅甕都刷乾淨。

她前腳才離開，他便立刻丟下擦拭的碎布，前往花園。

亞倫出門去和律師討論寇特家的事了，直到那天稍晚才會回來。今天的天氣依舊很好，而傑米想要再去公園走一趟。現在，能在花園裡散散步、喝一杯亞倫的白蘭地，這樣也是不錯。他一邊搖晃著大玻璃杯，一邊假裝自己是這幢宅邸的主人，身穿連身大衣、絲質長襪，還有緊身的馬褲。

「不好意思，傑米。有兩位紳士來見你了。」

迪克的聲音嚇了他一跳，傑米轉過身，看向從屋子裡走出來的男僕。

「來見我？」

「我讓他們在玄關裡等著。」他的額頭像是長耳獵犬一樣層層皺起。「但我想我應該讓他們到僕人的出入口去等的。我想我犯了一個錯。請不要告訴欽普特太太。」

「放心，迪克。我來處理。」誰會來找他？肯定是個大麻煩找上門來了。

當他來到玄關時，他的心便沉到了地底。喔，沒錯，確實是個大麻煩，不過是以傑瑞．皮克斯和諾亞．史塔克的形式出現罷了——他最好的兩個朋友。紅頭髮的傑瑞又矮又胖，長著一張大而圓潤的臉，上面布滿雀斑。諾亞則又高又瘦，像個稻草人，頂著一頭朝四面八方不受控制地生長、幾乎發白的金髮。

「嘿，傑瑞，諾亞。」他和他們打了個招呼，然後雙手交抱地站在走廊中央。如果他太友善，他們就會直接闖進屋裡了。如果他拒絕他們，他們會鬧得連屋頂都掀掉的。「你們好嗎？」

諾亞轉身打量著一幅瓦雷祖先的畫像，然後把頭髮向後一推，將帽子戴在頭上，短暫地露出傑米在他額頭上留下的一道傷疤。「看看你，我的帥小弟。你之前穿的還都只是破布呢。現在看起來多英俊啊。」

傑瑞刻意誇張地在地墊上磨了磨髒兮兮的鞋底，然後才朝傑米走來。「老天，你現在過得挺好的啊，是不是？我們聽說你撿到了好運，所以決定要過來親眼看看你。」

「你們怎麼找到我的？」傑米試著不要讓自己聽起來太惡意，但他不相信他們只是來拜訪他而已。他很後悔自己派了在亞倫這條街上掃煙囪的小弟，去劊子手酒吧傳口信。他只是想讓他的朋友們知道他還活著，但他應該要付更多錢叫那個小子把嘴閉緊一點，不要說出傑米所在的確切位置。

「這裡還真是金光閃閃耶。」諾亞盯著牆上發光的燭臺，然後又看向一位早就去世的瓦雷家人肖像。「那天晚上我們看到你和一個紳士上了馬車。傑瑞和我請了你派來的那個男孩幾杯酒，我們就找到你了。」

傑米，你這個大傻子！他到底在想什麼啊？他的舊人生已經結束了。他應該要直接把這些人拋出腦後的。如果他朋友覺得他被綁架了或是死了，那又怎麼樣呢？現在他要怎麼甩掉他們，他們又會對他造成什麼危險？

他朝門口走了一步。「很高興見到你們倆。我很想邀請你們進來，但這是我雇主的家。我不能作主。」

「但我們已經進來啦，對吧？」傑瑞勾起嘴角，「喔，拜託，小傑米。不要這麼小家子氣嘛。你不會對你最好的朋友擺架子吧？至少請我們喝一杯啊。你的老闆不會拿這點小事跟你計較吧？他是個好人嗎？」

傑米瞄了一眼自己手中晶瑩剔透的酒杯，突然後悔自己沒在進門前先把它放下。這杯酒讓他看起來像是在愜意享受的紳士，而不是打扮體面的僕人。「是的，他是個非常好的雇主。」

他知道他沒辦法拿自己成為貼身男僕的故事蒙混過關。他們都和他一起在街頭工作過，他們知道他提供的是什麼服務。

「那很好啊，老朋友。你值得過上這種優渥的生活。」

傑米掙扎著要把他的朋友推出大門、還是讓他們快速在家裡參觀一圈。給他們喝杯酒，應該無傷大雅吧。欽普特太太會出門好幾個小時，亞倫也是。這裡的女僕都愛他，她們會為他保守祕密的。

似乎是意識到了傑米的猶豫，諾亞催促道：「拜託。就喝一杯而已，老兄，然後我們保證滾蛋。不要這麼不識相嘛。」他用手點了點自己的鼻尖。「講這麼白了，還聽不懂嗎？」

傑米那股救了他無數次的直覺不斷尖叫著，但他決定掐熄它的聲音。他現在只覺得無聊，又因為白蘭地的關係有點頭暈眼花，而且他想要炫耀他的好運。

「好吧，那就進來吧。」他領著他們進到起居室，並讓他的訪客們坐在綠金條文相間的長沙發上。他走到餐具櫃旁，倒出兩杯琥珀色的酒，分別遞給傑瑞和諾亞，然後在他們對面的主位上坐下。他將腿跨在另一條腿上，緩緩擺盪著他的腳，好讓他們能看見他閃閃發亮的鞋釦。

「老地方有什麼新消息啊？」他邊問，邊啜了一口白蘭地。

兩人開始說起他不在時，那些朋友和點頭之交們幹出的荒唐事和引起的騷動。

「……然後佩格往他頭上砸了一個酒瓶，直接撞碎在他身後的牆上，碎玻璃掉得滿地都是，割傷了坐在那桌的人。下一秒，所有人就開始往死裡打了。劊子手酒吧整個被毀，佩格和比爾．惠頓被列為終生拒絕往來戶。但想也知道不可能禁止他們進到酒吧裡的，對吧？」傑瑞的臉漲得通紅，眼淚沿著他豐滿的臉頰流下。

傑米大笑起來。他心情愉悅，肚子裡十分溫暖，腦子一片混沌。能見到他的老朋友是件好事，而他穿著一身時髦的服裝、在這裡主持整個會面，更是美好。

諾亞站起身，開始在起居室裡四處悠晃，檢視著各個雕像和畫作。「老天，傑米，真不是蓋的。你在這裡過得真好耶。」

舒適的泡泡破滅了，傑米的腦子突然清醒過來，並銳利地看向他的朋友。諾亞順手牽羊的壞習慣惡名昭彰，比他和傑瑞加起來還要能偷。這個瘦高的金髮男人，可以像變魔術般讓東西消失。

傑米站起身，走到諾亞身邊，並看向牆上富麗堂皇的大鏡子。他打量著他和諾亞的身影。傑米看起來適得其所。他剪得乾乾淨淨的頭髮和高雅的服裝，看上去就像是這間屋子裡的少爺。但另一方面，諾亞就是隻過街老鼠。他的眼下帶著紫色的暗影，臉頰凹陷。

諾亞和傑米的視線在鏡子裡相交。

「你能不能給我們一點東西當作餞別禮呀，傑米？看在老朋友的份上？你欠我們的。」

他想著他們過去幾年一起經歷過的種種——一起縮在陰暗潮溼的地下室裡避寒的夜晚；在酒吧裡打發時間，或是在街上和客人討價還價，或者當扒手的時光；他們幾次差點被逮到的危急時刻；還有他們總是義氣相挺的方式。

「抱歉，諾亞。我可以自掏腰包，給你們幾個硬幣，但剩下這些其他東西，都不是我的，就算我讓你們帶走一根線頭，我都會完蛋。」

諾亞眯起眼，一邊拿起一個奔跑中的馬匹銀飾，在手中把玩。「所以就這樣？你把我們一腳踹開，然後就過自己的好日子去了？」

傑瑞一直都是和事佬的角色，急急忙忙來到兩人身後。「好了，兩位，保持冷靜呀，不需要動手動腳的。」

「這是怎麼回事？」一個如雷的嗓音從房間另一端傳來。

傑米的腹部像是被人揍了一拳般緊縮起來。白蘭地灼燒著他的喉頭和血管，他轉過身，面向亞倫的漫天怒火。

男人站在起居室的門口，寬闊的肩膀幾乎填滿整個門框。他穿著深色的服裝，再配上漆黑的頭髮，看起來就像是準備來帶走傑米的死神。他帶著怒容，聲音像高高在上的神那樣隆隆作響。

「他們是什麼人？他們在這裡幹什麼？」

「我的朋友們來拜訪我。」傑米虛弱地回應道。

「滾出去！」亞倫三大步走過房間，將馬匹的銀像從諾亞手中奪走。「滾出我的屋子。」

傑瑞布滿雀斑的面孔突然變得一片蒼白，快步朝門邊走去。但諾亞只是冷冷地看著亞倫。「抱歉，大人。我們不是有意要為傑米惹麻煩的。我們只是想要看看他的新家，還有收留他的英俊男子而已。我們可不想為他添麻煩……或是為你添麻煩。」他刻意強調最後幾個字，聽起來擺明就是威脅。

亞倫一聲怒吼。貨真價實的吼聲從他的喉頭湧出，他抓住諾亞的領口，往門邊狠狠一推。「滾出去！」

傑米本想跟上他們，送他們出門，但他的腿顫抖得撐不住他的身體。他向後靠在牆上，等著亞倫回來。他的腹部一陣陣翻攪，威脅著要吐得滿地都是。他聽見前門重重甩上的聲音，然後是亞倫的鞋跟用力踩在地面上，接著他便出現在起居室。

「對不起……」他只來得及說出這幾個字，亞倫便一把抓住他的前襟，將他砸在牆上。他的頭撞上那面大鏡子。

「你在想什麼，竟敢邀請你的朋友來這裡？他們很可能會威脅我。他們很可能會盜取我的財產、毀壞我的名聲。你這個小傻子！」

傑米的後腦勺隱隱作痛。亞倫大力搖晃他，讓他的上下牙齒互撞。

「還是你本有其他打算？也許是要聯手行竊？」

「不，先生，我發誓。完全不是這樣的。如果我們真的想要偷你的東西，我不可能在光天化日之下找他們來的。」他不小心說得太多了，這讓他聽起來像是早就想過這回事一樣。事實是，他很久之前有這樣想過。但最近沒有——再也沒有了。

亞倫再度搖晃了他一下，胃酸湧上傑米的喉頭。他很怕自己會吐在主人潔白的襯衫上。

「你為什麼要告訴他們你的住所，而且為什麼要讓他們進來？你是中了什麼邪？」

「我沒想過——」

「對，你沒有想。顯然如此。」亞倫打斷他。「現在你得離開了。我不能信任你，我不能讓你待在我身邊。」

傑米感到全部的血液突然從他的腦子抽乾了。如果他沒有先吐出來，他等一下可能就要暈過去了。這比他想像的糟糕多了。他可完全沒想到會這樣。一切怎麼就這樣脫離他的掌握了呢？只是單單一個愚蠢的行為，他就把一切都毀了——他的整個未來、還有他現在所擁有的一切好處。

亞倫把他放回地上，傑米站在那裡，身體微微搖擺著。

「走吧。把你的東西帶走，如果你敢惹任何麻煩，我保證，我的復仇會比你想像的更殘酷。」

他聽起來甚至不像他認識的亞倫了，而是徹頭徹尾的軍事領袖，每一個命令都會讓手下的軍人們顫抖。

「是的，先生。」傑米開始移動，隨後又停了下來。

「怎麼樣？」這個聲音就像是一條鞭子打在他的靈魂上。

傑米眨了眨眼，嚥下突然湧出的眼淚。「徽曼把我的衣服燒了，我沒辦法帶我的東西走。我……什麼都沒有。」

一股失落感沖刷過他的全身，他咬住下唇，以免它顫抖。

「你可以帶走我幫你買的衣服。我留著也沒用。」

「謝謝你。」他低語，然後開始朝門邊走去。

他沒有解釋、哄騙、或是哀求，這一點也不像他，但他做不到。這次不行。亞倫的指控和不信任傷得他太深。他以為這個人更了解他一點，但對方只看了他的朋友們一眼，就做了最壞的假設。但這又怎麼能怪他？傑米做了什麼能說服他的事嗎？

亞倫跟著他走上走廊。在傑米轉頭朝僕人的出入口走去之前，迪克突然衝進起居室，揮舞著雙手，雙眼大睜。

「等等，先生！這是我的錯。是我讓那些人進來的。不是傑米做的。拜託您，先生。請不要開除他。很抱歉我偷聽了，但我聽見您大吼，而我不能讓傑米為我做的事情付上代價。不能又一次。」他的胸口快速起伏著，空氣從他的嘴唇間竄出。他斑白的頭髮亂成一團，衣服也是，但迪克通常都是這副模樣。

傑米將一隻手搭在他肩上。「沒關係，迪克。你沒有做錯什麼。我應該要叫他們走的，但我沒有。這是我的錯，不是你的問題。所以冷靜一點。」他再度拍了拍他的肩膀，然後繼續往前走。「我想就算是我，還是會放他們進來吧。」

「等等。」亞倫的命令讓他在半途停了下來。

他等待著，屏住呼吸，心臟劇烈地跳動。

亞倫走到他身邊。傑米沒有轉頭看他，就感覺到他的存在，以及那雙肅穆的深色雙眼落在他身上。「你知道你該請他們離開，你為什麼沒這麼做？」

傑米瞥了他一眼。「因為得意忘形，先生。因為虛榮。他們是我認識很久的老朋友。我想我只是要讓他們看看，我讓自己過得多好，向他們炫耀我現在擁有的一切。」他頓了頓，然後又補充道：「但我現在什麼都沒有了，對吧？我真的把自己給毀了。」

「啊，傑米。」這幾個字聽起來幾乎是一聲嘆息了，而傑米在這一刻就知道，亞倫的一腔憤怒之情突然煙消雲散，就像海面上傳來的一聲哭嚎，幾秒之後就消失於無形。「你這個傻子。」

他輕笑一聲。「這已經不是新聞了，先生。」由於他已經沒什麼好失去的了，他又說：「不過，你瞧，他們都是我以前的朋友。」他突然意識到，他現在可以回去加入他們。「也許我可以追上他們。」

「不，等等。」

傑米繃起下顎，一股無名之火，取代了當他的夢想粉碎時所產生的絕望。他的存在為什麼是憑亞倫的脾氣來決定？他活該要被人當作壞人或一個物品來對待嗎？

「我忘了我的地位，先生。」他拘謹地回答道。「自以為是地炫耀，好像這裡是我家一樣。但我畢竟只是個僕人，我活該被踢出去。」

然後他轉過身，準備面對亞倫，迎向他壓低了眉毛、令人畏懼的怒容。他們的視線相對了將近整整一分鐘，而傑米對著他皺起眉頭。隨便這男人怎麼想吧……不。老天有眼，事實是，傑米太在意這張削瘦、強硬的面孔了。

傑米嚥了一口唾沫，但梗在他喉頭的那股溫熱感並沒有褪去。「我道歉，先生。

我只能這麼做了。」

他想要保有他的自尊，就算只是僅存的一點點也好，但他發現自己的眼淚威脅著要奪眶而出，所以他撇開視線，現在對自己和對方都十分惱怒。

亞倫向前走了一步。他的聲音輕得就連迪克都聽不見。「你真的完全不知道自己身為僕人該有的言行舉止。」

傑米的雙手在身側握緊拳頭，以免自己出手推搡眼前這個大蠢蛋。他只是激烈地低語道：「我不是早就這麼說了嗎？你的老獾、欽老太太不是都這麼說嗎？我生來就不是、受過的教養也都沒有訓練我服侍他人，這對我們來說從來就不是個新聞。不知道你為什麼還這麼意外。」

亞倫保持沉默，而傑米已經受夠這樣的折磨了。「你說得對。」亞倫靜靜地說。

傑米點點頭，很高興至少那股冷酷的怒氣已經從亞倫的身上離開了。他用平和的語氣說出「你說得對」，作為他對這個男人的最後一個記憶，也算是可以接受。

「不，傑米，等等。」亞倫又重複一次。

「先生，我想我們對彼此都沒有什麼好說的——」

「我有。拜託你，我希望你留下。」

傑米又用眼角餘光瞥了一眼亞倫。

「很抱歉。」這是真的嗎，還是這幾個字直接從亞倫的腦海裡傳送到傑米的腦中了？他的聲音太輕，傑米幾乎無法肯定。

他的胸口因為糾結的情緒而隱隱作疼。恐懼、罪惡、憤怒、愉快，還有其他無法指名的感覺在他腦中亂竄。但他決定放任它們自己塵埃落定，只定睛在他最能夠清楚指認的感覺上——那股鬆了一口氣的放心感。

他的雙臂在胸口交疊，對亞倫勾唇一笑。「嗯，沒關係。既然我也沒別的地方好去，我想我就留下吧。」

亞倫回給他一個微笑。他寬闊的嘴所拉出的平緩曲線，讓他陰鬱的臉看起來無比英俊。想當然耳，傑米的老二硬了起來。

「很抱歉我讓我的朋友知道我的住處。」他說道。「我請人帶口信回去我以前常去的酒吧，讓我的朋友們知道我還活著。我只說我成了某人的貼身男僕。」他壓低聲音，雖然站在一旁的迪克應該聽不懂他的意思。「沒有人會對這句話另作他想，但我的朋友很了解我。」

亞倫點點頭，然後對一旁的男僕說道：「你可以走了，迪克。傑米不會失去他的工作，但我希望你為這起意外保守祕密。你不需要向欽普特太太或任何一位女僕提起這件事，對吧？」

「是的，先生。」迪克向後退了幾步，然後快步朝地下室走去，顯然很高興能將這起危機拋諸腦後。

傑米知道那些女僕應該都把耳朵貼在牆上，聽見了整起事件大部分的進展，包括他的兩位不速之客。她們當然會閒言閒語，但他信她們也不會讓欽普特太太知道的。他只要稍微和她們調情一下，她們就不會背叛他。幾句讚美的話和幾個微笑，就能讓他在她們心中留下一席之地。

迪克離開後，亞倫便將注意力轉向傑米。「我的脾氣有些失控了。我為此道歉，但你現在也了解，如果你的朋友決定要威脅我，任何一絲醜聞都有可能會讓我陷入危險。我不信任你，是我的錯，但你先前也確實想要從我這裡偷東西。」

傑米點點頭。「很合理。但現在事情已經變了，對吧？我保證，我不會偷你的東西，也不會容許我以前任何的朋友來搶劫你。你可以信任我，先生。」他用自己早已熟練、也騙過無數人的無辜眼神，看著亞倫的雙眼。不一樣的是，這次他的保證是完全發自內心的。

亞倫研究著他的眼睛，然後點點頭。「我願意再信任你一次，傑米。在合理的範圍內。」在合理的範圍內，只是再更超過一點，他意味深長的眼神這麼告訴傑米。

現在似乎是時候換個話題與心情了。傑米搓了搓後腦勺剛才撞到鏡框的地方。鏡子沒有破掉真是個奇蹟。「你的律師怎麼說呢，先生？」

亞倫朝放久的托盤走去。有那麼一瞬間，他看著被人用過的那幾個玻璃杯。傑米等著他另一波的怒吼、或者是嚴厲的視線。但亞倫只是拿起一個乾淨的杯子，為自己倒了半杯酒。他拿著酒杯來到一張椅子旁，重重坐下。

這畫面讓傑米的唾液開始分泌，而且不是因為想要喝酒。他知道亞倫爵士的腿又在困擾著他，也許他會讓傑米再為他按摩按摩，然後做做別的事。

喔，如果他真的再度被丟回街上，他一定會想念這男人身體的每一部分。確實，他也會想念以前的街頭混混伙伴，例如傑瑞，但在他的主人開始厭倦他、將他趕出家門之前，傑米不會再和他們聯絡了。失去亞倫這個男人的痛苦難以忍受。不只是這樣優渥舒適的生活——而是這個男人的本身。光是想到他差點要失去的一切，以及意識到他的主人對他來說有多重要，就讓他脖子上的寒毛直豎。既危險……又充滿了興奮感。

亞倫在沙發上坐定，一邊思索著，明明是他給了對方第二次機會，但為什麼卻是他自己覺得鬆了一口氣呢？他打量著傑米，後者的臉上已經再度恢復了原本的光彩。

他啜飲著白蘭地，享受著它沿著喉嚨流下時的熱度。他吸入酒液的香氣，並想起了傑米親吻他時的白蘭地氣味。那樣的火焰比白蘭地更珍稀，而且值得他冒險留下這個青年。

他打量著傑米，後者正雙臂交抱地站在那裡，淺色的雙眼中再度出現了一絲不懷好意的光芒。但亞倫知道，在傑米的心底深處，住著一個真誠的靈魂。

要命。儘管他的貼身男僕開門讓危險進屋——儘管他的理智不斷提醒他——他還是相信傑米。這念頭讓他幾乎露出微笑。「每個人有時候都要當一回傻子。」他父親曾經這麼告訴過他。也許他該好好享受當傑米在他身邊時，他所感覺到的愚蠢的幸福。

現在這人表現得像是他「朋友」所造成的這起意外從來沒有發生過一樣。他問亞倫與律師的會面進行得如何。很好，亞倫現在也可以暫時放下這件事。

他伸展他的腿，然後回答傑米的問題。「加德納說的話在我的意料之中。他說寇特太太把女兒交給薛佛斯扶養，所以要從他手中奪走女孩，我們沒有什麼法律途徑可循。」他頓了頓，啜了一口白蘭地，並思索著自己為什麼要對男僕透露他的私事。也許是因為傑米警覺而專注的模樣，這讓他更像是一個朋友、而不只是僱傭。

亞倫繼續說：「但我確實在徽曼的好友奈德．萊里常去的酒吧，得到了一點有用的資訊。」

他沉默下來，傑米便催促道：「你發現了什麼，先生？」

亞倫放棄了要保持緘默的打算。直到此刻，他才意識到自己有多懷念和他人分享煩惱的感覺。他的朋友不是過世了，就是漸行漸遠——但這樣的失落感也無所謂了。他需要決定自己的下一步，而說出這些話，就足以幫助他思考怎麼樣阻止薛佛斯。

「我去那間酒吧找他，想得到更多關於寇特的資訊。而他今天早上才剛從另一位同袍那裡得知了一件新消息。顯然薛佛斯先生剛從葡萄牙回到英國了，目前人正在雪菲爾。他認為，那個女孩應該還在他身邊。」

「真是該死。老獾去國外算是白跑一趟了。」

「我會傳個訊息去里斯本，讓他知道這件事。但此時此刻，我覺得我有義務要接手他的任務。我明天就會出發去雪菲爾，找到醫生的所在地，看看我能不能說服他把女孩交由我來監護。」

「你打算要怎麼做呢，先生？」

「我的姓氏還有些用處。作為寇特的指揮官，我可以說他曾經親自拜託我照料他的家人，而我最近才知道他過世的消息。」他聳聳肩。「如果這不奏效，我的錢至少還能為她的自由鋪點路。薛佛斯是個貪婪的人。」

「你要騎馬去嗎，先生？」

「一路騎去雪菲爾嗎？路程可超過一百五十英里呢。以前也許可以。現在無法了。」他露出一個扭曲的微笑。

「我不認為你會搭乘驛馬車，先生。」傑米靠在沙發的邊緣，和亞倫保持距離。至少這人現在知道，在亞倫面前，他不該坐下。只是亞倫暗自希望他可以坐在他身邊。

傑米繼續說：「老獾現在不在身邊，你就只剩下那個軟弱無能的馬克罕了。那個馬夫幾乎跟迪克一樣蠢。而幫你養馬的那個男孩還不比一隻小狗來得大呢。」

從他男僕的臉上掛著的半抹微笑來看，他心中一定有個計畫。「也許我可以雇個人來駕車。」他說，而傑米當然搖了搖頭。

「我有個更好的主意，先生。」

亞倫很想笑。他當然有主意了。而亞倫意識到自己期待聽見這個年輕人的計畫，不論有多無法無天、或多荒謬都行。

傑米認為亞倫爵士會自己一個人出發、把自己的貼身男僕晾在後面。他的主人仍然討厭自己渴望傑米碰觸的心態。他肯定會詳細記錄傑米的種種罪狀，並說服自己少了他會比較好。

但傑米對這點自然有個說法。「也許我該和你一起去。就我們倆。」

「你說什麼？」

「我從來沒有駕過車，但我可以學，先生。不是那種封閉式的馬車。而是你的敞篷馬車。」

亞倫微笑。「那可不是適合長途旅行的馬車。」

「為什麼不？馬克罕有讓我看過怎麼把頂棚升起和收下，好遮風擋雨。仔細看看，它也不是那種風一吹就掀掉的類型。」

「你瘋了吧。你從來沒有離開過城市，對不對？」

傑米搖搖頭。

「你完全不了解長途旅行代表什麼，傑米。」

「行李吧，還有投宿的旅店。如果需要露宿，你也會需要毯子。還有一籃食物，我們可以把它放在腳邊。其他就別管了。」

「你把這件事想得像是一趟浪漫的冒險。」

浪漫確實是他心之所向。他想像著月光下，亞倫躺在某片草原上的模樣。或是沐浴在日光之下。

「為了你操心的那位女孩，我們可以行動得更快一點。」

亞倫爵士皺起眉頭，沉默了片刻。「是的。」他緩緩地說。「確實如此。速度很重要，而我也想不到更快抵達的方法了。我只會需要在換馬、進食或休息時才停下。這也許就是答案了。雖然不完美，但也許你說得對。」

「那我就去打包行李。」傑米從沙發邊站開，以免亞倫改變心意。「一個星期夠嗎？」

「光是旅程就要花上好幾天，所以也許要兩週。我可以自己打包，謝謝。我確實有勤務兵，但在從軍時，我也學會要怎麼打理自己的裝備。」比傑米做得更好，這部分他不用說出口。

「我們越早動身越好，是吧，先生？」

「我不確定是不是『我們』，傑米。這件事我最好一個人處理。」

「但你永遠不知道你會不會需要幫助，先生。現在老獾不在，我想我可以幫得上忙。也許看不出來，但若起了肢體衝突，我的手腳很俐落。我也可以當你的眼線，畢竟，誰會多看一個僕人兩眼呢？而且老實說，先生，僕人們總是會和其他僕人嚼自己主人的舌根。我對你來說會很有幫助。」

他是不是將這些不倫不類的理由說得太過了？也許不是，因為亞倫爵士謹慎地看了他片刻，然後點了點頭。

「很好，傑米。你就和我一起出發吧。」

傑瑞和諾亞的鬧劇才剛結束，傑米不想表現得太魯莽，但他怎麼能放過這個大好的機會？

於是傑米便自動自發地告訴僕役們主人的外出計畫，向廚子討了一大籃的食物，並在提早回家的欽老太太來得及追問他更多問題之前，就動身前往馬廄。她已經對他胡說八道的話問了很多問題了。主人從來不旅行，他哪裡也不去了，就連踏出家門的機會都很少，而現在他卻要長途旅行？搭乘的還是敞篷馬車，只有弱不經風的遮雨棚作為防護？

「主人在鬼門關前徘徊了這麼久，卻做了如此有勇無謀的計畫？這不是他的作風。我相信這是你的鬼注意吧，你這魯莽的小傻子。」當他走過轉角向馬廄前進時，這是他聽見的最後一段話。

「說得對呀。」傑米喃喃自語。這趟旅程讓他興奮不已，但她的話也讓他冷靜不少。他聽說過亞倫爵士的病症，當他從戰場上回來時，他是如何深為傷寒、冷汗與囈語所苦。他一直靠著藥物在抑制他的疼痛，更別提不時出現的傷寒與酒癮。

就算這些事發生，傑米也不害怕面對。他見過比這更糟的事，但是有可能因為冒險旅途而重新喚起主人的不適，這讓他備感擔憂。

冷靜了許多的他，要馬克罕為他們準備敞篷馬車。

然後他動身尋找亞倫爵士，並發現他在書房裡忙著寫些什麼。「先生，也許你可以考慮更舒適的旅行方式。」

亞倫放下羽毛筆，抬起視線。「你在說什麼？你的計畫很好。四匹快馬，配上輕便的馬車。」

「有需要這麼快嗎？」

「越快越好。我現在知道薛佛斯在哪裡了，我就必須要快速行動。」

「但你在高級的旅店會睡得更好，時間充裕的話——」

「老天，你要變成徽曼了嗎？」亞倫站了起來。「我是個成年人了。」

「喔，我當然知道，先生。」傑米想要對他眨眨眼睛，但勉強阻止了自己。他忍不住用了曖昧不明的口吻，但亞倫只是無視了他。

「如果我認為這主意不好，我就會回絕掉了。」亞倫的雙臂交抱在胸前，抬頭挺胸，傑米認為這是他「瓦雷將軍大人」的姿態。「你不知道為什麼突然又覺得我是個殘廢，那麼讓我提醒你，一直困擾著我的病症已經消失了，我已經越來越健康。就算我還沒有恢復到可以旅行的地步，我也已經決定要動身，我就會自行承擔一切後果。如果我又病了、死了，或是變得憂鬱，或者再度開始酗酒，這也只是一個人的錯，而那個人不是你。這樣夠清楚了嗎？」

傑米一鞠躬。「一清二楚，先生。我最好開始收拾我的行李了。」

傑米朝自己的房間奔去。他從角落的衣櫥裡搬出衣服，小心翼翼地攤平在自己的床榻上。他現在有了幾件換洗的內衣褲、五套日常服裝、還有兩套時髦的制服。不過他沒有可用的包袱。他靈巧地用床單裹住行李。成品很完美。傑米已經準備好第一趟離開倫敦的旅程了。

這趟旅程被兩件事給耽擱了——亞倫叫傑米去閣樓找一個適合的行李箱，然後又迎來了一場強烈的暴風雨。隔天早上，他們在寒冷而甜美、剛被雨水洗刷過的倫敦空氣中動身。傑米的心因期待而劇烈跳動。這是他第一次離開這座城市。而且他可以獨享亞倫。接下來的幾天，他們都擺脫了各自的義務。眼前只有開闊的道路。

亞倫的駕車技術很好。他面無表情地保持著沉默，當傑米對他們快速經過的景物提出問題或和他搭話時，回應都十分簡短。他也許是在擔心那個女孩，或者是沒睡飽，或者根本就後悔帶傑米一起旅行。不論是什麼原因，傑米都該知道不要試著鼓舞他的心情，但他就是忍不住。

「我還沒搭過這樣的敞篷馬車呢。而且這兩匹馬真美——幾乎長得一模一樣了。牠們叫什麼名字？」

「左邊那隻叫司令。另一隻叫萊塔。」

「牠們差在哪裡啊？」他打量著兩隻棗紅馬的屁股。

「司令是騸馬、萊塔是牝馬[2]，這樣還不夠明顯嗎？」

「噢。」

「司令的臉上有白斑，四腳也長著白毛。萊塔沒有。」

傑米確實保持了一段時間的沉默，欣賞著擁擠的街道逐漸變成寬闊的草皮所隔開的房屋，然後是更大片的草原。

他們在一間驛馬車站換了四匹新的馬。亞倫動身去安排他們的新隊伍，而傑米站在驛馬旅店的馬廄門口看著，被馬夫們的技巧與滿嘴髒字給吸引。每過幾分鐘，號角聲就會響起，新的一輛馬車就會駛入草皮。

在他以往所住的地方，從來沒有這麼繁忙、這麼有條理的設施。就算有，在他街

2 騸馬是指去勢的公馬、牝馬則是母馬。

頭工作的日子裡，他也不可能在一旁看著別人工作。他會被趕走的，絕不會有經過的馬夫對他尊敬地點頭。當他爬上馬車，在亞倫身邊坐下時，他臉上仍帶著微笑。

「四匹馬嗎？我不知道原來還可以改變馬的數量。」

「有些車型可以。」

傑米等著他繼續解釋，但亞倫沒有說下去。

「萊塔和司令要怎麼回家呢？牠們是和鳥一樣會認路嗎？馬廄的工人會把牠們牽到大路上，為牠們指出正確的方向嗎？」

「馬克罕會來接牠們的。」亞倫冷冷地看了他一眼，好像在斥責他的愚蠢。他還是那位不可一世的大人。

好吧。就算是傑米，最後也能理解他的言下之意。他靠在馬車的座椅上，看向開闊的平原與樹林，尋找熟悉的房屋輪廓。眼前這麼豐富的綠色植物，一開始讓他不太舒適，但他得承認，這確實是個美好的轉變。

他們離開驛站一小時後，他再也無法忍受了。「我想我們已經前進了將近三哩路，一個人也沒看見、一間房子也沒有。誰想得到呢？」

亞倫沒有回答。

「我想你這輩子大多數的日子，你都只是看著這樣一片平原，目光所及範圍內一棟房子也沒有吧。」

亞倫點點頭。

「你會教我怎麼駕馬嗎？」

「遲早會的。」

「聽著。」傑米繼續說道。「在我欣賞上帝的造物時，我是不可能保持安靜的。我可以給你幾個選擇。如果你願意的話，我可以唱歌，或者隨我開心地說話。或者如果你兩個都不喜歡，我也可以吹口哨。既然我們都要穿過鄉村了，我可以練習幾種呼喚豬群的叫聲。這也許會是很有用的技能。」

亞倫瞥了他一眼。「如果我命令你安靜呢？」

傑米聳聳肩。「我現在這麼快樂，可能可以維持半小時，然後就會扯著喉嚨大聲唱歌了。」

「你有什麼好快樂的呢？這趟旅程又長又艱辛，道路的狀況又差。」

傑米粗魯地哼了哼。「那你又有什麼好悲傷的？今天的天氣如此美好，又有優秀的旅伴，而我可不避諱這麼說。你正準備要去糾正一件錯事，解救一個孩子。而且廚子說她為我們包了碎肉餡餅，不知道她有沒有騙我囉。」他在座位上扭過身，偷看腳邊的籐籃。「這樣會讓我心碎的。」

「你真像個孩子。」亞倫說，但聽起來不像責備，他緊繃的嘴角也放鬆了一點。

「我錯過了那部分的人生。所以我決定在還有機會的時候嘗試看看。」

「可憐的傑米。」他柔聲說。

「才不呢，先生。此時此刻，就算能讓我變成攝政王，我也只想當傑米．布朗。」

「為什麼呢？」

他想說，因為我現在和你在這裡呀，但只是回答：「當然是因為廚子的肉餡餅囉。」

終於，亞倫消瘦的臉露出微笑。傑米忍不住了。「還有看見你微笑。這是無價的。」

而當然，他的微笑立刻就消失了。他甚至側身避開傑米，儘管這樣坐會讓他的腿很不舒服。

不，這是另一種不舒服。看著亞倫緊盯馬匹前方，彷彿他們行駛的是繁忙的倫敦街道，而不是向北延伸的空曠路面，傑米更肯定自己的判斷了。

他決定要更進一步，化解這樣的氣氛。畢竟，亞倫爵士是不可能逼他下車、徒步走回去的。「關於傑瑞和諾亞。」他開口。

亞倫皺起眉頭，隨後像是想起了什麼，表情明朗起來。「你的訪客們。」

「對，就是他們。他們還沒蠢到會去到處亂說……呃……我們的關係。」

當然，聽到這句話，亞倫寬闊的肩膀一僵，嚴厲的面孔也變得冷硬。但男爵並沒有否認或抗議他用「我們的關係」一詞，所以這句話應該說得不錯。

「為什麼不？」長長的沉默之後，他問。

「有三個原因。我知道那兩個傢伙許多祕密。因為我們從小就認識啦，不會互扯後腿。而且他們知道，我會殺了他們。」

「看來你是個惡名昭彰的嗜血惡棍？」

「在我的老家，人們會保護自己認為最重要的東西。」傑米緊閉上嘴。他怎麼這麼蠢地說溜嘴了？他真是個傻子，這句話也許會激起這傢伙對親密關係的恐懼。

但亞倫爵士沒有聽懂他無意間的坦白，只是點了點頭。「你說過，你可能再也找不到比這更好的工作了。」

這是他們出發後第一次，傑米的心情一沉。

「是的，先生。這是實話。」他看向身旁的原野。草地實在綠得過頭了。

亞倫大概是瘋了，才會帶著他的「貼身男僕」一起旅行。和傑米一起坐在長椅上，近得足以感覺到對方大腿傳來的熱度——用不了多久，他就要被逼瘋了。

在他們離開倫敦後，他就淡忘了這主意的瘋狂之處，傑米的雙眼也緊盯著他們面前展開的鄉村景緻。傑米的愉快稍稍讓亞倫陰鬱的心情輕鬆了一些。看著他發掘倫敦之外的新世界，幾乎就和他們互相碰觸時一樣令人興奮。幾乎。

然後對方突然像是關上了一扇門，安靜了下來。亞倫原本覺得他吱喳不停的說話聲有點煩人，但這股沉默更糟糕。他懷疑，是因為他提醒了傑米這份工作是他用他的好表現所換來的，所以現在這是他的懲罰。

「別悶了。」他命令道。

「悶？」傑米聽起來很驚訝。「我嗎，先生？沒這回事。我只是在思考而已。」

「你也會有沒有說出口的想法嗎？」

傑米微笑，雖不是原本那種寬闊、明朗的微笑，但也足夠了。「雖然很不可置信，但偶爾還是會發生的，先生。」他再度陷入沉默。

「說出來吧。」亞倫粗聲說道。「我是指你在想的事情。」他對無法消化自己痛苦或喜悅的人並沒有好感，情緒的展現象徵著軟弱的心靈。但他已經認定，這世界上有些事情比軟弱還要更糟。

傑米嘆了口氣。「不。但如果你想的話，我可以和你說另一個故事。」

「老天，不要。你不需要扮演小丑的角色，傑米。」

「這是天生的囉。再說，我喜歡會讓你大笑的東西。」

又來了。亞倫想要抗議，不過是他希望這個年輕人再度自信起來的，他現在可不想斥責他。他試著找個方法談論某樣從來不該存在的東西——他們之間的吸引力，這讓他的呼吸變得有些困難。他像傑米那樣，輕鬆地問：「你的母親沒有教過你，別這麼情緒化嗎？」

傑米發出一聲大笑，卻毫無笑意。「實際上她什麼都沒教過我。啊，我的媽媽。我有告訴過你，我媽是柯芬園的修女——同時也是個妓女嗎？」

亞倫沒有說話，幾乎有點害怕自己接下來會聽到的內容。他瞥了傑米一眼，微微一點頭，表示他還在聽。

傑米撇開視線。「我媽並不是個壞妓女。我是說，她工作得很老實。沒有其他惡棍等在一旁、想把顧客騙進暗巷裡。她還很有效率，可以同時服務兩個男人，而且讓他們都微笑著離開。」

「我很抱歉。」

「抱歉什麼？你有買過她嗎？不用抱歉，先生。」

他陷入沉默，而亞倫知道，傑米擔心他短暫展露出的苦澀之情會冒犯到他的主人。亞倫盡可能以平靜的口吻說道：「請繼續說吧。」

傑米的手梳過自己的捲髮，聳聳肩，好像接下來的故事再明顯不過了。「在她的世界裡，她可以和男人上床，但我不行。她發現了我的天性，而這就代表著要跟傑米說再見啦。我們最後一次見面時，她對我吐口水。像她這樣當修女的人，我以為她會比較沒那麼愛對別人丟石頭的。但我想每個人都想要覺得自己高人一等吧。」

「傑米。」他試著找話說，但他什麼也想不到。

但對方搖搖頭。「不，在我還是小嬰兒的時候，她不壞。她餵養我，也不會揍我。我看過比我媽更糟糕的人。」他笑了起來，這次聲音裡終於多了一點笑意。「這是一番激勵人心的愛的宣言呢。」

他的手在褲管上擦了幾下。「那你的媽媽呢，先生？她看起來是位甜美的女士。我知道，你很想念她吧。」

在傑米分享過自己的故事後，他如果不做出些回饋，似乎就顯得有些自私了。所以亞倫覺得自己不得不回應：「有她作為我的母親，我很幸運。擁有那樣的家庭也是。我的父母，他們都是好人。他們……」但他說不下去了。這是他們被疾病奪走性命、永遠消失在他的生命中後第一次，他想起他們時，終於不再產生那股錐心刺骨的失落感。然後，那股失去他們的痛苦再度填滿他的內心。只是這和過去不一樣，他沒有立刻就攔阻這樣的感覺。

「他們在短短幾天之內，就相繼去世了。腐敗性傷寒奪走了他們的性命，但我當時並不知情。我那時人在西班牙，身受重傷，後來也病了。」讓他驚恐的是，淚水開始在他眼中匯集。他還在擔心傑米的情緒表現呢，現在看看他的模樣。

他握緊韁繩，試圖控制自己。

傑米將一隻手放在他的大腿上，讓他嚇了一跳。「不。」他低吼一聲，拒絕接受安慰，也拒絕承認自己的痛苦。

傑米強壯的手指用力握緊他的腿。「沒有人能向自然的需求說不。我知道你不想要減速，所以我要直接站起來對著下面解放嗎？還是我跳下車，然後再跑步追上你？」

亞倫到底要在這個年輕人面前表現得像個傻子一樣幾次才夠？他拉緊韁繩。「我們讓馬跑得太快，沒辦法馬上就停。我們得先減速一段時間。」他讓馬匹又走了幾分鐘，然後才停了下來。

「暫停一下是個好主意，先生。如果讓我在半空中解放，我一定會摔下去的。你就得把我的屍體綁在馬車後面拖著跑啦。」

亞倫忍不住輕笑起來。他把轠繩交給傑米，青年瞪大了雙眼。「幫我拿一下。」他跳下車。「我們休息五分鐘。」亞倫抓住領頭的馬轡，領著隊伍離開大路，走上一條泥土小徑，朝幾棵樹所形成的樹陰走去。

他考慮著要叫傑米工作，不過最後他自己從馬車後方拿下水桶。他要求馬克罕把水桶裝在馬車的後方，對方則抱怨著這樣會破壞馬車流暢的外型。他從一旁的水池中汲了一桶水，然後一一提到馬匹嘴邊，讓牠們都喝到水。亞倫提起最後一桶水，然後靠在馬匹的身側。他知道自己想念騎馬的感覺；現在他更知道，他想念和動物一起工作的時刻，也想念牠們溫吞而寧靜的存在。

傑米說自己要解放，肯定是騙他的，因為他沒有這麼做，而是直接在一片柔軟的草坪上躺下了。然後他幾乎是立刻又彈了起來。「溼的。」他宣布道。「應該要先鋪一層什麼東西的。」他走向馬車，抽出一張厚重的床罩。「欽老太太一定每天都在數床單的數量。」他邊說邊把床罩抖開，然後小心翼翼地撲在樹下的草地上。「等我們回去的時候，她一定準備好一把刀等我了。而且一定是把鈍刀，這樣她活剝我的皮時才會更痛。」

他再度躺下，一邊拍了拍身邊的地面。「五分鐘，在樹陰下休息片刻吧。」

亞倫掏出懷錶，打開錶蓋。「不能超過五分鐘。我們走了三十哩了。還剩下超過一百哩，而我想要在幾天內就抵達，不是幾週。我們運氣很好，今天是滿月，但如果天氣太陰，我們就沒辦法在夜晚前進了。下一間可以幫我換一批優秀好馬的驛站，還有兩小時的車程。」

「兩小時又五分鐘。」傑米說。

「我在趕時間，我應該說得很清楚吧？」亞倫問，不過還是把錶收起，並在毯子的邊緣坐下。「我不是來這裡鬼混的。」

「嗯。」傑米靠向他。「不要長吻和太多嘆息，最好是又快又猛。」

「不。」亞倫跳了起來——或者試著跳起來。他的腿撐不住他的身體，而他的身體一歪——歪向傑米。後者伸出一隻強壯的手扶著他的臀部，穩住他。

傑米瞪大眼睛。「這樣太冒犯人了，先生。你覺得我沒辦法在五分鐘內辦完事嗎？」

「辦完什麼事？」然後看著那雙像天空般無邊無際的藍色雙眼，亞倫就知道傑米的意思了。

「不然我們來打個賭如何，先生？如果少於五分鐘，我們等會出發時，你就讓我駕車。」

「那如果超過五分鐘呢？」喔，該死。他的問題本來只是個玩笑話罷了，卻成了傑米不可能忽視的邀請。他已經跪坐了起來。他正在動手解開亞倫的褲襠。

亞倫應該要甩開他，避開那雙忙碌的雙手，但欲望讓他僵在原地，只能直瞪著傑米被陽光照得溫暖的頭頂。他將亞倫硬挺的下身掏了出來，嘴唇溫柔地摩挲著頂端。他的舌尖掃過他的頂端，然後沿著敏感的下方舔弄。

「你決定吧，先生。不論你的條件是什麼，我都同意。」

亞倫沒有辦法回答，因為就在那一秒，傑米突然變得貪婪了。他突如其來的猛烈進攻，幾乎毫無徵兆。

他一手抓住亞倫的腰部，然後用一隻手臂環住他的腰。他沒有親吻或是舔弄，直接張開嘴，開始對亞倫的下身展開動作。沒有溫柔的愛撫或是挑逗的舔舐，他只是大口吸吮著，用力套弄。

亞倫呻吟一聲，向前挺進。溫暖的嘴包覆著他，瞬間爆發的欲望席捲過他的全身，凌駕於所有想法與感官之上。此時此刻，他這個人的存在就依附著傑米的嘴。其他的一切都不重要——不論是他腿上的疼痛，或者急於向前趕路的需求。

一隻鳥在不遠處熱烈地鳴叫。微風吹過亞倫的臉。他向前挺進的動作變得更強硬。他粗暴地在傑米的嘴裡移動，但傑米只是發出一聲低吼以示同意，而他聲音所帶來的震盪更加深了亞倫體內的飢渴。他轉眼就快到了。

亞倫挺得更深，傑米的喉頭在四周收縮著。太深了，但亞倫克制不住自己——他連試都沒試。感覺實在太好了。他低下頭去，然後就知道為什麼傑米不再抱著他了。他的手指抓著自己的下身，快速而用力地套弄。這樣的畫面——一個穿著整齊的男人掏出自己的下身，瘋狂套弄的模樣——理應讓他感到驚嚇。如此自我玷污、如此骯髒……卻又如此美好。傑米觸摸自己，是因為他也想要亞倫。

這個畫面與突然間的理解，令亞倫幾乎無法承受。突然爆發的高潮讓他全身抽搐，被傑米不間斷的吸吮所帶來的快感淹沒。

當亞倫終於能夠睜開眼睛時，他向下看著傑米。對方正溫柔地舔舐著亞倫的下身，幾乎是陶醉了。微風吹撫過他的身體，被唾液打溼的皮膚變得冰涼。亞倫動彈不得，否則就得冒著摔倒的風險。他聽見傑米輕聲嘆息，他也射了出來，但亞倫完全不知道是何時發生的。

傑米仍跪在地上，雙手擁著亞倫，將他溫暖的臉貼在他逐漸疲軟的下身與顫抖的腿上。亞倫碰了碰他的頭髮，這是這次的交合中，他第一次用下身以外的地方碰觸他。

傑米的動作如此之快，沒有接吻或擁抱，這簡直就和亞倫過去與不知名的對象所進行的猥瑣之事相當。只是這過程完全不一樣。那些發洩的經歷沒有這麼強大的力量。完事後，那些男人也從不像這樣將他抱緊。

傑米把臉貼在亞倫敏感的大腿內側。他發出一聲嘆息，吻著他，低聲說了些什麼。他爬起身，把襯衫紮進褲子裡，並扣好褲檔。

亞倫將一隻手搭在他的肩上，無聲地向他道謝。然後他顫抖的手指伸向自己落到膝蓋處的長褲。真是愚蠢的畫面，他想——但他難得不太在意。

馬匹們一定都震驚死了。

拜託，曾幾何時，他對這類事情居然這麼雲淡風輕了？「你怎麼說？」他問傑米，一邊伸手從他的髮梢間拿下一片淡綠色的葉子。

「我大約四分鐘，頂多如此。看一下錶啊。」

他掏出懷錶。「看來是八分鐘，傑米。你輸了，但是……」他清了清逐漸緊縮的喉嚨。「但我決定照你所期望的，教你駕馬車。來吧。」

「你打斷牠們的用餐時間，牠們好像很不爽。」傑米緊張地說。

他總是機警的嘴抿成一條緊繃的線，雙手插在口袋裡。亞倫終於理解了。「你怕馬嗎？」

「有好幾次都差點被牠們踩過去。也看過幾次馬匹發瘋，直立起來尖叫的那種。」

「你沒有摸過馬嗎？」

傑米責備地瞪了他一眼。「你會讓一隻骯髒的過街老鼠碰你的牲畜嗎，先生？當然不會了——你還沒瘋呢。收購舊東西的傢伙有一匹老馬，我摸過牠幾次。大部分的孩子都只會對牠丟石頭，所以我摸牠的脖子時，牠都會發抖。」

「輕微的觸摸都會令馬發抖，牠們就是靠這樣趕蒼蠅的。人們總是被動物包圍，但人們卻不了解牠們。」

「我出生的地方也充滿了銀行，但這不代表我很了解錢啊。」

「把手放在牠的脖子上。」

傑米照做。他閉上眼睛。「好溫暖。」他一次又一次地撫摸著。「比我想像得更潮溼一點。」

「我們先前跑了很長一段時間，所以牠們都流汗了。快來吧。我們要開始臉練習駕車了。」他想著他父親教他時的模樣，當時他是坐在他的大腿上。父親的手臂從兩側圍著他，好讓他們兩人都能同時握著轠繩。這可不適用在傑米身上。

「你在笑什麼，先生？我都還沒開始犯錯呢。」

「你不是唯一會讓我發笑的東西，傑米。」然後他突然意識到這不是事實。自從他們相遇後，幾乎所有的微笑和笑聲都是因為傑米。這想法讓他驚恐而不安。

「也是沒錯。」傑米說，一邊爬上馬車，在椅子上坐好。「老獾是個歡喜愉快的好伙伴。而每天到你府上拜訪的那些好友們——」

「夠啦。」亞倫說。他爬上車的動作比傑米慢得多。他的腿隱隱作痛，而且壓抑自己的情緒讓他疲憊。高潮所帶來的甜蜜平靜還沒有消退，而他可不會硬鑽牛角尖，喚醒沉睡的惡魔。「這幾匹馬已經工作了一段時間，所以沒那麼精神抖擻了。但你得注意著，傑米。尤其現在一次有四匹馬的時候。」

「是的，長官。」他說，然後模仿了一個敬禮的動作。

亞倫嘆了口氣。「幸好你從來沒有當過兵。如果你在我的軍隊裡，我大概每天早晚都要用九尾貓鞭來教訓你。來吧。把手伸出來。你不用往死裡抓緊，但別讓韁繩脫離你的掌控。」

「你很常揍你的士兵嗎？」

亞倫搖搖頭。「那時候我手下有一小群麻煩人物——一大群人裡總是會有這樣的角色——但是沒有真正危險的勢力或是罪犯。」

「沒有小偷。」

亞倫不必回應這句話。

傑米照著指示抓住韁繩。雖然他看起來有一點焦慮，但他還是沒有停止閒聊。

「這群馬不像我們留在驛站的那麼漂亮呢。」

「確實如此。驛站買的馬都不是頂級的。」

「但你會買嗎？」

「我喜歡馬。」

傑米手中的韁繩拉得太鬆了，馬匹又開始減速，恨不得能再度休息。亞倫伸出手，教他如何收緊韁繩，施加足夠的壓力。他喜歡傑米細長的手指在他手下的感覺。看著它們移動的樣子，他就忍不住想起它們在他身上遊走時的感覺，以及傑米能靠靈巧的手指做出的那些事情。

「你得讓他們知道你才是主人。」他指示道。

傑米點點頭，將韁繩抓得更緊。他甩動韁繩，拍打馬匹的背，讓牠們加快腳步往前跑去。

「你看，其實沒什麼的。重要的是，你的手臂要保持穩定的張力，牠們才會知道你在引導他們。」亞倫瞥了一眼年輕人的臉，看見他專注皺眉的表情，現在出現了一抹淺淺的微笑。「怎麼樣，你喜歡駕車嗎？」

「喜歡！如果你不是在馬蹄下面的那一方，馬匹就可愛多了。坐在這裡，我其實滿享受牠們的存在的。」他瞥了亞倫一眼，勾唇一笑，而亞倫的心臟差點就停跳了。

我有麻煩了。在那一瞬間，他就明白了。傑米美麗的微笑就是寓言裡那壓垮駱駝的最後一根稻草。亞倫再也沒辦法壓抑自己對這位年輕人所產生的情感依附，而那股感覺不只是欲望而已。

他喜歡傑米。他只是單純地喜歡他，可以想像自己下半輩子的人生中每一天都沐浴在他那抹燦爛的微笑中。這個想法對他來說實在太危險了。

亞倫的視線轉向身旁的鄉村田野。高聳的牧草和花朵在微風中搖擺，像浪花般一波波地推送。雲雀在原野上跳躍俯衝，捕食昆蟲。陽光晒著亞倫的頭，汗水順著他的臉龐低下。他脫下寬沿帽，對自己的臉搧風。馬車的節奏與陽光讓他幾乎打起瞌睡，傑米清亮的歌喉讓他驚醒過來。

「若你娶了一個小處女，請奮力取悅她。她一切的要求，請永遠不要拒絕她。每天帶她去散步，走在浪漫的草原。和她躺在稻草堆，用盡各種性感的姿態。」

傑米像雲雀般高吶喊著「啦滴噠」。他瞥了亞倫一眼。「你一定知道這首吧。下一段加進來一起唱呀。」

「先是她的胸脯，好讓她的欲望大漲。然後是她的大腿，然後再爬高一點！如果這還不夠，就把你的傢伙放在她手中。當她感覺到時，她就會發出害羞的驚呼！」他對著亞倫點點頭，示意他一起合唱副歌，但他保持沉默，一面搖著頭。

「如果她喊了一聲『喔』，擁抱她，愛撫她。脫下她的內衣，糾纏她，推擠她。然後她就會讓你碰，因為她的欲望變得更強。再抱她一下，她就再也不是處女！」

「我這次不想一個人唱完。一起唱啊，先生。」傑米用手肘撞了他一下，而亞倫不情願地張開嘴，幾乎是無聲地唱了一句「啦滴噠」。

傑米瞪了他一眼，但繼續唱了下去。「但若你吻了一位寡婦，你就得大膽一些。因為她們體會過那樣的歡愉，胃口已經養大！若你想要迷惑一位處女，你就得發誓、嘆息和奉承。但若你贏得一位寡婦，你就得脫下褲子、直接進攻！」

這次傑米放聲高唱著副歌，亞倫則試著更用心地加入合唱。他們最後一次合唱副歌，以嘹亮而不和諧的和聲作結，驚起了四周田野裡的烏鴉。

「也許喝了一兩杯後會好一點。」傑米說。他瞥了亞倫一眼，狡猾地微笑。「或者我們兩人之中有人需要上上歌唱課了。」

「我唱歌還算可以的。」亞倫宣布道。「只是我沒有聽過這首歌而已。」

「那唱點什麼來給我聽聽吧，打發一下時間。」傑米一甩韁繩，減速的馬匹變再度加快起來。

亞倫的第一反應是拒絕他的要求，但是傑米總是在娛樂他。他應該要給他一點回饋的。除了他從小聽到大的教會聖歌之外，他實在沒受過什麼音樂教育。年輕時，他曾經對歌劇狂熱不已，但他無法憑記憶唱出任何一曲，也許這樣也好。不過，他是個孜孜不倦的讀者，並背下了幾首詩。

「你知道拜倫勳爵嗎？」他半閉上眼，回憶起最近剛出版不久的《恰爾德·哈羅德遊記》中的其中幾個片段。

「在阿爾比恩一個小島上，住著一個青年。他是個好人，他的日子卻在騷亂中度過，用歡笑填滿昏昏欲睡的夜晚。哦，老天！他是個不知羞恥的人，沉浸在荒唐的喜悅之中。幾乎沒有什麼塵世的東西入得了他的眼，除了情婦與肉體的陪伴，以及高低起伏的風帆。」

「聽起來像是我這類的人啊，玩世不恭的傢伙。繼續說。」傑米鼓勵道。

亞倫繼續念著自己記得的章節，直到他說出：「現在我獨自一人在廣闊的大海上。我為什麼要為別人哀嘆，卻沒有人為我唏噓呢？也許我的狗會悲鳴，直到陌生人的手開始餵養牠。可是當我很久以後再度現身，牠卻會把我撕扯成碎片。」

「老天，難怪我遇見你的那天晚上，你看起來就是要準備自盡似的。原來你平常讀的那些好書都是這種調調。」傑米搖搖頭。「但是是首好詩。還有後續嗎？」

亞倫照著做了。他繼續說著故事，儘管他把記得的篇章都背完了，還繼續以自己的話重述作品的內容，直到他發現用餐的時間到了。

他們在一條小溪邊餵了馬喝水，然後坐在水邊享用廚子的肉餡餅。小蟲與黑蠅在他們的腦袋周圍打轉，破壞這片如畫般的美景。他們快速用餐完畢，繼續旅程。

再換過一次馬匹後，便輪到傑米來提供餘興節目，於是他說了一個又一個下流的笑話。

亞倫不記得自己這輩子有像現在這樣笑得這麼快活過，而且並不是因為故事中的幽默發酵，而是因為享受有人陪伴的愉悅之情。

最後，他終於看見了前方萊斯特的尖塔與屋頂，便為傑米指出方向。「我們今晚在那裡過夜。」

「真是好消息。我的屁股已經在這輛老車裡顛得快要裂啦。不過，我可不是說座椅坐起來不舒適就是了。」

「不，你說得對。我們行進的速度很快，敞篷馬車也不是適合長途旅行的車型。我們可以在哈瑞旅店找到最棒的房間，或至少我是這麼聽說的。以前我從來沒有來萊斯特落腳的機會。」

視線可及不代表距離就近了，他們又花了將近一小時的時間才抵達城鎮。亞倫找到了他人推薦的那間旅店，安排好明天出發的新馬匹，然後他和傑米便走進旅店中，登記住宿。傑米幫亞倫提著行李上樓。他掛好他的衣物，然後轉向他。「現在呢，先生？去用晚餐嗎？我不知道你怎麼想，但我的脊椎已經貼到肋骨上了。我快餓昏啦。」

「我們該分頭用餐。」亞倫告訴他。「你在地下室用餐，我則在大廳裡。和主人一起旅行的僕役會有分開的廂房。我明早會召你過來，但你要確保自己早起、做好準備。」

「好的，先生。我不會賴床的。」傑米向他快速一行禮，然後離開房間。亞倫覺得像是有人吹熄了燈一般，屋裡突然變得一片漆黑。

他獨自在大廳裡用餐，並不急著找同儕一起共進晚餐。不過他看見了亨利．布萊克史東在大廳的另一邊。亞倫不想和人閒聊，也不想回答不可迴避的問題，例如他為何要出外遠行。但獨處讓他多了許多時間思考，他想著要怎麼面對薛佛斯，同時自然也想著傑米。

那個小賊，現在對他來說變得重要了。如果在他抓到傑米私自放人進客廳後就把他踢出去，事情就簡單多了。但亞倫就是做不到。再說，這孩子只是犯了傻，並不值得再度被踢回路邊的水溝裡。儘管傑米總是用愉快的口氣述說，亞倫知道他的人生在那裡有多麼孤獨。他無法想像，這樣一個開朗、聰明、愉快的年輕人，被人生的苦難繼續踐踏，或者更糟，無聲無息地就死去。

所以亞倫會留下他的新男僕，無視他對這小賊越發強烈的依賴之心所帶來的危險，也不管他是否正和朋友謀畫著要來洗劫他的家。他還沒有完全信任他，但直覺告訴他，在心底深處，傑米還是個好人。只要亞倫繼續餵養他、給他衣服穿，他就會保持忠誠。

碗盤見底、最後一滴酒也喝盡後，亞倫便回到自己的房間，僵硬的腿讓他腳步蹣跚。當他鑽進被單裡時，他不由得希望傑米能來幫他揉揉腿，舒緩他的痛苦。也許揉揉其他地方也不錯。

他躺在床上，渴望著另一個男人溫暖的身體蜷曲在他身邊，並想像著接吻與愛撫的場景，直到他迷迷糊糊地睡去，做起真正的夢。對方懶洋洋、令人欲望高漲的語氣，在傑米被薛佛斯先生抓走、亞倫又四處搜尋無果的轉折之下，變成了一場惡夢。真實記憶的碎片混雜在夢境之中——血腥、死亡、暴力，以及深入骨髓的無助之感。他沒有辦法阻止即將發生的事、也無法改變結果。他是個失敗者。就算他找到了傑米，傑米也是被割斷脖子、或是被截掉了一條腿或一隻手臂。他不能從那個擄走他的邪惡勢力手中保護、或拯救傑米。

亞倫驚醒過來，喘著氣，被單緊緊纏繞在他身上，被汗水浸溼。他從床上坐了起來，盯著灰濛濛的窗口，象徵著黎明的到來。他以為最可怕的夢魘已經被他拋在身後了——自從傑米留下後，他就沒有再做過惡夢——但那種令人骨頭都要融化的恐懼，又再度出現了。

他躺在床上，試圖遺忘夢境中的恐懼感，也不想提醒自己，讓他產生這種恐懼的，竟是失去傑米的可能性。然後他快速下床，希望能將這些不舒服的感受，留在這張不舒服的床上。

10

為了節省時間，他們整日趕路，直到明月高掛。他們露宿在野外，可惜的是兩人分別蓋著各自的毛毯，不過傑米還是很快就睡著了。

他們在旅館再度換馬，而儘管路面變得越來越難行，亞倫仍以幾近危險的速度駕車奔馳著。

旅途的第三天，傑米已經再也受不了更多好像要把骨頭給搖斷的路途了。他真希望他們從沒離開倫敦，如果他們平安回到家，他絕對打死再也不踏出那座城市了。他希望徽曼從沒聽到陷入危機的少女的消息，或者他能夠多待一天，這樣他就會知道他的目標已經回到英國。那麼，屁股痛得像是被最粗的木棍打過一樣的人，就是甜美可愛的老獾了。

馬車行經另一道地面上的凹痕，而傑米咬牙，抓住座位的扶手。好幾哩之前，他就已經不再唱歌或說笑話了；這也許是這輩子第一次，他開始厭倦自己的聲音。現在他弓著身，鬱悶地坐著。老天，他是要變成亞倫了嗎？

他瞄了對方一眼，後者正抬頭挺胸地坐在位置上。他的軍人姿態從來不曾消失。傑米可以想像他身穿一件瀟灑的紅色大衣，配著閃亮的銅釦，肩上頂著墊肩。這人穿著制服一定十分可口。也許某天，亞倫爵士會願意在他們的臥房裡，為傑米穿上一身紅衣，並用他能讓傑米寒毛——和其他部位——直豎的甜美口吻命令他。

要死了，他居然會認為是「他們的」臥房，好像他屬於那裡一樣。他真的不能再把主人家當成自己的家看待了。看看他，他差點就要被遣走了呢。他得記住是誰握有一手好牌。記住自己的位置。傑米現在最大的希望就是逗亞倫開心，也許他的主人就會一直把他留在身邊。

知道他的幸福全是由主人的脾氣所決定，這一點實在也沒有什麼好憂鬱或難過的。舉例來說，前一晚在旅店裡時，他還在內心埋怨著自己不能睡在亞倫床上、而是被遣去僕人的寢室。但不久之前，光是有一頓能果腹的食物和一個溫暖的地方過夜，他就會滿心雀躍了。現在他就像是一隻成天睡在絲綢墊子上、手邊還有牛奶可喝的貓一樣，被寵壞了。這樣的貓還能在街頭討生活嗎？他現在是在往自己臉上貼金，認為自己在亞倫爵士眼中的價值比先前大多了。

但他現在的身分就是個小丑，所以就讓他做好份內的工作、將亞倫臉上緊皺的眉頭撫平，讓最後幾哩路愉快一些吧。顯然他的腿又痛了起來，而他也許正在煩惱接下來與薛佛斯的對質。是時候打起精神，用個有趣的故事讓亞倫放寬心了。

「先生。」傑米開口。「這片北方鄉村，讓我想起了派特的鄉村表親，丹尼．賓漢和他的妻子南西。某天晚上，派特跟我說了一段他們夫妻之間的私密對話。據說，丹尼和南西為了慶祝他們三十年的婚姻，決定在稻草裡做一場，因為這好像是鄉下人喜歡的做法之一。老丹尼捏了捏他妻子的胸部，然後告訴她：『啊，南西。如果妳的胸部再大一點、又能產奶，我們就可以把那頭該死的牛扔了。』

「他妻子無視他，丹尼的手便往下伸了一點，挑逗她腿間的小穴。『親愛的南西，妳知道我愛妳，但如果這裡再稍微緊一點，我們就可以用妳來捕老鼠，然後把那隻老貓丟了。』

「有點惱怒的南西，抓住了她丈夫的命根子，用力一捏，喊道：『我親愛的丈夫呀，如果你這話兒再大一點，我們就可以把你該死的哥哥踢出去啦！』」

亞倫回饋傑米一抹微笑，撫平了他嘴角陰鬱的線條。這一抹淡淡的微笑就足夠了。他的心糾結蹦跳著，像是一隻上了鉤、被拖出泰晤士河的魚。突然之間，他意識到，他最害怕的東西，並不是失去養尊處優的生活，或是被丟回外頭混濁危險的水溝裡。他最害怕的，是失去這個難搞、複雜、黑暗而憂鬱的男人。他愛亞倫偶然閃現的溫柔，例如這趟去拯救孤兒的旅程。不是每個像他這個地位的男人，都會去顧慮某個士兵的女兒。瓦雷家族充滿榮譽及正義感的天性，對他的伙伴極度赤誠，尤其是值得信賴的老徽曼。傑米也希望自己像那樣值得。

同時，傑米也發現自己喜歡有人可以照顧的感覺。如果沒有亞倫，他就會變得無所適從。他不想要回到只需要照顧自己、管別人去死的那種日子。他需要亞倫為他的生活帶來意義，溫暖他的靈魂和身體。

聽著亞倫溫暖的輕笑聲，傑米猜測著，如果他的主人知道了他的想法，會做何反應？亞倫對他有沒有一絲一毫的在意？或者傑米只是個床伴，只是他短暫的娛樂對象而已？

「說到稻草堆。」傑米說。「這附近還真多呢。也許我們應該要實踐一下鄉村的做法，找一堆來用一用。」他把手放在亞倫的大腿上，輕輕一捏。「記得我幫你做的事嗎？我想要試試看能不能打破我八分鐘的紀錄。」

亞倫吐出一口長氣，不是煩躁的嘆息，而是有點顫抖、飢渴的呼吸。「你真是無藥可救，傑米。我們現在沒有時間做這個。雪菲爾就在前面，我想要在天黑前找一間旅店安頓下來。」

傑米注意到他並沒有拒絕在稻草堆裡來一次的提議，只是抗議現在的時間不夠。也許回程的路上……但是不行，如果事情進展順利，那女孩就會與他們同行，而一切都會變得大不相同。

亞倫溫柔地把傑米的手從腿上拿開。

傑米靠回座位上，雙臂交抱在胸前。煩躁的感覺齧咬著他，就像在垂掛的樹梢上飛舞、捍衛自己領地的馬蠅一樣。

「啊，好吧。也許下次吧。」他保持語氣輕盈，然後轉移了話題。「你覺得丹尼和南西的故事就夠精彩了嗎？那你該聽聽他們有錢的鄰居，湯瑪士．考威爾為了幫他美麗的女兒找女婿，做了些什麼怪事。」

但當他們繞過一個彎，雪菲爾的城鎮之景映入眼簾時，傑米就忘了要分享這個故事了。這個城市比萊斯特大得多。城鎮座落在謝夫河河岸，煙霧從天際線上突出的數百支煙囪中冒出。

「跟倫敦沒得比。」傑米哼了一聲。

「不。」亞倫同意道。「跟巴黎和羅馬也沒得比。」

「你在取笑我嗎，先生？」他怒視著自己的雇主。

「也許有一點點吧。別這麼自負，傑米。每個人都覺得自己的故鄉是世界的中心。」

他們行過更多凹凹凸凸、布滿車痕的道路。他得提高嗓門才能和亞倫說話。「你有薛佛斯先生的地址嗎，先生？還是我們得挨家挨戶地問？」

「我需要請人指出方向，但我有一個位在德爾文的地址，離這裡並不遠。我們先在路上找一間旅店，然後計畫怎麼找她。」

傑米猶豫了一下。「也許她現在過得挺好的？」

亞倫的眉毛向上挑起，好像他知道傑米不喜歡家裡多一個人的可能性。

所以傑米很快地補了一句：「就算是最邪惡的男人，也可能會善待自己的女兒的。」

「如果他是這樣看待她的，也許吧。」亞倫臉上陰冷的表情，足以把八月盛夏的河流給冰凍。

傑米點點頭。「如果他對孩子伸出魔爪，我們就別無選擇了。」

「沒有選擇。但你說得對。如果他有好好照顧她，我就不會打擾她的人生。」

「有可能，先生。」傑米充滿希望地說。「他有的是能好好養大她的財富。」

但亞倫的表情仍然很冷酷。「我深知薛佛斯。我不知道他對女孩的計畫，但我很確定，他收留她，絕不是出於慈愛或善心。」亞倫伸展自己的雙腿，在座位上扭動了一下。「我真希望能在不被他發現的狀況下，先觀察她的狀況。」

「這簡單。我可以幫你盯梢，回報給你。」傑米抓了抓下巴。「我最好先刮個鬍子，然後把旅途的沙塵清洗乾淨。我可不希望自己看起來像是從磨坊裡逃出來的工人那麼不體面。」

亞倫保持沉默，瞪視著前方。

傑米了解他的想法，感到有些不耐。「我以我奶奶的墳墓起誓，我的報告都會實話實說。你覺得如果我看到一個孩子受到惡劣的對待，我會說謊嗎？」

「也不是這麼說。」亞倫說，然後再度陷入沉默。馬匹緩緩向前走，而他沒有催促牠們加快速度。亞倫還是不信任他。

傑米想要對這個男人大叫，哀求他原諒他過去所有的錯誤，並發誓他這輩子不會再說謊或偷竊了，但亞倫隨後就解釋了他猶豫的原因。「我不確定我們對於『適當的孩童監護』的概念是不是一致。」

傑米現在理解了。他的主人並非指控他是個騙子，而是認為他是個會揍孩子、還沾沾自喜的混蛋。嗯，確實如此，他可不像紳士們那麼有鑑別力。「我會觀察。」他說，試著控制自己的脾氣。「然後告訴你我看到的一切。我不會決定哪件事重要或不重要。這樣可以嗎？他說的每一句話和每一個動作，我都會告訴你。」

亞倫點點頭。「我們先這樣試試吧。」

他們找了一間很小的旅店，老闆沉默寡言，而且只有兩個房間。「你們兩個得住同一間房。」

這是傑米這段時間以來聽到的第一個好消息。他希望有時間可以好好洗一頓澡，但就算是亞倫站在房間中四處打量時，他散發出的不耐感都還是不容忽視。「我在樓下等著。」他說，聽起來躍躍欲試。

傑米很快地在水桶裡將自己洗淨，然後穿上一件乾淨的新襯衫、一條熨燙過的領帶然後再套上一件整潔的深色外套，讓人看不出青年究竟是僕役、還是休假中的助理牧師。

亞倫在旅店的小酒吧裡和他會面，然後一分鐘也不耽誤地走向等待中的馬車。馬匹又換成了兩批新馬：一匹是黑的，另一匹是棕色的。現在他們不需要四匹馬的速度，而在這個與世隔絕的城鎮裡，找不到毛皮閃亮又花色相當的馬匹。傑米又多打量了馬匹幾秒鐘，試圖回憶亞倫教過他的重點。

亞倫把他放在小鎮的邊界，距離他給出的地址不遠。「我會在旅店裡等你。我也許會進城看看。」

薛佛斯所租賃的房子距離主要幹道有一段距離，離德爾文教堂並不遠。道路旁的一小塊綠地，讓傑米有個公開的場合，能靠在一棵樹上，並盯著屋子的後門看。他在草地上就坐，拿起一塊木頭，掏出他的小刀，等待著任何有人移動的象徵。偶然經過的村民慢下腳步，好奇地看著他。德爾文並不是個充滿新鮮感的地方，傑米當然就成了人人好奇的對象。他點點頭，露出微笑，然後繼續進行手上的雕刻。

幾小時後，一輛四輪四座的大馬車從屋後的馬廄牽了出來，停在前頭的碎石車道上。傑米把小刀和雕刻的半成品收起來，漫步朝前方的道路走去。他一邊吹著口哨，因此綠地附近的居民如果看到他，也不會覺得他看起來很警覺，只是在趕路而已。

馬車在門前停了下來，傑米則在籬笆的對面就定位，看著一個瘦高、肩膀寬闊的男人走出前門。帽子遮住了他亞麻色的頭髮。他看起來就和亞倫描述的並無二致。他的外觀也符合他的名字，如果傑米在夜晚獨自撞見這位高挑蒼白、深色眼睛的軍醫，他也會忍不住顫抖的。他的表情就像已經死了兩天的鱈魚般了無生氣。他的模樣是傑米過去的罪犯生涯中看慣了的，看起來對人類毫無興趣，好像就算他用刀捅了你的肚子，也不會有任何感覺。

男人身後緊緊跟著一個年輕女孩。大小姐——亞倫想起了她的名字——安妮．寇特。她穿著體面，看起來乾淨整齊，受到良好照顧。她的一頭捲髮披散在背後，光澤明亮。他並不吝惜花錢在她的服裝和鞋子上，但也並不是過度的奢侈。女孩看起來十分精緻，皮膚白皙，長著一張心型臉蛋，天生就充滿了魅力。傑米知道，就算她已經不是處女之身，在某些邪惡的地方，她還是可以賣出一個好價錢。一個紳士絕不會想到的可能性出現在傑米的腦子裡。但仔細想想，亞倫也提過這一點，他沒有哀嘆或拒絕承認這類事情從未發生過。亞倫爵士不會害怕生命中較殘酷的事實——除非他覺得自己難辭其咎。

女孩沒有微笑或是蹦跳。她只是等待著，雙手握拳地放在身側，眼神看起來百無聊賴。也許她只是累了，或者分了神，因為她似乎沒有注意到那個男人正在等著她上馬車。傑米幾乎可以聽見那位軍醫不耐的嘆息聲，儘管他距離他們還有好幾碼遠。

但穿著優雅裝束的高挑男人並沒有動手抓她、或者對她吼叫。他彎下身，伸出手，讓女孩能抓著他的手，爬進馬車的車廂裡。

接著她的臉轉向了監護人，傑米終於可以看清她的臉，並且發現，她空洞的表情絕不只是單純的疲憊而已。她的眼神遙遠而空蕩，像是努力不要讓自己真正活在當下那個時間和地點。她要不是已經失去神智，就是已經嚇壞了、只希望自己身處別處。準備上斷頭臺的人才會有那樣的表情。也許在面對自己別無選擇的顧客時，傑米也有過這種生不如死的表情。

蒼白而面無表情的女孩，在背對馬匹的位置上坐下，然後車子就離開了。也許她是被寵壞了，但那也一樣糟糕，對吧？

「喔，該死。」傑米低語。

他猶豫著要不要追著那輛馬車跑，但最後還是沿著泥土路往回走去。

旅店在四哩之外，他邁開腳步小跑起來，準備回去向亞倫進行第一次報告。

將軍的馬車不在旅店，而在一連串的詢問之後，旅店主人終於說，他看見爵士往雪菲爾的方向離開了，但沒有說他的目的地。

傑米希望自己堅守在薛佛斯的家門前。他咒罵著，踱著步，等待亞倫歸來。

他把他們前一天穿的衣服刷好，然後拿出他刻到一半的木馬，漫步到外頭馬廄前的院子。無所事事似乎是他的特別獎勵，但傑米不想要什麼都不做。如果薛佛斯和女孩已經回家了，而他錯過了和她交談的機會怎麼辦？他希望自己可以寫一張字條給亞倫，然後就直接離開。

嗯，又有何妨呢？他難看的字跡對亞倫來說應該不是個意外。這男人知道他本來只是隻過街老鼠的。

他做了這個近乎大膽的決定，並去找旅館主人要了筆墨和紙張。男人難得一次動作迅速地完成他的要求。傑米坐在小酒吧一個安靜的角落，瞪著空白的羊皮紙。他考慮著用圖畫行不行得通，但最後他決定，寫個簡單的幾行字也沒什麼。他把寫完的字條折好，在手中把玩了一下，然後決定把字條留在他們的房裡。

他爬上樓，對著床鋪微微一笑，想像著亞倫躺在其上，然後便感覺到自己的身體騷動起來。不，他得把注意力從自己的老二上轉開，專注在手邊的工作。他低下頭看著自己亂糟糟的字條，把它放在小桌上，靠著花瓶。

然後他嘆了一口氣，再度展開長長的旅途，往薛佛斯先生那幢豪華的灰色住宅前進。他揉著屁股，慶幸自己現在至少不必坐馬車了。

當他回到屋子旁時，馬車已經回來、停回馬車房裡了。傑米安頓下來，等著軍醫和那孩子的更多動靜。

長長一段時間過去後，一個穿著整套制服、還帶著假髮的腳夫走了出來，小跑著跨過碎石路和整潔的草皮，然後讓傑米意外的是，他小心翼翼地穿過一小叢樹木，來到那塊傑米席地而坐的綠地。腳夫的身材十分肥胖。不只是有點圓潤而以，套句諾亞的話，他是一整團油膩的肥肉。他掏出一條手帕，擦著自己泛紅的眉頭。

「要不要坐一下呀？」傑米對他身邊的地面揮了揮手。

「不了，謝謝。」他小心翼翼地調整好自己的假髮，然後碰了碰自己領口的蕾絲。「是這樣的，波頓先生想知道你在這做什麼。」

「坐在地上，刻小馬的玩偶囉。」傑米站起身。如果他的訪客不打算坐下，他知道他也不該坐著。他舉起手中刻到一半的馬匹。「你看。」

腳夫瞇起眼，若有所思地嘛起厚厚的嘴唇。「不錯嘛。只是在這裡晒太陽嗎？你和這間房子應該沒什麼關係吧？」

「為什麼這麼問？」

「波頓先生有點擔心。你好像一直在看那間屋子。你認識這裡的主人嗎？」

他強烈的口音讓傑米有點聽不太懂他的話。

「你是指薛佛斯先生嗎？」

腳夫點點頭。

「我對他所知不多。」

「我也是。」腳夫的聲音壓低，好像空蕩蕩的綠地上滿是間諜，正在偷聽他們的對話。「他最近才租了這間屋子。」

腳夫似乎不急著回到屋內去，所以傑米也許能從他身上獲得一點資訊。也許他能問問女孩監護人的事。「波頓先生是管家嗎？我打賭，他是個喜歡大吼大叫的老暴君吧？」

「看在上帝的份上，確實呀。」

腳夫微微一轉身，讓身體離開了與屋子成一直線的位置。沒有人會看見他靠在樹上。「跟我說實話吧，小子，你是在偷看屋子嗎？就跟波頓先生想的一樣？」

「有一點。」傑米承認道。

眼前男子的圓眼大睜，像是眼珠要掉出來一樣。「真的嗎？」他聽起來很興奮，好像他被困在這沉悶的小村莊太久了，急需一點有趣的話題來討論。

「不需要告訴他。我只是對你們的薛佛斯先生有點好奇，還有他的小跟班。」

「你是指那個女孩嗎？」

「就是她。」傑米發覺自己的語速變慢了，他的舌頭正以全新的方式發音。他會模仿起長輩、上流人士、罪人、以及其他有地位的人的口音。他得小心一點，以免自己又不小心學起了這個人的腔調。「有保母或家庭教師之類的人在照顧她嗎？」

他頓了頓，「沒有。」

腳夫再度掏出手帕拍了拍臉，離開了樹幹。雖然天氣很溫暖，但還不至於熱到出汗。「我最好先回去了。」他這麼說，但沒有移動。

傑米伸出一隻手。「傑克．布朗寧。」他撒謊道。

「馬文．林肯。」腳夫將手帕折好收起，然後莊嚴地和他握了握手。當他邁開緩慢的步伐走過綠地時，傑米跟上他的腳步。「你的波頓先生為什麼對陌生人這麼警惕？」

「他沒有呀。波頓喜歡擺架子，但他是從約克郡下來的。不像你和主人是從南方來的。我聽得出你們的口音。波頓一點也不在乎陌生人。主人比較在意。他是個小心翼翼的人呢。波頓說，他只是照著命令做事罷了。」腳夫停下腳步。「我不知道他樂不樂意你跟我一起走。」

傑米笑了起來，對著坡度平緩的山丘和蓬鬆的雲朵打了個手勢。「這裡不像是倫敦的大雜燴。他怕我會偷走銀器嗎？我只要跟你走到門口就好。」

馬文也笑了。「胡說八道。再說了，我的體型至少是你的兩倍吧。」

不只呢，傑米這麼想，但沒有說出口。「如果我想惹麻煩，你一定會把我攔腰打斷的。」

這句話讓馬文很滿意，並放聲大笑起來。現在他已經把比較難為情的任務完成了，他便展露出自己開朗的那一面。

「我想你是從倫敦來的？」馬文問。

傑米點點。

「我有個表親住在那裡，他在一間位於溫布頓附近的宅邸裡服侍。你知道那個地區嗎？」

「當然了。」傑米歡快地撒謊道。「那裡很美的。」

「我也許會跟薛佛斯先生一起南下旅行。」

「他最近要出遠門嗎？」

「當然了。大概一兩天之後。」

「噢。」兩人逐漸靠近屋子，傑米打量著房屋的側牆。

一張小臉從樓上的窗戶向外張望。馬文走在前頭，嘴裡碎碎念地說著新主人只租了一年的房子，還有馬文想在倫敦看什麼或做什麼。

「當然，先生，你不會想錯過艾利餐館的。」傑米一邊同意道，一邊對著窗戶揮了揮手。是那個女孩嗎？這麼一想，他立刻停下腳步，並衝動地行了一個正式的軍人禮，就像他看過徽曼做的那樣。亞倫教過他的那些信號，她會知道嗎？他雖然覺得自己像是個徹頭徹尾的蠢蛋，但他還是拍了拍自己的頭頂，然後握起拳頭，快速在腿與肩膀之間移動。**加快腳步過來。**

窗邊的臉消失了。

馬文並沒有看到他做蠢事，轉過身來，伸出他柔軟而汗溼的手掌。「那就和你在此道別了，傑克。很高興在這附近看到新面孔。但如果你不逗留的話，那就更好了。」

「當然了，林肯先生。很高興認識你，也許我們很快就會再見啦。」傑米和他握握手，然後回到他原本所坐的綠地上。那天下午，沒有其他值得註記的事情發生。幾隻小鳥在他的腳邊啄食，他便將他所吃剩的麵包屑撒給牠們。除了吹口哨之外，他唯一的舉動就只是對著兩位在他面前來回走動的女孩揚一揚帽子，讓她們樂不可支，頻頻對他拋媚眼。

太陽西下，他便往旅店前進。他不確定自己在期待什麼。等著女孩跑出屋外來見他嗎？他想像著用雙手將她一把抱起，然後衝回旅店，將她送到亞倫面前。不過如果他真的靠近她身邊，她更可能放聲尖叫、拳打腳踢地想要擺脫他吧。

亞倫一打開房門，立刻就注意到了那張字條。上頭的字，是一個人顫抖而不確定的筆跡。是傑米嗎？不知為何，亞倫被他這樣躊躇的字跡給嚇了一跳，也許是因為這一點也不像他的風格。他瞪著混亂、飄忽的字母，幾處暈開的墨水，以及幾幅粗糙的圖畫。他的第一個想法，是傑米一定很抗拒留字條這件事。青年的自尊心很強，當然也知道自己的筆跡不堪入目。他的第二個念頭，則是告訴自己：我得教他讀書和寫字了。

他為什麼要這麼做？亞倫有些焦躁地瞪著字條。他不必試著探究傑米的靈魂、搞清楚他的動機。他最好先專注在釐清他的意思。「Bn der cum bk.」紙條上畫著一張粗糙的圖示，一隻狗拿著一把刀和一杯啤酒，亞倫便想起，這間旅店的名字就叫「犬與兵器」。「grl iz sd. I gu dak ber. Son I km bk.」接著是他的署名，還畫了西沉地平線的太陽，以及另一隻拿著刀的狗。

他認為傑米是寫反了幾個字母B和字母D，所以字條上應該寫的是「我先去了一趟，又回來了。女孩很難過（——還是病了？）我要再過去一次，太陽下山時會回來旅店」。

亞倫的手指沿著字跡移動，猜測傑米花了多少時間撰寫。他可以等他。畢竟，他這趟雪菲爾之行算是頗有斬獲，他找了一位律師，討論是否能讓女孩受多人監護，而不單單受到薛佛斯的掌控，以至於無人能牽制他。亞倫說服了那名律師，但對方也警告他，法院或許連聽都不願意聽他的提議。他們可沒有時間照顧一位身無分文的孤兒。

也許傑米可以為他帶來一點好消息。

太陽下山後不久，傑米就回來了。儘管亞倫迫不及待想要聽他的消息，但他看得出來，傑米很渴了，而且需要稍作休息。他點了一份輕食，然後兩人便在遠離火爐的角落坐定。小酒館裡擠滿了工人，若以他們銀色的指甲來判斷，他們大概都是附近鍍銀公司的員工。兩人在陰涼的角落裡，隔著一張小木桌對坐。

幾乎喝掉一整杯酒館裡的好酒之後，傑米用袖子擦了擦嘴，嘆了一口氣。「謝謝你，先生。」

亞倫點點頭。「說吧。」

傑米伸長腿，然後瑟縮了一下。「我說過我會回報我聽到的每一句話，但我今天只有和一個腳夫對話而已。他是個好人，但對我們毫無用處，至少提供不了情報。我沒有聽到女孩說的話、或者你那好朋友薛佛斯先生開口。不過我確實在不遠的地方看到他們。」

他頓了頓。「不。我應該像隻鸚鵡一樣，只說我看到的事實而已。」

亞倫打斷他。「我很後悔說了我不信任你的判斷，傷害了你的感情。」

傑米瞪大藍色的雙眼。他放聲大笑起來。「看在老天爺的份上，先生，你有時候真的會讓我覺得被你寵壞了。」

「我說錯了嗎？」亞倫微笑，傑米的笑聲太有感染力了。

「不，你說得太對了。受傷的是我的尊嚴，痛苦都讓我消瘦了。」他仰起頭，瞪大雙眼，一手抓著胸口。

「小傻子。」亞倫說。傑米浮誇的表現，讓這個意外變成了無關痛癢的小事，但亞倫懷疑他是真的受傷了——也許更糟，傑米也許真相信了亞倫的評價。「繼續說吧，告訴我你看到了什麼，也請你告訴我你的推斷。」

食物上桌，傑米便把厚厚的火腿及水煮馬鈴薯堆到自己的盤子裡，好像是這是一頓最高級的大餐。他注意到亞倫正在看著他，便把一部分的馬鈴薯放回托盤中。

亞倫朝盛著火腿的盤子伸出手。「你的字條上寫著女孩，呃，很難過？」

傑米的嘴塞滿食物，笑逐顏開。「你看得懂我的字啊？對的。其實可能比難過還糟。她是放棄了。如果一陣風吹向她的靈魂，她很能就會被吹走了。」

「她太瘦了？」

「不，我說錯話了。她的身體看起來很好。也許有點瘦。但我剛才說的是她的心。她對於心中的憂慮已經放棄了反抗。不過，這也只是我觀察了三分鐘的感覺罷了。但她的表情……」他搖著頭。「看起來很茫然。可能是鴉片？酒精？也許吧，但她的步伐十分穩定。不。我認為她只是從這世界上抽離了而已。」

「你只看了三分鐘，就得到這個結論嗎？」亞倫問。

傑米剛在嘴裡塞了一片火腿。他咀嚼、吞嚥，然後說：「可能更像是三秒鐘而已。我想要把她從那裡救出來，先生。就算她是個不純潔的小蕩婦也一樣。」他頓了頓。「有可能嗎？」

亞倫聳聳肩。「我見到她時，她還只是個安靜的小女孩。但孩子會長大、會改變的。」

傑米放下手中的刀叉。「你得去和她說說話，先生。」

「她已經超過一年沒見我了。她可能根本不記得我，但薛佛斯肯定記得。你也許更有可能進去和她說上話。」

傑米勾起嘴角。「這就太抬舉我了，先生。你會相信我回報給你的話嗎？」

「別耍嘴皮了，傑米。我已經道過歉了。」有嗎？他現在也可以說多一點。「我相信你的判斷。」

「但我喜歡聽你說對我有信心的話，先生。十分悅耳。」他的笑容褪去，把下巴靠在掌心，專注地皺起眉頭。「我打賭她一定會想起你。就算不記得你的臉，對你的名字也有印象。你得想個辦法和她說話，看看我們需不需要現在就把她帶走。腳夫馬文說他們很快就要動身去倫敦了。不知道他為什麼要這麼快就擺脫這間屋子。馬文說，他只簽了一年的租賃。你的薛佛斯先生，是不是一直都很躁動啊？」

「他絕對不是『我的』誰，傑米。也許他只是想要讓她不斷遷移。不讓她安定下來。」

「為了這麼一個小寄生蟲，這麼大費周章嗎？」

亞倫聳聳肩。「他對於一件事情的專注力十分堅定。這在軍醫身上是個優秀的特質。他如果開始一項工作，就不會停下來，就算一顆炸彈落到他附近，他連頭也不會抬一下。」

「所以他不是個懦夫。」

「不，但他也不勇敢。人需要在感到恐懼之後征服它，才會變得勇敢。我相信薛佛斯是有點瘋了。我認為他相信自己是一切受造之物的中心，所以他當然不會死於戰爭。」

亞倫向後靠在椅背上，看向傑米。後者回望著他，嘴唇微啟，但一個字也沒說。

只是那張嘴所代表的承諾……喔，老天。炙熱的感覺瞬間湧出，包裹住亞倫，讓他喘不過氣。除了一開始好奇的目光之外，現在酒吧裡沒有人注意他們，但他們對望的視線裡絕不該懷有任何感情。至少在公開場合裡不行。私下也不行。在他們做出計畫前不行。然後呢？不能有任何試探的念頭。他得穩住他的心神和呼吸。

所以他轉開視線，試著專注在薛佛斯身上。光是這念頭所帶來的寒意，就足以冷卻傑米眼中溫暖的承諾。

「薛佛斯有一本筆記本。」亞倫說，一邊瞪視著自己盤中未煮熟的肉，看著它逐漸冷卻。

「是嗎？」傑米聽起來心不在焉。青年撥弄著自己盤裡的食物，亞倫不用抬眼，也知道傑米的視線正落在他身上，看著他的一舉一動。他可以感受到他的目光。

「傑米。」他低聲說。「不要。」

傑米粗魯地哼了一聲，再度開始進食。「好。你說那本筆記本如何？」

「他隨時都帶在身上。一本小小的真皮筆記本，上面沾著血、磨損嚴重。在我看清他的為人之前，我曾經隔著他的肩膀看過一次筆記本的內容，發現他的字很整齊。

我問他在寫什麼，他便很快地把筆記本闔上。『研究。』薛佛斯告訴我。『我就是為此才來西班牙的。』

「『醫學研究嗎？』我問。我不是十分喜歡他，但我還是很欣賞他的技巧，以及亟欲證明自己的決心。這男人有著比手術更遠大的理想；我聽見他說過，他總有一天要在哈雷街上開業。

「『當然了。並且研究心靈。什麼東西會擊垮一個人呢？』他這麼問我。他想要知道。他想知道我見過什麼。」

「老天。你怎麼說呢？」

「我記得我回應他，痛苦可以擊垮一切的活物。他點點頭，然後告訴我這樣太容易了，尤其對一名醫療人士來說。他說：『我更欣賞精細一點的手段。』我記得我笑了，認為他只是在開玩笑。他也和我一起笑。那人大多數時候很擅長表現得像個正常人，只有某些時候會不小心露出馬腳。」

傑米推開自己的餐盤。「難怪你的老獾這麼急著上路。」

「也因為如此，我們不能著急。我們最好花一點時間，如果可能的話，最好替小安妮爭取合法的監護權。不過，明天我打算去拜訪薛佛斯，親自一探女孩的境況，也許我還能說服他放棄監護權，不需要搬上法庭。」

「聽起來你都考慮過啦。當然，像他那樣的男人，是不會任人搶走他的玩具的，所以我不覺得你能從他身上得到什麼進展。」

亞倫也抱持著一樣的想法，但沒有明說。他內心逐漸茁壯的焦慮感，現在瀕臨爆炸的邊緣。他現在就想去那男人的屋子，闖入門內，並在薛佛斯來得及使壞前就將女孩帶走。也許現在就已經太遲了。也許在亞倫開始為安妮・寇特的命運盡心盡力之前，就已經太遲了。他覺得自己有愧於寇特下士，以及所有受他指揮的士兵們——那些他試著拯救、卻失敗的對象。

傑米誇張地打了一個大呵欠，伸了個懶腰。「今天坐了很久的馬車、走了很多的路，我累壞了。我想現在是上床的時間啦。」

「是的。」聽見傑米說的「床」字，一股情欲竄過亞倫的體內，直達他的下身。他的直覺反應令他羞愧不已，好像他是一隻看見骨頭就忍不住口水直流的狗。

當他站起身離開酒吧、領頭往樓上走時，他並沒有看向傑米。在他們出門時，房務人員已經將他們的寢室整理過了。一組小床褥放在房間地上，供主人的貼身僕役過夜。兩人瞪大眼看著地上的床墊，看向大床，然後再看向彼此。

傑米露出微笑。「我猜得到哪一張床是我的囉。」他脫下自己的外套和靴子，然後在單薄的床墊上躺下，枕著下頭令人皮膚刺癢的毯子。「滿舒服的。但如果可以的話，我還是用自己的毯子吧。」

亞倫脫下自己的外套，雙臂交抱在胸前。要繼續假裝今晚什麼都不會發生，似乎有點太矯情了。

「站起來，傑米。」他低吼。「上床吧。」

「是的，爵爺大人。您的命令就是我的願望。」青年從小床墊上跳了起來，用堪比野兔的速度爬上床。在亞倫來得及脫去自己的靴子之前，他就已經開始解開自己的襯衫了。

「你需要幫忙嗎，先生？」傑米很快地從床上跳起來，跪在亞倫的腳邊，替他拆除腳上的鞋。「連坐了三天的馬車，你的腿一定又痛又僵硬了吧。」

亞倫無法反駁他的話。當傑米終於把靴子從他的腳跟上抽走時，他屏住呼吸，以免自己喘息出聲。除了剛受傷完，他還掙扎著不知道該不該保留那條腿的時候，他從來沒有感受到這麼劇烈的疼痛。如果讓薛佛斯得逞，亞倫現在也許就得靠著義肢行走，或者更糟，直接長眠於西班牙的土壤之下。

傑米協助他脫衣，為他褪去長襪、長褲與內褲，亞倫則脫下他的背心與襯衫。亞倫再度爬上床，將枕頭靠在床頭，看著傑米脫去他的衣物。

知道自己正受他人觀賞，這虛榮的年輕人便故作悠閒地哼起歌，並隨著肌膚逐漸展露在眼前，細心地挑逗著他。他的手指緩緩地解開襯衫，將掛鉤從孔洞中抽出，順著狹窄的臀部將衣物滑下，露出他半月形的髖骨。光滑的胸肌、結實的手臂，以及他下腹柔軟的毛髮，好像優雅的展示品般呈現在眼前。

說亞倫欲望高漲，也許還太保守了些。他覺得房裡的的空氣好像都被抽乾了。他的身體像是傷寒再度發作一樣滾燙，他腫脹的下身則遠比瘦溼的腿更為疼痛。他想從床上一躍而起，像掠食者般撲向獵物，抓住傑米，並將他壓倒在床墊上，將他占為己有。或者他可以將他壓在牆上，在那裡占有他，在他桃色的臀瓣之間找到黑暗的禁區，瘋狂地撞擊他渴望已久的部位。

在脫衣的過程中，傑米的視線從未離開亞倫的臉。他半張半闔的雙眼充斥著承諾的光芒，而他勾引似的動作讓亞倫知道，自己能從他身上獲得什麼。等他將自己美麗的身軀完全展露在亞倫面前時，年輕人便將手輕輕搭在腰際，讓亞倫大飽眼福。接著他爬回床上，鑽進亞倫的雙腿之間，伸手往亞倫挺立的器官探去。

「傑米，等等。」亞倫抓住男孩的肩膀。「今晚我想要做點不一樣的。」

傑米揚起一邊的眉毛。「你希望我怎麼做，先生？你想要做的事，我幾乎全都可以配合。」

「我只有接受、沒有付出，這樣是不公平的。今晚，你要讓我服侍你。躺下。」

他將手壓在傑米結實而光滑的胸口上，向後推去。

「真的嗎？但你的腿會痛呢。如果你躺好，讓我來，你也許會比較舒服——」

「別爭了。我知道我想要什麼。」

讓傑米占上風這麼多天後，取得掌控權的感覺真好。截至目前為止，他們的每一次性事都是由這位年輕人所主導，而且多是為了滿足亞倫的欲望。這一次，他想要讓傑米先高潮，而且要很強烈。他想要聽見這男人發出愉悅的呻吟，想看他的臉被高潮的喜悅所占據。

轉瞬間，他們的位置就交換了。傑米像個王子般靠在枕頭上，而亞倫略顯尷尬地將碩大的身軀擠進對方大張的雙腿之間。他對此生疏不已，只有第一晚在書房裡意外發生的那一次經驗。那只是幾週前發生的事嗎？感覺像是好久好久以前了。這位來自街頭的年輕人現在已經成了他生命中不可或缺的一個存在。

亞倫瞥向傑米的臉龐，那雙如同天堂般的藍色雙眼因情欲而顯得深邃，正以熱烈的目光緊盯著他，嘴唇微啟。他握住傑米硬挺的下身，手緩緩地從根部滑到前端，再溜了下來。外裹的薄皮向上滑，又縮了回來，露出圓滑的頂端，上頭已經凝出一滴乳白。

亞倫學著傑米的方式，不讓他立刻獲得滿足。他靠向傑米，輕吻著他的大腿內側，兩側輪流。他的舌頭輕輕地沿著他的大腿內側，滑向他的腰際，然後來到他抽動的腹部，在他的目標周圍劃出一圈偵查的範圍。

他的眼神再度撇向傑米的臉。「想要更多嗎？」

「當然想。」他的聲音聽起來十分沙啞，他嚥了嚥唾沫。

「那就開口哀求。我想聽你說。」亞倫也嚥了嚥唾沫，才能說出充滿暗示的「哀求」一詞。

「求求你，先生。可以吸我的大屌嗎？我好想要。若你願意，我想要你溫熱、甜美的嘴含住我，先生。」

就算是處於被動的那一方，傑米似乎也掌控了全局。聽到這番挑逗，亞倫的硬挺變得更難受了。他蹭著床單，試圖稍微紓解一下，然後低下頭，含住傑米的前端。柔軟的薄皮向後推開，亞倫的舌頭裹住圓潤的頂端，嚐到了傑米略帶鹹味的甜美前液。

他又嚥了一口唾沫，將傑米更深地吞入口中，一手握著根部上下套弄。他的動作感覺熟悉至極。在他長長的一生，有多少次是他這樣為自己宣洩的呢？但吮吸又是另一回事了。將另一個人的下身含在嘴裡，是一件奇怪、卻又極度性感的事。他想著自己喜歡的動作，並試著複製傑米為他做過的行為，一邊暗自希望自己做得沒錯。

傑米似乎很享受亞倫的所做所為，沒多久就到了極限，亞倫能從青年越來越急促的呼吸及擺動得越來越快的臀度看出來。

他想做更多，想更大膽，他想看傑米無預警地攀上高潮。亞倫用手捧住緊繃的雙囊，一隻手指沿著細緻的肌膚滑向後方的入口。他繞著圈挑逗，在青年喘著氣悶哼的同時，指尖擠了進去。突如其來的入侵讓青年失去了抵抗能力，他喊叫著弓起腰。如果不是雙手都忙碌著，亞倫也許會伸手遮住傑米的嘴。這間旅店的牆壁隔音效果可不好，而他不希望隔壁房的旅客發現他們主僕之間過度親密的關係。

但傑米似乎早有預料。他用手臂抵住唇，吞下呻吟，臀部止不住擺動。亞倫用力扣住他，加快套弄的速度，接著將湧向喉頭的濃稠全數吞下。

傑米最後終於平靜下來，亞倫放開他，用手背擦了擦嘴。他又多待了片刻，輕撫傑米顫抖的腿，打量著他迷茫的表情，那副失神的模樣如此美麗，他甚至可以看著他好幾個小時。但他的腿又痛了起來，下身也渴望著釋放，所以亞倫爬了起來，在傑米身邊躺下，手臂橫過他的腰。

傑米睜開雙眼，直直望著他。壁爐傳來的火光讓那雙藍眼像寶石般閃爍著。

「那好舒服，先生。謝謝你。」他瞥了一眼頂著他大腿的碩大器官。「但我想，你現在也渴望一點釋放了，沒錯吧？」

他從亞倫懷中溜了出來，從手提箱中拿出亞倫平常收在抽屜裡的那一小瓶油。

「我本來預計我們在路上用得到，所以就一起打包了。」

亞倫露出微笑。「真有遠見，你會是很棒的後勤兵。」

「是的，我會讓輪胎隨時保持潤滑——還有車軸。」傑米在手上倒了一點油，開始揉弄亞倫的下身，直到亞倫只能用盡全力阻止自己一瀉千里。

亞倫抓住他的手腕。「夠了，小子。我已經準備好了。」

「那就幫我準備好吧，主人。」傑米刻意放慢語速，「主人」這個稱呼瞬間產生了完全不同的意義，亞倫瞬間咬緊牙關。街頭男孩轉過身，將後穴送到紳士主人面前。

亞倫滑膩的手指探進結實的臀瓣間，賞玩著因油脂而光滑水潤的肌膚。他找到傑米緊閉的入口，一隻手指擠了進去。他又加入一指，擴張著內壁，等到終於足以容納三指，立刻用自己的硬挺取代。

隨著一聲低哼，他用力一頂，徹底撐開緊緻的肉穴。炙熱與緊密的觸感緊緊包裹著他，如同天堂一般——而傑米就是唯一的天使。亞倫親吻著他的肩膀，扣住他的腰，深深貫穿青年。

極致的熱度點燃了亞倫的身體。隨著碰撞，汗水在他們之間匯集，兩人像是對手般糾纏，又如同戀人般結合。傑米的身上的淡香縈繞在亞倫的鼻腔中，嘴裡盡是青年的味道——在亞倫填滿他的同時，年輕人的一切也充斥著他的感官。這樣的結合、這樣的快樂，就是他長久以來一直在追求的。這樣的交合已經跨越了動物般的交媾，昇華成另一種事物：一種近於天堂所賜之喜的事物。

一次、兩次、三次猛力的挺進，三下肉身的碰撞，亞倫就顫抖著釋放了。他靠在傑米肩上喘息，牙齒咬住青年纖細的頸窩。

「老天，先生。就是那裡！像這樣操我吧。」

就算亞倫還沒有高潮，傑米嘶啞的聲音和挑逗也會讓他失去理智。此時，它們則為他帶來額外的刺激。他最後一次挺進，一波波的快感瞬間席捲全身。

等到一切結束，他依舊躺在原位，兩手擁著傑米，下身深埋在他體內。此時此刻，他們就是一體，而他希望能保持這個狀態越久越好。他不想打斷或分割他們好不容易建立起來的連結。

但他與傑米逐漸茁壯的連結，卻不僅限於肉體。不知為何，在極短的時間內，傑米就已經在亞倫的心中擁有了一席之地。他無法驅逐他；青年就像個士兵，深深挖掘出一道壕溝，進駐其中，並拒絕讓出他的領地。

「這真是一次特別的體驗。」傑米喃喃說道。難得一次，他的語氣中不帶任何一點取笑的成分。他的手緩緩撫過亞倫橫在他胸前的手臂。

「你讓我很煩惱，傑米。」亞倫親吻著青年頸窩上的咬痕。「你戲弄我，就像你故事裡的那些地精和小妖精一樣。」

「我怎樣戲弄你了呢，先生？」

「你讓我失去了判斷力。每當和你在一起，我都會失去理智。」這樣一點好處也沒有，但他卻不在意。「你在我身上下了一道咒語。」他把話說完。

「說到咒語，我有沒有和你說過我的朋友亞伯，他——」

亞倫按住傑米的唇，不讓他繼續說下去。「安靜，傑米。現在不說故事了，我們休息一下吧。」

他把手抽走，傑米則保持沉默。他的胸口在亞倫的臂膀之下，隨著呼吸上下起伏。火爐裡的一塊木頭掉了下來，激起一串竄上煙囪的火星。

亞倫深吸一口氣，然後緩緩吐出。他閉上雙眼。

12

當亞倫睜開眼時，微弱的陽光正從布滿污漬的小窗戶中透進來。他平躺在床上，受傷的腿就像一根木頭般僵硬。傑米在他身側捲成一團，臉埋在亞倫的肩上，一隻手落在亞倫的下腹，靠近他疲軟的下身旁。在傑米的手指如此靠近的狀況下，軟綿的器官便開始抽搐、挺立起來。

他們該在旅店的僕人進來調整爐火之前起床了。當然，亞倫確實鎖上了房門，但他們可沒有理由冒這個險。

他搖了搖傑米的肩膀。對方哼了一聲，轉醒過來。「怎麼了？」

「該起床了。」

「好。」傑米翻過身，將被單捲在身上。

亞倫爬下床，在尿壺裡小解，用床頭櫃上的臉盆洗過臉，然後從皮箱中拿出乾淨的衣物。他著裝後，又花了點時間撥亂傑米的小床，做出像是有人睡過的樣子，然後站在床邊，看著在被單下縮成一團的棕髮男子。

「傑米，如果你想賴床也沒關係。我要去吃早餐，然後出發去拜訪薛佛斯。」

傑米立刻跳了起來，把被單推到一邊。「我醒了，我和你一起去。我可以和腳夫馬文再多聊幾句，看看能不能找出女孩的下落。」

亞倫看得出他想要幫忙的熱情，而讓他在這間旅店待著什麼也不做，也沒有任何好處。「很好，但請你小心選擇說話的用詞。」

「遵命，先生。」傑米精準地對他敬了個禮，但他的腰間只圍著一條發皺的床單，身上一絲不掛，這讓他的尊敬大打折扣。

衝動之下，亞倫彎下身，攫住傑米的下巴，在他的唇上印下輕輕的一吻。這小小舉動背後所代表的勇氣，讓一陣興奮之情竄過他的全身，而傑米的微笑則讓他從頭暖到了腳底。

「換衣服吧，動作快。」

在小酒吧裡享用過豐盛的早餐後，他們便前往庭院，馬夫已經依照亞倫的要求，將他們的馬車準備好，在那裡候著了。今天的天氣十分陰沉，烏雲沉甸甸地威脅著，不過雨水還沒降下。當他們快要抵達德爾文時，雨滴才終於落下來。並不是傾盆大雨，而是輕飄飄的小雨，但他們都已經快要抵達目的地，這還不至於要讓他們停下馬車、升起頂棚。不過當他們抵達醫生的住宅時，兩人都已經溼透了。

亞倫朝大門走去，抓起門環，傑米則抓著韁繩等待。幾乎在門環落下之前，門就打開了。一位板著臉的管家打量著他。亞倫這趟來訪出人意料的早，但他不想要給薛佛斯拒絕見他的機會。

他拿出名片，遞給管家。「請問薛佛斯先生在嗎？」

「我去向薛佛斯先生確認一下，他今天是否會客。」男人招呼他進入起居室，然後將卡片放在一個銀色托盤上帶走了。

亞倫打量著起居室，卻沒有看到任何不尋常之處。由於這是一套租來的房子，家具與畫作收藏上，都不見薛佛斯個人的徽印。亞倫猜想，如果他有機會在整間屋子裡探索，他一定會找到一間更邪惡的房間——也許是充滿祕密書本的書房，或是一個上鎖的實驗室，供醫生在裡面進行研究。但也許是他想得太瘋狂了，也許這位醫生遠不像亞倫曾經以為的那樣具有威脅性。戰爭中會發生各種恐怖之事，不管是在戰場上或是戰場下。也許在文明世界中，薛佛斯會是個更友善、更好的人。也許他監護的小女孩非常安全，也許這男人神智十分清醒，儘管亞倫腦中仍有幾個破碎的畫面，讓他深信自己曾經瞥見過他的瘋狂。也許傑米可以一整天都不說話——這些也許肯定都不是真的。

管家回到起居室中，他的腳步踩在土耳其地毯上，輕得幾近無聲。「主人願意見你。請跟我來。」

「我的僕人還在外面拉著馬。他可以進來廚房等嗎？天氣越來越糟了。」

「當然了，先生。」男人領著他走向屋子的後方，在一扇門上敲了敲，然後等著主人的允許。

亞倫的胸口緊繃著，脈搏快速跳動，好像他準備會見的是一整支軍隊，而不只是一個人。他走近薛佛斯先生的書房裡，先快速環視一圈內部，然後才定睛在醫生本人身上。

男人從窗邊轉過身來，面向亞倫。大雨正不斷拍打著玻璃。他仍然是亞倫印象中那個高挑、蒼白、優雅的魅影。他金得發白的頭髮向後梳起，露出一雙貴族的眉毛，他的五官也長得十分古典，鼻梁高聳，下巴剛毅，薄薄的嘴唇拉出一條細線。他的外表顯得比他家族的血統更有貴族氣息，就算他今天出現在喬治王貴族們的會客室裡，也會看起來毫不突兀。

「亞倫．瓦雷爵士，是什麼風把你吹來了？」

亞倫原本還拿不定主意，該如何提出自己此行的要求。他不知道自己該虛偽地營造友好的假象，或是坦白地開口要求。最後，他決定折衷兩者之間。

他向前走去，和對方握手。「好一陣子不見了，薛佛斯先生。你離開戰場多久了？」他用自己的問題來回答。

薛佛斯打了個手勢，示意亞倫就座，然後在他對面的座位上坐下。「我最近才剛回國。我知道戰場上，一位能力優秀的軍醫是不可或缺的，但在我開始監護安妮之後，我便決定要從戰爭中退休，帶女孩到一個比較安全的地方生活。」

「安妮．寇特嗎？我記得那個孩子。說實話吧，先生，她正是我此行的目的。」醫生的眉頭向上揚起，但他似乎不像自己表現出來的那麼驚訝。他當然已經猜到，亞倫這一趟來絕對有求於他。他們並不是親近的朋友，亞倫也不可能大老遠地跑來雪菲爾、就只是為了和他敘舊。

「關於寇特小姐一事，你有什麼看法嗎？」男人的語氣十分柔和平靜，但亞倫感覺得到隱藏於其下的騷亂與動盪。

「我想你也知情，她的父親查爾斯．寇特下士，原本是我的士兵。」

管家帶著一個茶盤走了進來，而亞倫直到他倒完茶離開後，才又再度開口。

「在他臨死之前。」他繼續說道。「寇特將他的家人交給了我的另一名手下，徽曼中士。他死前最後的願望，就是將愛麗絲與她的女兒交由徽曼來照顧——換句話說，也就是我。」

「你來這裡是為了確保安妮的安危嗎？」薛佛斯的聲音依然平靜，但亞倫已經感覺到他身上流竄的緊繃氣息。他不喜歡這個問題，而如果他不是在隱瞞什麼，他又有什麼好介意的呢？

「是的。」亞倫簡潔地回答。

「如果這孩子應該由他照看，那麼徽曼中士又在哪裡呢？」

「他認為你在葡萄牙，所以已經去那裡找你了。」

「而你忍不住立刻跑來這裡找我，卻沒有先寫信來知會、也不等你的手下回家？你認為女孩是陷入怎樣的危險，才令你這麼急急忙忙地趕來？」

亞倫搖搖頭。「我並沒有這麼說。」

薛佛斯銳利如玻璃般的語氣打斷了他的話。「徽曼為什麼花了這麼多個月的時間，才決定要完成寇特的遺願？如果他真的想要照料那人的家人，他早就該這麼做，為他們提供協助和安慰。但愛麗絲．寇特死時，他不在那裡；是我在現場，而那女人將自己的孩子交給了我。」

「你應該記得，我是負傷回家的。」亞倫解釋道。「徽曼也是。在他康復之後，他在我身邊好幾個月，協助我恢復健康。我們近期才知道寇特太太的事。徽曼很自責無法完成自己對查理許下的承諾。他現在想要這麼做了，而作為寇特的統帥，我也覺得我有義務介入。」

薛佛斯向後靠在椅背上，雙腿向前伸長，表現出輕鬆的模樣，不過亞倫認為他真正的情緒正好相反。「真是令人欽佩，但沒有這個必要。如你所見，女孩在這裡受到了良好的照顧。她別無所需。」他對著這間書房的良好裝潢打了手勢，示意屋內其他的地方也都完美無瑕。

「我相信你對安妮的照顧可圈可點。但他的誓言對徽曼來說就是一切，而我願意盡我所能地幫助他——法律上、財務上，或者任何他可能會有的需要。」提起法律途徑與財務支援，這是亞倫做出的文明威脅。

「我當然理解男人的尊嚴，也了解他完成自己誓言的需求。但你可以轉告你的手下，他的責任已經免了。他保證會讓寇特家族受到照顧，而安妮當然已經有了良好的照料。她在我的監護下所生活的這幾個月以來，我對這孩子產生了非常強烈的好感。我無法想像沒有她的生活。」

「我查了關於共同監護的細節——」

「對於一個身無分文的女孩而言，這簡直愚蠢至極。」薛佛斯的嘴抿成一條細線，緊繃得嘴唇都泛白了。也許這男人的血管裡流的不是血，而是冰水，在任何受威脅或危險的狀況下，他都還是可以保持冷靜。

用禮貌的字句包裝每一句話，已經讓亞倫疲憊不已。他想直接發號施令，不想像個律師般圍繞著主題玩文字遊戲，但在這裡大吼大叫於事無補。他沉默地啜了幾口茶。茶色很濃，但倒在薄瓷的茶杯中太久，已經涼了。現在用錢賄賂還太早了。那會是最後一步，因為亞倫認為薛佛斯並不會為了一點錢放棄他的戰利品。

「看起來，你很認真地想要照顧安妮，但我這樣大老遠地跑來，請問我能和她見個面、說說話嗎？我想要為她父母的死致上歉意，並以她父親的指揮官身分作證，她父親是個勇敢的士兵。」

薛佛斯不可能拒絕這個基本又正當的要求——除非她的狀態糟得不足以會客。但薛佛斯絲毫沒有猶豫。「當然了。我現在就請人去帶她下來。」

他按鈴召來管家，並派他去把安妮帶來。「告訴她可以穿著早晨的洋裝露面；她不需要換上正裝來見客人。」

亞倫也同意。他不想要在這裡和薛佛斯一起等女孩更衣。他能越快見到她、越早審視她的狀態越好。

「你的腿最近怎麼樣？」等待安妮時，薛佛斯換了個話題，打破尷尬的沉默。

「恢復得好嗎？」

「進展很緩慢，但現在已經完全好了。」不了，謝謝你，如果當時不是我阻止你，你可能早就把我的腿給鋸了。

「那就好。」醫生嚴肅地點點頭。「有太多人離開戰場時，帶走的傷痕是一輩子也好不了的。不只是肉體上的，而是心靈上的疾病。戰場絕不是適合孩子生長的環境，我很高興安妮可以從在戰場上目睹的恐怖畫面中恢復過來。」

亞倫點點頭。這番話，他無從否認。有那麼一刻，他再度懷疑，也許是他因為私人因素而誤解了薛佛斯——畢竟對方當時是在沒有醫學需求的狀況下想要切掉他的腿——也許他對大小姐沒有任何邪惡的意圖。

門再度打開，女孩走進了房間，而他若還懷疑著想要帶走這女孩的想法，此刻也煙消雲散了。她的頭髮和衣服整潔至極，比他印象中長得更高了。她看起來很瘦，但並不像生病。不過就如傑米所說，這女孩的雙眼和肢體動作，透露出另一種含義。她臉上的表情，就和第一次面對槍林彈雨的菜鳥士兵一樣——緊繃、焦慮而絕望。這女孩曾經和她的母親一起為傷兵清理、包紮傷口，看過許多屠殺場面。她當時表現得無所畏懼。現在她卻看起來恐懼不已。

「安妮，來和瓦雷上校打個招呼吧。」

薛佛斯和她說話時，她一陣瑟縮。她小心翼翼地行了一個屈膝禮，低下頭。「瓦雷上校，你好。」

「還記得我嗎，大小姐？」亞倫呼喚著她當時的小名，試著打破籠罩著她的恐懼，深入她的內心。「我是妳父親的指揮官。查理．寇特是個好人。」

她抬起頭，和他的視線相交，彷彿這次才真正看見他的存在。「是的，瓦雷上校。我記得你。」

「聽到妳母親的死訊，我很遺憾。她是個勇敢而正直的女子，為軍隊盡心盡力。我們都會永遠記得她的。」

安妮微微低下頭，表示聽見，但她的灰色大眼瞥向薛佛斯，等著他的首肯。女孩就像一隻時常被痛打的狗，活在對主人的恐懼之中。亞倫想著，薛佛斯打過她嗎？或者他有更邪惡的方式可以折磨她——沒有在她身上留下可見的傷痕，卻會傷害她的靈魂？

「妳一直都是母親的好幫手，」亞倫繼續說，「也是我們的好幫手。妳該為自己的表現感到驕傲。」

「謝謝你，先生。」

他注意到她的下等口音已經消失了，取而代之的是精準的上流社會發音，是薛佛斯教她的。

「妳有家庭教師嗎，安妮？妳現在應該快十一歲了，是嗎？」

「快要十二歲了，先生。我們要——」她又看了薛佛斯一眼，他則幾乎不可見地點了點頭。「我們要去倫敦了，先生，薛佛斯先生會在那裡為我找一位家庭教師。薛佛斯先生把我照顧得很好。他給了我需要的一切。」

最後兩句話聽起來就像是在背誦經文，好像一個孩子在複誦自己並不相信的教條。

「很高興聽到妳這麼說，大小姐。」亞倫說，並再度用不正式的名字稱呼她，試著提醒她過往的生活。「不知道薛佛斯先生是否願意，讓安妮陪我到附近的茶館去喝個茶呢？」

「現在外面雨下得很大呢，亞倫爵士。我不能讓安妮出去冒險啊。也許等我們之後到倫敦去，這點還可以安排。也許徽曼中士也會想要和她見見面。」

又一次，亞倫無法反駁他的話。外頭的雨確實下得很大，薛佛斯也親切地表示他們還可以再度見到女孩。這其中沒有任何錯處，只是大小姐正用眼神哀求著他，小小的身體彷彿隨時都會開始顫抖。

「你差不多該離開了，先生。我可不想耽誤你的時間。」薛佛斯按鈴，而當管家出現時，他便說：「派亞倫爵士的僕人上來吧。」

該死。亞倫突然很不自在。

「和客人道別吧，安妮。」薛佛斯指示道。「瓦雷上校得離開了。喔，我都忘了，我們現在該稱呼他為亞倫爵士了。他已經拋下了他的軍旅生涯啦。」

女孩再度行了一個完美的屈膝禮。「再見，亞倫爵士。」

薛佛斯站起身，朝她走去。她動也不動，他便把一隻手搭在她的肩上。老天，他的手勁大得指甲周圍的皮膚都泛白了。女孩依然紋風不動，背挺得更直了。亞倫想大吼、想叫他住手，但他忍住了，因為他不想為安妮帶來更多麻煩。

他看著眼前的畫面，不知道自己是否能在她身上找到任何薛佛斯留下的痕跡，因為這樣的動作理當留下指印的。但當然了，這些小小的管教痕跡，也只是監護人的其中一條權利罷了。醫生很聰明，沒有其他的舉動——尤其現在他又知道亞倫開始在意了。

目前為止，這樣就足夠了，亞倫心想。薛佛斯現在知道，女孩是有朋友的。如果他真的是個禽獸……嗯，至少他現在比較不會在厭倦了之後，就把她丟進某個無名塚裡。醫生真的是這樣計畫的嗎？亞倫祈禱著，希望這只是他過度瘋狂的幻想。

薛佛斯開口，不過沒有鬆開手。「妳可以回去房間，繼續妳的針線活了。我很快就會去看看妳的進度。」

「遵命，先生。」

此時，傑米正好出現在書房的門口。他瞥了一眼安妮，又看了一眼薛佛斯，然後行了一個完美無缺的禮。「要走了嗎，先生？」他問亞倫，後者也已經從椅子上站了起來。

看見傑米時，安妮的臉色一白，嘴唇微張。亞倫祈禱薛佛斯沒有發現，但他知道這男人可能一切都看在眼裡。女孩繼續往門邊走，但在她經過傑米身邊時——她的手動作之快，動作看起來幾乎是一片模糊——她快速地打了一個敵人在眼前的軍事手勢。

傑米似乎沒有注意到。亞倫之前沒有教過他這一個信號，而女孩的動作又太快，也許那只不過是她的手在抽搐而已。

薛佛斯有看見嗎？他正在打量著傑米，所以沒有看見他監護的女孩在離開房間前的舉動。薛佛斯轉過身，對亞倫露出微笑，那是一個人在得知饒有興味的資訊時，心知肚明的笑容。亞倫的口腔乾澀，心跳加速。直覺要他跳起來、揍醫生的臉一拳，抓住女孩，然後揚長而去。但他文明的天性告訴他，這是不可能的。治安官會來找她、醜聞也會隨之而來，而當女孩回到薛佛斯手中時，她就會落入比現在更恐怖的危險之中。

「你也可以走了。」亞倫告訴傑米。「你可以去馬車上等我，我們馬上就走。」

他希望傑米有機會溜走、去和女孩說說話，但薛佛斯用兩個字就攔住了他。

「等等。」薛佛斯朝傑米走去。他沒有碰他，但站得離他有點太近了，居高臨下地看著他。亞倫握緊拳頭，想要大吼叫他退後、離傑米遠一點。

薛佛斯瞇起雙眼。「我想也是。就是你，昨天在我的屋外鬼鬼祟祟地張望。波頓注意到你在外面遊蕩，還指給我看。」

「張望嗎，先生？沒有。我只是想要確認我們的地址是對的，這樣亞倫爵士才不會浪費時間。」他向後退開幾寸，在兩人之間拉出距離。

亞倫開口。「薛佛斯，我僕人的行為和你一點關係都沒有。」

兩人都沒有看向他的方向。傑米虛假地微笑著，薛佛斯則打量了他很長一段時間。「你大可直接來敲門，像個好基督徒一樣直接提問。」

傑米無辜的雙眼大睜。「喔，當然了，先生。但是昨天的天氣那麼好，而且——」

「你看見我們了，但當我們外出回來的時候，你還在那裡。」薛佛斯的聲音顫抖著。他再度朝傑米逼過去，而他平時平和的面具似乎就快要堅持不住，亞倫瞥見了他光鮮亮麗的外表下赤裸的侵略性。「你就是在偷窺，而且我還知道，你拷問過我的僕人。」

亞倫站起身，如果對方膽敢動傑米一根寒毛，他準備隨時出手。空氣中瀰漫著濃濃的敵意，而亞倫準備一聲大吼來終結這一切。他會告訴薛佛斯他所有的懷疑，並結束自己假惺惺的禮儀。

但傑米的身體仍然保持放鬆，好像他沒有注意到任何不尋常之處，輕笑了一聲，開口說話。「不好意思，先生。」傑米仍掛著像傻子般討好人的笑容。「不過是你的馬文先來和我說話的。他是個好人，我當時很無聊，他是個不錯的陪伴。我們聊了倫敦的事。」

薛佛斯沉默了幾秒。「這還是沒解釋你為什麼在我家外面待了大半天。」

「薛佛斯。」亞倫僵硬地開口，仍希望自己能停止這樣的假裝，但還是願意順著傑米的帶領。「我想你也許是多想了，憑空幻想出不存在的威脅。」

「就是這樣，先生。」傑米朝亞倫微微一點頭，再度把注意力轉回醫生身上。「很抱歉，先生，但我有興趣的並不是你的屋子，先生。你知道那片綠地上，不遠處有一間小屋吧？嗯，那裡住了一對雙胞胎。」傑米讓自己的臉色紅了起來。真是個演員！亞倫想為他鼓掌。「兩個紅髮的小姑娘。你知道他們嗎？」傑米露出誇張的微笑，不過他的用詞不像平常那麼矯捷。「我可不能直接坐在她們家門口，對吧，先生？真是不好意思。」

薛佛斯的敵意消失了。現在他的表情看起來十分嫌惡。「你的主人花錢雇你坐在外頭對女孩子拋媚眼嗎？」

「昨天是我的休假日，先生。我在這裡沒有朋友、也沒有親戚。那我該怎麼辦呢？那兩個女孩可是大美女啊。」他勾起嘴角，但好像突然意識到自己身在何處、又在對和人說話。他的微笑立刻消失，背也打直起來。

薛佛斯又打量了他一陣。傑米動也不動，表現得像是完美的僕人，腦子裡想的只有自己等一下要刷的靴子。他是從哪裡學來這種呆滯又無趣的表情的？

「很好。亞倫爵士，看來你專門雇用傻子呢。我也是。馬文也是個傻子。」他又恢復了親切的模樣，按鈴召來早就等在門外的管家。「帶亞倫爵士的僕人去馬廄備馬車吧。」

他看著他們走遠，然後轉過來面向亞倫。「見過我的小安妮了，不曉得你還滿意嗎？」

「我想你的照顧確實是很完美的。」

「她是個非常安靜、非常順從的小東西。沒了父母，她在這世間實在寂寞。」薛佛斯似乎對這個念頭感到無比愉悅。外人也許會認為，他只是不過是個驕傲的監護人罷了。但亞倫知道並不是這麼回事。

是時候用紳士的方式解決問題了——花錢。「我很感謝你為寇特家做的一切，但我在想，是不是可以讓我以僕人徽曼的名義，為安妮盡一份經濟上的力？倫敦有一間很優秀的寄宿學校，我想要讓她去就讀。」

醫生瞇起眼。「我想女孩才剛告訴你，我要為她顧一位家庭教師吧。我們不需要你的幫助。」

亞倫想要發出挫敗的怒吼。他真的無法用更隱晦的方式提出自己的訴求了。「薛佛斯先生，你也許知道，我是個單身漢，我的財產也沒有繼承人。我想要獎賞你截至目前為止對安妮．寇特所有的照顧，並免去你之後所有的義務。簡單來說，我想要收養這個孩子。」

薛佛斯靠向他，而就算亞倫比他更強壯，也擁有軍人的戰鬥技巧，他卻看起來來勢洶洶。「你可以離開了，先生。我們的會面已經結束了。」

「我可以給你一大筆錢，薛佛斯先生。你可以好好考慮一下——」

「你的提議實在太不得體了，亞倫爵士，而你為什麼如此堅持要收養像安妮這樣無辜的小孩？這念頭也令我寒毛直豎。你擁有這樣的財富和地位，也許早已習慣放任自己變態的喜好，而且沒有人敢多嘴。嗯，但你絕不能帶走像安妮．寇特這樣單純的女孩，並照你的邪惡意志扭曲她的人生。不論你有多少錢、或是請了哪位律師，這個女孩都因為她母親的遺願而合法地屬於我了，遺囑是公開簽署的。你永遠也無法把她從我身邊奪走。」

他正義凜然的言論幾乎讓亞倫感到罪惡了……幾乎，只是亞倫知道，薛佛斯的形容正好可以完全套用在他自己身上。將一個無辜的女孩扭曲、塑造成別的樣子，不正是這個冷血的男人會做的事嗎？

「慢走，先生。」薛佛斯強調地補充道。

管家像是幽魂一般靜悄悄地出現在亞倫身旁，領著他走出房間，而他除了跟上腳步之外，別無他法。

馬車停在大門口，傑米小跑著來到他身邊。「他還說了什麼？」

「我們不該在這裡討論。」亞倫劈頭說道。「上車。」

直到馬車從屋前駛離之後，他才吐出一連串剛才憋了許久的髒話。

傑米瞪著他。「我的耳朵都快起水泡啦，我可不知道你原來也會說這些話。」

亞倫咬牙。「就和你說的一樣，傑米，女孩的表情很不對勁。我不知道那個男人對她做了些什麼，但她看起來好像已經放棄希望了。」

「她的手打的是什麼手勢？還是那是我幻想出來的？」

「不，不是你的幻想。我想她打的是看見敵人的信號，所以我相信她還是有著反抗的心。她想要得救。我們一定要想個辦法，把她從薛佛斯手中帶走。」

傑米反常地保持沉默。車輪在碎石路上喀喀作響，駛過泥濘時濺起水花。兩人往雪菲爾的旅店前進。

「我看得出來，那個女孩對你來說意義重大。」最後他說。「對於忠誠，我也算是略懂。徽曼受了別人的遺願，要幫助一個家庭，而你想要幫助他兌現這個承諾。我和我的朋友也有過類似的約定——永遠不要供出你的朋友。」

亞倫瞥了身旁的年輕人一眼。雨水讓他的髮色暗了一階，溼漉漉地貼在頭上。雨滴順著他的臉頰流下，凝結在睫毛上。傑米把雨水眨掉，然後繼續說下去。

「那位紳士是個嚇人、憤怒的男人，我知道你在為安妮擔心什麼。老實說，我也擔心。但若是在我的老家，比起和這樣一個男人相處，一個無家可歸的可憐女孩有可能會遇上更糟糕的事，因為至少那傢伙還能為她提供住處、餵飽她的肚皮。我認識許多女孩都寧可與一個男人同床共枕，也不要在外為大半個倫敦提供娛樂。」

亞倫怒視著他。「安妮是個天真無邪的小女孩，不是什麼街頭娼妓。」

「所有的街頭娼妓都曾經是天真無邪的女孩，對吧？」

「但我可以拯救她脫離薛佛斯和可怕的街頭。我可以帶她回家，給她美好的人生，確保她再也不受傷害。」

傑米皺眉，一道水珠滑下他的臉頰，他伸手抹去。「你當然應該盡你所能地幫助她，我沒說你不該這麼做。我的問題是，為什麼這對你來說這麼重要？你看起來幾乎是不惜一切代價地想要拯救她，好像當你看到這女孩的時候，你想到了別的事情。我只是想知道你想到了什麼。」

亞倫直瞪著前方的道路，將頭髮向後推去，以免雨水滴進眼睛裡。他們出發前應該升起馬車頂棚的，但現在已經沒有必要了。

他看向還在等待他回應的傑米。亞倫知道這男孩說得對。他內心想的不只是拯救一個需要幫助的孩子而已。安妮．寇特彷彿代表了在巴達霍茲那些他無法拯救的無辜人民。也許他是該給傑米一個解釋。

他吐出一口長氣，在腦中搜尋適當的詞彙，好讓他能快速、簡潔、最好不帶情緒地把這故事說完。「也許你說得對。當我看到安妮時，我覺得我終於有辦法做一點好事，來彌補我所見到的邪惡之事……還有我親身參與的惡行。」

「又是巴達霍茲嗎？」傑米柔聲問道。

亞倫點點頭。「那件事自始至終都是場災難，雖然技術上來說，是我們打了勝仗。那場戰役損失慘重，而勝利後的情況也同樣殘暴。我們冒著像現在這樣的大雨在壕溝裡打了好幾週的仗，最後終於突破城牆。屍體堆滿了城牆的缺口，但我們只是爬過那些死屍，繼續推進。

「徽曼重傷倒地，我把他拖到安全之處，藏在城牆旁。然後我試著召集剩下的士兵。比起兩軍在開闊處的交戰，城市中的游擊戰更加混亂，但最後敵軍終於被我們趕跑。整座城市頓失保護，而惡夢就是從這裡開始的。」

換傑米點了點頭，好像他已經猜到後面發生了什麼事。

「這些人都是我的手下，他們是殘酷的戰爭結束後所剩無幾的士兵。我以為我熟知他們每一個人，我以為他們擁有不可動搖的榮譽感。像是羅德尼．布萊斯威特，或是奈德．桑德斯那樣的好人。但他們彷彿被邪靈附了身，彷彿活生生的地獄降臨人間。偷拐搶騙已經夠糟了，但他們折磨當地的居民，當街強暴女人、甚至是年輕女孩。

「他們就像一群野蠻人，而我無法掌控他們。我無法阻止他們。我試過了。」他的喉嚨緊縮，聲音變得沙啞，他嚥了一口唾沫。「我大吼著命令、對空鳴槍，但沒有人聽我的。我把某個士兵——不是我的手下——從一個女孩身上拉開，然後一枚子彈就打進我的大腿，讓我摔倒在地。」

「但你說敵軍都已經撤離了，不是嗎？」

亞倫聳聳肩。「是沒錯，但是這些事情從來不像一般人想的那麼簡單。也許還有幾個敵兵逗留在城內，也許開槍的是自己人。士兵們當時都在鳴槍慶祝。我或許只是被流彈波及。不論如何，我就這樣倒下了。等到我恢復神智，薛佛斯正站在我面前，檢視著我的腿，一邊準備拿他的鋸子。

「我聽見有人跟他說，好像沒有必要切除我的腿。那時候我以為是他的助理在說話，但現在回想起來，那大概只是我的想像，因為助理醫師也知道不要違逆他。我當時都已經準備好要滾下桌子了。我告訴他別碰我的腿，否則我就下令開除他。

「當然，薛佛斯不喜歡被人命令。『你不想要我的幫助是嗎？那就不麻煩了。』他把我推到地上，讓我跟死者和輕傷的士兵躺在一起，讓我自生自滅。徽曼不久後找到了我。老天，他自己也是一團糟，頭上纏著染滿血的繃帶。我不記得我們是怎麼辦到的，但我們找到了一座醫療帳篷，然後互相幫忙料理傷勢，直到我得了傷寒，一根手指也動不了為止。」

他沉默下來，傑米也難得沒有開玩笑或是接話。他們默默地向前駛去，周圍只有雨聲和馬匹走過積水的水花聲。

一直潛伏在亞倫心底深處那股噁心反胃的感覺，在他回憶起巴達霍斯如地獄般的時刻時，始終都沒有消失過，但他現在卻覺得輕鬆了許多。也許是因為把這些話大聲說出口，讓他的重擔突然消失了。他從來沒有和任何人說過他所看見的事，就連徽曼也沒有，因為他自己也已經見過夠多惡行了。

馬車駛過一個轉角，一絲陽光終於穿透厚厚的雲層，在雨水浸溼的路面上閃爍著。突如其來的光線就像是亞倫心中升起的怪異感覺，充滿了新生的希望。儘管他仍然為安妮感到害怕，儘管他還是會擔心未來，他卻很久沒有像現在這麼快樂了。

13

光是想像亞倫蒼白瀕死的模樣，被混蛋薛佛斯扔在地上流血不止，傑米就無法忍受。憤怒之情在他的肚子裡沉澱，沉重而苦澀。

他得思考，對一個總是習慣根據當下氣氛直接做反應的人而言，這是一個重大的改變。他的直覺反應，曾經無數次拯救了他的性命。但他得用另一種方式來應付現在的人生。傑米會想到一個方法來解決女孩的問題，並阻止他的主人毫無意義地為過去的事感到焦慮。

他閉上眼，回想著自己在薛佛斯家中的僕人廚房裡的所見所聞。沒有什麼不尋常之處，只是除了他的新朋友馬文之外，其他的僕役都比欽老太太更高傲、更喜歡擺架子。在見到亞倫清理乾淨的馬車後，他們的態度才終於緩和了一些。波頓一定是認為，一位有錢老爺的僕人算是幫傭中的頂級人物，所以值得他們用文明的方式對待。事實上，管家甚至允許馬文帶他在屋內某些地方參觀了一下，然後他就被帶到薛佛斯跟前了。當然，他們還沒有去到臥房或地下室，馬文說，地下室是主人的工作室。

當時，那位腳夫是壓低了聲音，還睜大眼四下張望著空蕩蕩的走廊。「主人的工作室永遠都是上鎖的。就連女傭都不能進去打掃的。我們甚至連下樓去都不會。」他挑起眉，和傑米分享這個有趣的小祕密。

「那你們要怎麼打包呢？我以為你們要準備南下去倫敦了。」

馬文重重嘆了一口氣。「我們今天才知道，僕役們都要留在這裡啦，因為我們是和這間屋子的合約簽在一起的。主人會和女孩兩人自己走。他很少不帶她一起外出。」

可憐的馬文，傑米想道。他的大城市冒險夢破滅了。

「我們猜想薛佛斯先生不會在南方待太久的，因為他沒有要帶全部的家當一起去倫敦。他沒有告訴我們他的計畫，但他有說過他只會帶他的書之類的。」

「所以你還是有打包的工作要做嘛。」

馬文搖搖頭。「完全沒有。他所有的書都鎖在地下室了。」他誇張地指著通往地下室與薛佛斯的密室的那道樓梯。

他的筆記。當然了。

此時此刻，沿著崎嶇的道路前行途中，傑米睜開眼，心不在焉地用手背把流下臉頰的雨水擦去。「先生。你覺得他在筆記本裡都寫了些什麼？他的僕人說他總是把自己的筆記盯得很緊，把它們都鎖在他的『工作室』裡。」

亞倫正遙望著遠方某處，無疑正在想著他在西班牙的恐怖回憶。「你想表達什麼，傑米？」

「你得用他重視的東西來和他交換那個孩子。或者如果他想要和你爭奪女孩，你也得有他的把柄。對，就是這樣。告訴薛佛斯，如果他願意放棄那孩子，你就不會公開他在筆記裡寫的東西。」

亞倫的身體坐挺了一些。一道冰涼的雨水順著他的帽沿流了下來，落在他的頸窩，他厭惡地搓了搓後頸。「我不確定我們能靠那些筆記本使上多少力。」他緩緩地說。「但在這個狀態下，任何可能的武器，對我們來說都很有用。」

我們，傑米想。很好。

「不知道我們要怎麼拿到他的筆記。」亞倫若有所思地說。

雨終於停了，傑米掏出一條手帕，擦去臉上和頭髮中的水珠。他把溼答答的布料塞回口袋裡，決定要開口說話。亞倫爵士對他的其他專長一定不會感到意外，所以他乾脆直接承認的好。他眼神直盯著亞倫說：「現在，該來跟你說說我盯哨時的所見所聞了。」

「什麼？」

「以前，作為一個線人，我都會先去探路。我知道要怎麼躲過獵人的魚叉。」

亞倫的嘴角抽動了一下。「請說英文，謝謝。」

傑米勾唇一笑。他喜歡亞倫又好氣又好笑時露出的光芒。傑米提高聲音，語調和緩，像是在向一個傻瓜解釋。「我專門為闖空門的人踩點，他們也教過我怎樣撬門鎖。」

「你是在提議你要闖入薛佛斯的屋子嗎?」亞倫眼中的笑意消失了。

「當然。我可以偷出他的筆記,如果我找得到那個女孩,我甚至連她都可以一起帶出來。我敢拿我的新鞋子打包票,我一定找得到那些筆記。很簡單,一定都在他的工作室裡。」

亞倫搖搖頭。「不,這麼做太冒險了。他天性多疑,現在我來拜訪過,他一定會更加警覺。我會等他動身前往倫敦之後,再循法律途徑來處理這件事。我還是相信我可以成為女孩的共同監護人。」

傑米的嘴唇發出一聲粗魯的聲響。「如果他落跑了,什麼法律途徑都是個屁。你覺得等那個混蛋離開這座小鎮之後,我們還能這麼輕易地找到他嗎?」

「我想這就是我們得承擔的風險了。如果你闖入他的屋子被人抓到,他想也不想就會殺了你,而且法律會是站在他那一邊的。畢竟,他一定知道你說的雙胞胎故事是個謊言。」他對傑米皺起眉。「告訴我,那對雙胞胎真的存在嗎?紅髮的那兩個?」

傑米忍住翻白眼的衝動。「當然有了。我知道那種多疑的傢伙一定會去確認真實性的。」

亞倫微笑。然後他放聲大笑了起來，渾厚飽滿的聲音在鄉村小路與仍滴著水的樹梢之間迴盪。「幹得好，傑米。我很驚艷。」

儘管空氣冰涼，溼衣服又讓他發冷，傑米仍覺得有股暖流直達他的掌心與腳趾。他這麼在乎對方的認同與否，簡直太愚蠢了，但仍然無法否認他在乎的事實。他考慮著要不要放棄這個話題——他這種下作的行為可能會讓亞倫很不高興。但他仍然認為，他們得盡快採取行動。

「那個薛佛斯先生是不會回來北方了，我知道。但他沒有告訴他的僕人。也許他總是這麼神祕兮兮，但我敢跟你賭一匹小馬，他打算直接消失在黑夜裡了。我指的是今晚、或者明晚。他有得是錢可以這麼做。」傑米頓了頓。也許這就是個重點，一個可以拿來要脅對方的好方法。找出他的財富有沒有什麼骯髒的源頭。「軍醫應該不是個好賺的職業吧——他的錢是怎麼來的？」

「我不知道。也許他從死亡的士兵身上偷了夠多的錢，也許那是他繼承來的遺產。我對他的家庭一無所知，只知道他沒有父母或手足。」

傑米忍不住想，如果他憑空消失了，也不會有任何人發現。那會是最簡單的方法。雨已經停了，但一陣微風吹起，讓傑米打了個寒顫。

「該死的英國天氣。」亞倫說。他調轉馬頭，駛進旅店的馬車棚裡。「我們換過衣服，再來討論下一步行動。」

我們再來討論。傑米喜歡這句話。

回到房間後，傑米生起火，兩人快速褪下溼透的外衣。傑米鑽進厚重的絨被裡，吐出一口嘆息。「沒有什麼比寒冷刺骨的天氣更棒的事了。」

「你在說什麼鬼話？」

「因為讓自己溫暖起來，簡直是上帝的神蹟。」他眨眨眼，朝他的主人勾唇一笑。

亞倫赤裸著站在火爐邊，用一條毛巾擦著頭髮。他把自己的襯衫和長褲攤在地上，好讓它們能更快烘乾。

「你把我的工作都做完了，先生。」傑米用手肘撐起身，看著亞倫。火光點綴著亞倫背部和手臂的肌肉。很好。

「別以為我沒發現。」亞倫蹲下身，撿起一隻襪子。他悶哼著直起身，潮溼的天氣一定讓他的腿痛得不行了。男人把襪子掛在椅背上。「我該扣你的工資了。」

「給我一點教訓，對吧？」傑米同意道。他從床沿退開，邀請地為亞倫空出位置。

他幾乎可以肯定亞倫會拒絕他了，也許還會說他們應該要來為旅行做計畫、或者兩個大男人同床共枕有多麼不恰當——現在還是大白天——但他只是搖搖頭，然後從容地來到床邊。「一個教訓？」

讓傑米又驚又喜的是，他拉起被單爬了上床。但他沒有躺下，而是對著傑米伸出手……

「嗷！你的手是冰塊做的吧？」傑米彈了起來。

「你的皮膚很溫暖。你說得沒錯，讓自己溫暖起來確實很棒。」亞倫冰冷的手指繼續描摹著他的身側，無視傑米的抗議與笑聲。

搞什麼？這男人是在玩嗎？總是鬱鬱寡歡的陰沉大人，現在卻表現得像個小孩。

傑米衷心希望這是真的。

他掙扎著滾到一旁，用雙手與雙膝撐起身，面向側躺著的亞倫。他祈禱自己這樣在這場新鮮的遊戲中不算越界，同時朝亞倫爬過去。「我的手現在也不太溫暖呢，先生。讓你感受一下吧。」

「噢，想都別想。」亞倫跪起身，伸出雙手，在傑米進攻時抓住他。

兩人交纏在一起，都想用對方的身體來暖手。傑米從他手中掙脫出來，向一旁滾開。他撐起身俯看著亞倫，想要把冰冷的手伸進他的腋窩裡。亞倫和傑米一樣咒罵著、大笑著，這讓他忍不住想要歡呼。但他決定用這股精力壓制他的主人，用四肢緊緊圈住他。冰冷的手指溫暖了起來，現在他們的觸碰變得輕柔。原本的打鬧嬉戲，逐漸變成了另一種、更令人愉悅的遊戲。

傑米的手指爬過亞倫依然潮溼的頭髮，捧住他的頭。他靠向他的臉，輕柔地展開一個長長的吻。亞倫微微一抬頭，吻立刻就加深了。

傑米向後退開，希望把速度放慢。他想要好好享受溫存的時光，而不是急急忙忙地落入獸欲之中。儘管看在上帝的份上，獸欲也是那麼的美好。他有好多事想要對亞倫做、好多話想要對他說，他卻沒有太多機會。他輕撫著對方粗糙的臉頰。「你應該要讓男僕幫你刮鬍子了。他的表現應該會比這更好才對。」

亞倫轉過頭，親吻傑米的大拇指。「沒有這個必要。我的男僕適得其所，謝謝你的關心。」

「對。」傑米喃喃說道。「但老實說，此時此刻，你的男僕感覺好得多了。事實是，如果可以的話，他希望永遠停留在此刻。」

亞倫回應的微笑很淺，而且也許有點哀傷。傑米花了幾分鐘的時間壓抑自己的欲火。他們並肩躺著，傑米吻著他的臉頰、眼皮，然後來到他的唇邊，交換一個個濃烈的吻。他的老二已經又脹又硬，頂著亞倫的大腿。亞倫在他的嘴裡低吟著，用一隻手握住他。

傑米的下體頂著他手掌握出的圓圈。他想要把亞倫壓在床上，狠狠地上他。光是想像就令他欲望高漲，心跳加速。他想抓住亞倫爵士，要求他為自己敞開，讓他深入那個緊緻的祕穴。

但他已經知道這股欲火會帶領他們走向何處。熱情給了亞倫一個耽溺於欲望的好藉口，但傑米現在追求的是另一個更難得的狀態。他緩下自己的吻，深吸一口氣，從他渴望不已的身體旁退開。是時候來看看，亞倫會不會容許他展現自己長久以來的熱愛了。他一路吻著亞倫的身體，愛撫他的肌膚，描繪他的傷疤，接著一一吻過——他上臂淺淺的銀色疤痕，他身側扭曲的皮肉，以及兩者之間所有大大小小的痕跡。

當傑米輕吻並舔弄著亞倫的老二時，他倒抽一口氣。傑米溫柔地捧住他逐漸緊繃的囊袋。他的嘴含住對方的下身，然後抬起眼看向他。亞倫的雙眼緊閉，下巴也繃緊。他盲目而粗魯地撫摸著傑米的頭髮和臉頰，無聲地哀求著。

啊，該死。傑米無法抵抗這強烈的需求。他放棄了溫柔的吻和輕聲細語的對話，將亞倫的器官直接吸入口中。他用力地吸吮、舔弄，將注意力完全放在亞倫全身上下最貪婪的地方——他勃起的器官——而不是他整個人。

要不了多久，亞倫的老二就脹得無比巨大。他發出一聲輕得像在說話般的低喊，然後就射了出來。當他的呼吸平緩下來、身體沉入睡夢中時，他甚至沒有睜開眼睛。

亞倫熟睡地像個受到層層保護的嬰兒。傑米沒看過幾個這樣的孩子，但他確實看過幾個是被自己的母親用琴酒給迷昏，好讓她們能做一點交易。你就算在他們旁邊大笑大叫，他們也動都不會動一下。

傑米擁著男人的背，將自己勃起的器官頂在那對可口的臀瓣上，渴望能夠挺入其中。亞倫在睡夢中發出一聲滿足的低哼，但一動也不動。

傑米想讓他繼續睡。天知道他有多需要這些睡眠。最後傑米躺回床上，欣賞著在他眼前的這具軀體——肩膀、雙腿、腰線和臀部——一邊用傳教士稱之為手淫的方式，照料自己的生理需求。他緩緩地套弄著自己的老二，慢慢享受，直到他低哼一聲，伴隨著一口嘆息，射了出來。他用床單的一角擦拭自己的腹部和胸口。

亞倫依然沒有動彈，他緩慢、輕鬆的呼吸也沒有改變。傑米從沒看他睡得這麼安穩過，沒想過他也能有這麼一天。

也許談起巴達霍茲的事情，幫他剷除了一些內心的幽靈。當然，這只是暫時的。傑米知道，這樣的回憶，會是一輩子的陰影。

儘管他已經釋放了自己的欲望，傑米還是焦躁不已，很快就從床上爬了下來。他穿上自己的衣服，幸好他生的火夠旺，衣服只剩下一點微微的潮溼。他稍微整理了一下房間，然後看向亞倫。男人仍熟睡著。

傑米拿起一本書，快速翻過，想找到自己認識的幾個字。他再度看了看亞倫。還在沉睡。

然後一天就這樣過去了。傑米坐在火爐邊，狠狠盯著火焰，想著他能做的事有哪些。他們今天下午本該做好計畫的。現在他們知道薛佛斯要南行，他們的時間就不多了——如果那真的是他的目的地的話。

傑米想著眼前的當務之急。不像亞倫爵士，他沒有什麼名聲好顧慮。如果他獨自前往，也許更好。

「重點是。」他低語著，以免吵醒自己的主人。「我真的不知道還有什麼別的方法。他啟程之後，就會永遠消失了。你知道他一定會的。如果他最後終於決定再度現身，你覺得他有多大機率是獨自一人呢？就是這樣。『喔，她啊。』他一定會這麼說：『那女孩離開我了。』她確實離開啦。同時離開他身邊和這個人世。」

他找到一張白紙，和亞倫的文具。這次他把墨水搞得更是一團亂——當他寫完時，他的袖口已經全毀了。但他照著亞倫教他的方式，把墨水瓶塞好、羽毛筆也清理乾淨。

接下來的舉動讓他停了下來，轉頭看著熟睡的人影。他知道亞倫的錢包放在哪裡。他從小皮箱裡拿出錢包，摸索了一陣，拿出幾個錢幣。

男人繼續睡著。如果亞倫在此時醒來，看見他又在偷錢，不知道會說些什麼。罪惡感讓他幾乎要生氣了。看在上帝的份上，他又不是為了自己的私欲而偷錢。這是為了賄賂。這是給馬夫的小費。

他走下樓，穿過幾乎空無一人的旅店，途中只看見在小酒吧的火爐邊看報的旅店主人。他來到馬廄裡，命人把馬準備好——他絕不可能靠著自己的雙腿完成這項愚蠢的任務的。

但確實，他挑了一個再好不過的時機。黃昏很棒——沒有足夠的光線讓人看見並認出他來，卻也沒有暗到讓整個世界陷入昏昏欲睡的寂靜之中。

他真希望自己會騎馬。也許有一天，如果他成功活下來了，亞倫就可以教他。今晚，他得找個地方把馬車栓起來。最後他在一間小教堂附近，找到一小塊空地——距離屋子不遠，卻有一道高高的籬笆作為屏障。馬匹擔憂地看著他把韁繩綁在籬笆的欄杆上。「我很快就回來。」他向牠們保證道。他希望自己沒有說謊。

他的任務一開始還算輕鬆。廚房的門開了一道小縫，就像是張開雙臂在歡迎他。傑米甚至連鎖都不用開。如果薛佛斯看到這一幕，他一定會要了廚子的命。

傑米悄悄地走了進去，溜過廚房，走下通往地下工作室的階梯。門前短短的走廊沒入暗影之中，而他得在黑暗中摸索著門鎖。他用銳利的工具戳刺了幾下，鎖頭就奇蹟般地彈開了。當他推開門時，門的卡榫發出尖銳的吱嘎聲。傑米渾身一僵。他的心劇烈跳動著，像正在面對一整群惡犬的野貓般毛髮直豎，仔細聆聽腳步聲。什麼也沒有。

進入寬敞而密閉的房間後，周遭又變得更暗了。傑米無法在伸手不見五指的黑暗中尋找任何東西，所以他冒險點亮了自己帶來的一截蠟燭。他打著火星，屏住呼吸，感覺好像硫磺所發出的一點火光都能召喚如惡魔般的薛佛斯。

在閃爍的火光中，傑米看見其中一面牆的架子上，擺了許多的玻璃罐。罐子中裝滿濃濁的液體，裡頭漂浮的東西像是各種人體器官。他沒有時間仔細打量那些瓶罐，也沒有時間好好看清從天花板上垂下的暗影，或者角落的桌子上用來綑綁四肢的皮帶——那是用來進行手術的？還是用來進行私密檢查的？

他嚥下自己逐漸升起的反胃與恐懼感，因為這對他來此的目的並無幫助，並專注於他在一口大木箱中發現的一整疊書本。傑米沒有翻閱，但他發現上面幾本的封面並不是印刷、而是手寫的。而且筆記本非常小，就像亞倫描述過的那樣。他抓起幾本小書，塞進外套口袋裡，轉身準備離開。

頭頂上傳來了腳步聲。他悄悄地關上門，躲到桌子底下。說話聲從門外傳來，也許是從樓梯頂端。他的一顆心跳到了喉嚨裡。老天，等薛佛斯發現他的身體時，他大概早就死於腦中風了。

說話聲消失在遠處。其中一人可能正是馬文。傑米爬到門邊，將耳朵貼在門板上。他什麼也沒聽見，就連屋子塵埃落定的吱嘎聲都沒有。當他溜出工作室時，四周全無動靜。他甚至把門鎖了回去，不過消滅自己來過的痕跡沒有什麼意義。薛佛斯要不了多久就會發現他的筆記消失了。

現在，他要去找女孩。

他猶豫了一下。亞倫光是看到他帶著筆記出現，大概就會火冒三丈了。如果他把安妮・寇特一起帶回旅店，對方可能會當下就開除他。顯然亞倫爵士更喜歡計畫、做出小心決定的選擇。把女孩偷走是傑米衝動的極限了，至少他還不會覺得自己太失控。不，他在自欺欺人吧。這樣的舉動絕對會讓人覺得他是個瘋子。

但接著他想起安妮消瘦的小臉，以及她是如何信賴他、對他打了那個信號。他絕不能把她丟在這裡。拿走那些筆記是遠遠不夠的。至少對他來說不夠。

他聽著四周有無人聲，不過什麼也沒聽到。他們的四輪大馬車還在車棚裡，所以他知道他們在家。

為什麼沒有人發出一點點聲響、好讓他判斷人們的位置？現在這感覺就像是個變態的遊戲。他微微勾起嘴角，回想自己今天玩的變態遊戲。那個比較符合他的胃口。

臥室在樓上。他要偷溜上去，看看能不能找到她的房間。

走過兩扇房門之後，他找到一間寬敞的黑木寢室，他知道這一定是薛佛斯的房間。裡頭的味道甚至和那個男人一樣，帶著刺鼻的松樹與酒精味——那個酒精味強烈得不可能是可飲用的酒。他在這裡沒有看到任何暗示女孩和薛佛斯作為床伴的確切證據。是的，這張床可睡下遠遠不只兩個人，枕頭也不只一顆，但這不代表任何事。這是亞倫墮落的大床教會他的事。

地上有一張小毯子。毯子擺放的位置，就像是準備給他心愛的寵物狗睡的小床。他跪了下來，在地上找到一枚髮夾。也許是她弄掉的。但這裡還有別的證據，證明她不只是偶爾經過這裡而已——他找到幾縷黑色的捲髮，長度和她頭上的相差無幾。

幾秒鐘之後，他就發現了。一條鐵鍊焊在大床的床腳。精緻的細鐵鍊尾端，連結著一個光滑的鐐銬。傑米立刻就明白，亞倫對於這男人的天性描述並無任何誇大。只有病態的混蛋，才會拋光並裝飾用在一個小女孩身上的鐵鍊。他希望自己誤會了，也許只是他沒有發現這附近還藏著一隻動物。

沉重的腳步聲從走廊上響起，傑米立刻趴到地上，滾到床底下，躲在遠處的陰影中。但如果任何人想到要檢查床底，他就會被發現了。

門伴隨著一陣吱嘎聲打開了，兩雙腳進入房內——一雙是男人的腳，穿著閃亮的靴子，另一雙則是女孩的赤腳。他們沒有說話。當她在毯子上坐下時，她的腿和膝蓋就出現了。她只穿著一件薄薄的連身裙。傑米看見一雙大手——男人的手——然後聽到鐐銬扣上的啷噹聲。但是鐵鍊並不是銬在她的腳踝上。手腕嗎？但對這兩個部位來說，那個鐐銬似乎都有點太大了。

「躺下。」那個混蛋聲音輕柔地下令道。

當她在毯子上躺下時，傑米看見鐵鍊是銬在她的脖子上。她的雙眼緊閉，所以她沒有發現他。

一股熟悉的怒火在傑米的心底燃起。在過去的生命中，他有時候會因為命運對某些人的惡意，而產生這樣無用的憤怒。只不過這次，他很快就要站出來，叫命運去吃屎了。

上頭傳來薛佛斯的聲音。「我也許在洗澡。我也許在吃晚餐。妳覺得我在幹什麼呢？」他的靴子尖輕輕頂了頂她的肩膀。她渾身緊繃起來，但是沒有回答，而傑米為她的反抗感到擔憂。不過，男人又開口了。「啊，妳還記得我的上一個命令是叫妳安靜。很好，也許我會給妳一個獎勵。是的，妳會喜歡的，對吧？」

她沒有說話。

「回答。」

「是的，薛佛斯先生。」她的小聲音傳來，但她還是沒有睜開眼睛。傑米知道有些人享受折磨人的過程，心想也許是他誤會了。然後傳來一聲金屬碰撞的聲音，以及衣服的摩擦聲。男人突然將女孩一把拉起。但是女孩沒有發出喊叫。她被訓練得很好。

「再一次。」

「是的，薛佛斯先生。」

「再一次。」

「是的，薛佛斯先生。」這樣愚蠢的對話不斷重複著。就這樣過了好幾分鐘，傑米意識到，隨著每一句「再一次」的命令，那個男人都會搖晃女孩、或者捏她、或者對她做某些事，因為那小小的身體會隨之一震，腳趾緊縮。但她沒有哭喊出聲。

她的某一句回答也許終於滿足了那個混蛋，或者他只是覺得無聊了，因為最後，他只要求她再度躺回毯子上，然後就一言不發地離開了。傑米看著他的靴子離開房間，然後在門關上後聽見上鎖的聲音。

他再度看向安妮。女孩側躺著，看向床底下，與他相望。如果是個平凡的女孩，她肯定放聲尖叫了，但傑米想，她早就忘記什麼是平凡了。她只是眨了眨眼，然後直盯著他看，沒有微笑、沒有說話。他張開嘴，她便瘋狂地搖起頭來。

她指向她的肩膀後方，對著門打了個手勢。喔，他猜想薛佛斯先生正在偷聽——也許是想要聽她啜泣的聲音。

傑米溜出床底，站起身，把身上的灰塵拍掉。他對著自己的襯衫和馬褲上沾到的毛屑扮了個鬼臉。這裡的僕人真糟。或者，也許主人根本不讓他們進來這裡。女孩握著她鏈在床柱上的鐵鍊，緩緩爬起身，盤腿坐在地毯上。也許鐵鍊的碰撞聲，對她的獄卒來說也是個該受罰的罪過。

她直視著傑米，雙眼大睜，卻不帶任何情緒。他從口袋掏出他的小工具，在她面前蹲下。在他的舊人生裡，他曾經計畫過要買更好的撬鎖工具，並好好練習——面對更複雜的鎖，他的表現就不那麼完美了。他指了指她的脖子。她的臉色一白，搖了搖頭。她以為他要用那根小鐵針刺她嗎？

他靠近她，做出打開項圈的動作。

她用著那雙大而不安的雙眼看著他。珍貴的時間一秒秒流逝。最後，她終於抬起手，將項圈的鎖頭轉到前方，停在她的喉頭。她的脖子好細。薛佛斯一定是量過精確的尺寸，因為頸圈裡的空間甚至沒辦法多容納一根成人的手指。

傑米靠向她，檢視著鎖頭。他聽見她的呼吸急促，每一個吐息的尾聲都帶著一點微小的嗚咽。或者那是氣喘，因為她的肺出了問題？

她看起來就像是被人鞭打過的狗，傑米將一隻手放在她的腿上，想要穩住她的情緒。但這只是讓她顫抖得更嚴重了。真是個蠢舉動，他責備自己。不該在未經同意的狀況下碰觸她的。他立刻抽開手，聳聳肩，以示道歉。她只是繼續瞪大眼看著他。

鎖很小。最後，他用銼刀將它磨得可以直接用手指折斷項圈。一個成年男子也許可以做得到，但像她這樣弱小的女孩是不可能的。金屬摩擦的聲音讓她緊張地看向門口。當項圈斷開時，她再度望向他。

他極度小心地把鐐銬和鐵鍊放回毯子上，然後鼓勵地對女孩微笑。**妳看，沒有碰撞聲。妳可以相信我。**

他指向房門。

她瘋狂地搖著頭，指向窗戶。

傑米走到窗邊，看向窗外。這裡是二樓，房子的石造外牆十分光滑，沒有可以搭手的地方或是踩腳的凹陷。

他四下張望。用床單嗎？但他們應該沒有時間。

他緊緊貼在女孩耳邊，用幾乎連他自己都聽不見的聲音低語：「不行，只能從們出去。但女孩，妳聽好了，我也許會碰上麻煩。妳可能得做一件很重要的事，非常重要喔。」

她小心翼翼地微微點頭，好像叮噹作響的鐵鍊還在她身上。

「我的馬車還停在教堂的大圍牆旁邊，藍色和金色相間，非常時髦。如果我叫妳快跑，妳就跑去馬車那裡。如果我沒有跟在妳後面，妳就自己鬆開韁繩，駕著馬車離開。妳做得到嗎？」

她點點頭，這次更輕易了一點。

「當然，聽起來很簡單。爬到馬車上。馬車很大，但妳一定做得到，因為妳是最勇敢的小孩。然後是韁繩。妳得用力甩韁繩，叫馬匹跑起來。妳看過別人這麼幹，對吧？看過馬夫嗎？」

她又點頭。

「妳要抓好椅子的扶手，才不會跌下車。」他想起亞倫和他說過馬的天性。「我想牠們應該自己會找路回去，是一間旅店。招牌上畫著一隻狗，拿著大啤酒杯和一把刀。」女孩也許識字，但傑米想不起來那間旅店叫什麼了。「聽懂了嗎？就沿著大路直走，然後往雪菲爾的方向右轉。」

她點點頭，但渾身顫抖，傑米有點擔心她會把身體裡的什麼東西抖壞。

「到了旅店之後，快去找上校。妳知道的，亞倫・瓦雷爵士。他會保護妳的安全。」

女孩看向門邊。

「也許我們不會遇到任何麻煩。我會跟妳待在一起。事實上，我會背著妳走。」

她又瑟縮了一下，然後用最微小的動作搖頭。不要。

他鼓勵地微笑著，再度靠向她的耳邊。

「我的速度比妳快多了。必須這麼做。爬到我的背上。快上來吧。」他脫下自己的大衣，讓她穿上。等他們到了外面，她薄薄的裙子是遠遠不夠禦寒的。此外，如果他沒穿著那麼厚重的大衣，她也比較好爬上去。他轉過身，在她面前蹲下。「來吧。」

她細瘦的雙臂圍住他的脖子，突然收緊，差點勒死他。以她的身形來說，她很強壯。他冒險以比較大的音量低語：「別抓那麼緊。如果他回來的時候看到我的屍體，那畫面就不太好看了。」

她立刻鬆開手，然在他耳邊發出一聲細微的嗚咽。

「不，我是開玩笑的，女孩。要殺我沒那麼容易。準備好了嗎？」

她也許是點頭了，但又也許只是她的顫抖變得越來越嚴重了。

他站起身。她抓得很緊，他甚至不用扶著她的腿。她光裸的雙腿纏著他的腰，緊貼著他的背，好像他是突然出現的救命恩人，不過他想，這也和現實相差無幾。

女孩身上傳來尿騷味。她一定是嚇到尿褲子了。傑米不在乎一點屎尿，所以他並不覺得噁心，但想到一個孩子被自己的主人嚇得像隻受虐的小狗般尿失禁，那股無名火便再度在他心中燃起。

門是上鎖的，他半蹲下身，暗自希望自己開了鎖之後才叫她爬上來。但他不打算叫她下去——尤其她現在就像是抓著救命稻草般緊抓著他。

幸好恐懼讓他的手指變得靈敏。傑瑞曾經說過他個矛盾的傢伙，因為大部分的人在魂飛魄散時，都只會變得笨拙。鎖喀一聲彈開了，傑米停頓了一下，預期自己馬上就會撞見邪惡的薛佛斯，然後將門推開一條小縫，向外窺視。奇蹟中的奇蹟，走廊上一個人也沒有。僕人們一定都就寢了。他神不知鬼不覺地穿過屋內，耳裡唯一能聽見的是她帶著嗚咽的呼吸聲，以及木板地上偶然傳來的吱嘎聲響。

這次，他發現廚房的門鎖上了，但現在他已經來到屋內，打開這個鎖就容易得多。他打開門鎖，正準備要拉開門閂，背上的女孩卻突然緊緊抓住他，雙臂勒得他無法呼吸。

「他來了。」她低語道。這是她說的第一句話。

同一時間，傑米聽見鞋跟的聲音快速從他身後的地面傳來。他轉過身，看見薛佛斯大步穿過漆黑的廚房，像是來尋仇的惡魔。男人幾乎就要撲到他身上了。就算傑米已經來到門邊，他也沒有時間跑了。他頂多只能把女孩推出去，為她拖延一點時間。

他半蹲下身。「放手。」他命令。

安妮立刻從他背上滑了下來。此刻，她毫不質疑與訓練良好的反應，正是他所需要的。

傑米打開門，將她推了出去。「跑！」

「安妮，停下來！」薛佛斯的聲音在他身後如雷貫耳，但小女孩沒有猶豫。她無視他的命令，像顆子彈般向前衝去，她的雙腳快速掠過地面，消失在夜色之中。

傑米把門甩上，轉過身，從褲子口袋裡掏出自己的小刀。他朝自己的對手撲了過去，將刀子往上戳刺，照著傑瑞曾經教他的方法，瞄準對方的腹部。他從來沒有真的和人拿刀戰鬥過，但他可以毫不猶豫地將薛佛斯開膛剖肚。

不幸的是，傑米的開場就占了下風，因為他從門邊轉回來時，對方就已經對他出手了。醫生手上也拿著一把自己的刀。壁爐裡微弱的火光，讓長長的銀刀反射著光芒。

薛佛斯向下一砍，割破了傑米的衣袖，手臂傳來一陣火燎般的疼痛。他這一擊讓傑米握刀的手頓失力道，小刀劃破了男人的背心，但僅此而已。

他收回手，想要再度出擊，但對手突然抓住了他的肩膀，將銳利的刀尖抵在他的喉頭。幾吋的距離之外，薛佛斯正怒視著傑米。他眼裡瘋狂的神色讓傑米想起出了精神病院後，便在倫敦的大街小巷徘徊的瘋子。

「小偷！」男人的唾沫噴濺在他的臉上。

感受到冰涼的金屬貼上他的脖子時，傑米停止了掙扎與呼吸。只要輕輕一劃，他就會像噴泉一樣噴出鮮血。傑米就不復存在了。

結束了。這就是我生命終結時的畫面。這個念頭就像他和亞倫夜宿在路途中的那一天，他們停下來餵馬喝水的那座池塘一樣平靜而清澈。真好笑，他震驚得甚至感覺不到害怕，他能想起的，只有那天晚上，亞倫的雙眼是如何在月光下閃閃發亮。

但薛佛斯沒有殺了他。轉瞬間，他就把刀從傑米的喉頭移開。傑米還來不及反應或反擊，對方就將沉重的刀柄狠狠砸向傑米的太陽穴。

他的眼前冒出一片金星，黑暗隨之而來。

14

傑米的頭一陣陣抽痛。好像有人拿著一把大鐵鎚，不斷在敲他的腦門一樣。他的眼睛像是被膠黏住了，不過這樣也好，因為他不敢睜開眼，不敢面對他眼前的一切和現在的處境。他聽著薛佛斯在他四周移動的細微聲響，感覺到光裸的背部緊貼著平坦而堅硬的表面，以及手腕和腳踝上的束縛。他不需要擁有像市長一樣的聰明才智，也知道他正被醫生綁在他地窖裡的手術桌上。

他乾燥的口腔裡塞著某個東西——一團布料上帶著苦澀的味道，上頭連著另一條布，緊綁在他的後腦勺。那股氣味讓傑米意識到，沾在布料上的東西是鞋油。他口乾舌燥，喉頭乾渴得連吞嚥都會發出聲響。

他的衣服被脫得精光，他全身赤裸，手無寸鐵，皮膚敏感收縮，等待著即將降臨的痛楚。他的老二軟綿地平貼在下腹，好像想要藏在那一叢毛髮裡。傑米想像著自己的器官被切下來，成為醫生漂浮的人體器官收藏品之一。這念頭幾乎讓他覺得自己的老二和蛋蛋都縮得更小了。不知道安妮有沒有平安抵達目的地。他沒有辦法在醫生把他打量之前，為她爭取更多時間。老天啊，至少讓他這次愚蠢的行動有一點點良善的結果吧。

「我知道你醒了。你可以睜開眼睛了。」薛佛斯就站在他身邊，聲音居高臨下。如果傑米能動的話，他也許會嚇得跳起來，但皮帶讓他動彈不得。他的心跳得像是準備撞破他的胸腔。人有可能活活嚇死嗎？幸好他還沒像那個小女孩一樣尿褲子。至少現在還沒。

「我要把你嘴裡的布拿出來了，這樣我才能問你問題。」對方的聲音很輕鬆，幾乎可以說是友善了。「你得保證你不會大喊求救才行。沒有人會聽到的，就算有，我的僕人們也不會下來這裡。我交代過他們，永遠不要靠近我的工作室，不管他們聽到什麼聲音都一樣。他們的薪資夠好，足以讓他們裝聾作啞。」他輕柔的笑聲讓傑米起了滿身雞皮疙瘩，蛋蛋緊緊縮成一團。

他還是不願睜開眼睛。如果他看見這個擺滿恐怖罐子、吊著奇怪物體的房間，如果他看見薛佛斯的臉，他就得接受這個新的現實了。但是當對方把綁縛的布條鬆開，並把擦鞋用的布團拿出來時，傑米可以透過眼皮看見房裡的光線。

「是你的主人派你來的嗎？」男人問道。

傑米快速地想了一遍每個答案可能會帶來的後果。如果他說「是的，而且他很快就會來找我」，那麼如果薛佛斯想要對亞倫採取法律行動、把女孩奪回來，他可能會害亞倫落入不利之地。如果他說「不，是我自己的意思」……嗯，這人也許還是會怪罪在亞倫身上，或者他會認為傑米是主人的棄子，然後直接了結他。也許他確實是。

「他不知道我在這裡，他跟這件事一點關係也沒有。亞倫爵士絕不會想要以法律途徑以外的方式得到寇特女兒的監護權。我以為，這麼做會讓他好辦事一點。」

「他為什麼這麼想要這個女孩？」

一股如針螫般的刺痛感，從傑米的下巴一路延伸到顴骨。那是一把閃亮的小手術刀。他吃痛地倒抽一口氣。

「跟我說話時，你得看著我。」

他不情願地睜開眼，眨掉眼前的灰霧，然後專注在眼前的那張臉上——蒼白、優雅，就像一具繫著高級領結的屍體。薛佛斯淺色的頭髮向後梳起，露出高挺的額頭，此刻正露出擔憂的皺折，但不像剛才在廚房裡對峙時因為憤怒而扭曲。

傑米看向他的身後，打量了一眼房間。現在屋內用油燈點亮，他終於可以比較清晰地看見貼著整齊標籤的的瓶罐，裡頭裝的全是器官和肢體。他也看見了原本吊在陰影裡的東西。那是經過防腐處理的屍體部位，也小心翼翼地做了標籤和分類，掛在天花板上。有何妨呢？這裡是個醫生的書房。如果法律追究起來，這裡可沒有任何異狀。

薛佛斯舉起手術刀，刀刃上現在沾滿了鮮血。「回答我的問題。亞倫爵士要安妮做什麼？」

傑米的聲音粗糙而沙啞。「我相信就如他所說的，先生。他只是為了對他的手下表現負責，僅此而已。」

「我想要把女孩找回來。她會去找他嗎？你有告訴她去哪裡找嗎？」

傑米再度小心翼翼地思索著答案。表面上看來，這是毫無疑問的綁架。薛佛斯完全有權利去找有關當局，解釋一切，要求他們把女孩還給他，然後把傑米丟進大牢裡。他這樣偷偷摸摸的反應，反而讓傑米知道，薛佛斯不希望法律介入。也許他怕女孩被訊問的時候，會揭發出他什麼不可告人的一面。

「我想她會試著去找他的。」他舔了舔乾澀的嘴唇，嘴裡嚐到的依然是鞋油的味道。「我也覺得，如果你不試著把她搶回來，亞倫爵士就不會去揭露你的小祕密。他在乎的，就只是那位小姐的安危。」

「我從來沒有傷害過她，你知道嗎。」薛佛斯將手術刀放到傑米的胸口，從他的乳頭一路輕輕地滑到肚臍。他的碰觸輕得像是羽毛劃過，幾乎像是搔癢。但當傑米的視線掃過去時，卻看到一道像貓的抓痕般細細的紅線，浮現在手術刀經過的路徑上。

男人瘋狂的雙眼，就像拋光過後的靴子般，黑得發亮，直盯著傑米。「我是個科學家。研究人類的身體與心靈，對我來說是最重要的事。而恐懼、以及這情緒塑造人類行為的方式，是其中最有趣的部分。」

儘管房裡十分陰涼，汗水卻在傑米的胸膛上匯集，讓他的臉頰一片溼滑。他努力控制，卻仍然無法壓抑身體的顫抖。

「舉例來說，你知道言語的力量，就和行為一樣強大嗎？如果不說是更強大的話。你會很意外地發現威脅要施加痛楚或折磨，就和實際執行起來一樣有控制目標的能力——雖然肉體上的疼痛，也是形塑對方行為的一個好方法。」

「我敢說，你的研究一定都寫在那些筆記本裡。」傑米很意外，自己的肺裡居然還有足夠的空氣能說出這些話。手術刀再度從他身體的另一側，劃過一條冰冷的線條——一樣從乳頭到肚臍，然後繼續向下，驚恐地靠近貼在他下腹的下身頂端。

薛佛斯瞥了一眼裝滿書本的木箱。「是的。」

「你訓練安妮．寇特順從你的實驗，也記錄在裡面嗎？」

男人瞇起雙眼。「你想表達什麼？」

「那些筆記本現在正在往我主人的位置前進，我讓女孩帶著那些書跑了。」那些筆記本仍然在他的大衣口袋裡，正穿在安妮身上。威脅要讓他曝光的恐懼，會讓薛佛斯放他走嗎？或者這會更加激怒對方，讓他當場要了傑米的小命？

「你知道我來過這裡吧？看鎖被人動過的樣子就知道了。」傑米繼續挑釁著死神。「去看看少了哪幾本啊。」

男人三大步跨過房間，快速地翻過最上面的幾本筆記。當他再度轉向傑米時，他的表情變得恐怖至極。他像是瞄準了獵物的猛禽，手上的手術刀則是他的利爪，他撲向傑米。「他會怎麼做？」

傑米嚥了一口口水，再度發出那股乾澀的聲音。他的頭劇痛著，視線邊緣一片模糊，但他不知道那是因為太陽穴受到的重擊，還是因為純粹的恐懼。

「我想這就是你們軍人所說的『僵局』吧。我的主人得到了那個女孩，他只想要這個而已。此外，他還拿到你的筆記。你現在放棄抗爭，就可以脫身。他不會曝光你的祕密，你也不會指控他綁架。」他決定賭一賭他的運氣。「你也許可以考慮放我走，讓我去和他講講道理。」

薛佛斯繞著桌子走了一圈、兩圈、三圈，每一圈都讓傑米更加緊張。他幾乎可以聽見那男人考慮著下一步的聲音，並想像著他突然朝自己撲來，將刀子插進傑米的喉嚨或心臟的畫面。

男人停下腳步，站在傑米的腦袋旁邊，正好在他的視線之外。看不見這個人，讓傑米極度不安。

「你膽敢跑進我的屋子、為他偷走我的所有物，你一定是時時想著你的主人。我在想，他是不是對你有什麼特殊的……感情。也許足以讓他放不下你，也許會讓他冒險來這裡救你。」

他彎下身，兩隻手撐住傑米頭部兩側的桌子。他帶著威士忌氣味的呼吸噴在傑米的臉上，居高臨下地看著他。「也許他會願意拿女孩和我的筆記本，來把你換回去。」

「我可不這麼認為，先生。我沒那麼重要。」傑米真希望那不是真的，但恐怕是事實。當然，他知道亞倫喜歡他的陪伴，但現在那個女孩安全了，亞倫大概就不會來找他了。尤其，傑米會陷入現在這般地步，也是他自找的。他闖入了這個男人的家，讓自己被抓，他怎麼可以期待亞倫冒險犧牲自己好不容易獲得的事物呢？

「我專門研究人性。」薛佛斯在他上方說道。「就算人們沒有發覺，我也一直在觀察著他們——我身邊的所有人，上至紳士、下至像你這樣的賤民。我可以辨識他們的恐懼和需求。在我和瓦雷並肩共事的幾年裡，我早已藉由他的眼神、動作和他的姿態，看出他變態的傾向。我猜你絕不只是他的男僕而已。你今天走進我的書房時，我就注意到他的表情了。」

傑米不確定自己該怎麼回應，所以他難得一次選擇保持沉默。此外，隨著時間過去，他變得越來越昏沉，隨時都有可能陷入昏迷。

「他擁有我需要的東西，我也擁有他需要的東西。」薛佛斯點點頭，而他的頭上下顛倒著晃動的畫面，讓傑米頭暈腦脹。「我相信，如果我寄一張小小的邀請函給他，也許是某種私人訊息，他就會樂意來和我進行這樁交易了。」

傑米知道薛佛斯說什麼都不會放他走了。在他透露了那些令人不舒服的小祕密之後就不可能了。但他也知道，這男人不會簡單地一刀劃過他的喉頭就了事。他現在成了薛佛斯邪惡的貓捉老鼠遊戲中的老鼠。如果他能昏過去、跳過這男人玩耍的過程就好了。

薛佛斯最後一次繞著桌子走回來，停在傑米的身側，強烈的目光打量著他光裸的身軀。「問題是，你身上的哪個部位最能夠有效地傳遞訊息呢？」

現在就是個昏迷的好時機了，傑米心想。

亞倫醒來時，發現天色已經暗了，房裡空無一人，而傑米又留了一張字條給他，這讓他勃然大怒。

「Sr, Gon to get gril and buks. Be bak son.（先生，我去救女孩和偷他的筆記了。馬上回來。）」這串字的下方是一串附註，顯然傑米還知道書信裡該有所謂的附註。

「Tuk sum mony and carij. Not to steel. Wil pay bak.（我拿了一點錢，借用了你的馬車。不是用偷的。以後會還你。）」他重寫了好幾次的「馬車（carriage）」一詞，最後選擇了「Carrji」的拼音。

亞倫讀了兩次加密的訊息，才終於了解他的意思。這個傻小子！他居然在完全沒有後援的狀況下，做出這種半吊子的事。他最後很可能會進監獄的——或者更糟。

他把腳踩進靴子裡，套上大衣，衝出房門，跑下樓梯。小酒吧裡的其他旅客驚訝地看著他大步穿過屋內，嘴裡一邊嚷嚷著要旅館主人找人為他備馬。

然後他又推翻了自己的要求，決定自己去準備馬匹。他掛上馬鞍，調整好馬鐙，牽著駿馬走出馬廄，讓馬夫站在一旁目瞪口呆。

傑米是什麼時候出發的？他走了多久？也許他還來得及在他抵達目的地之前阻止

他，也不至於讓他愚蠢地闖入屋內。

薛佛斯家與旅店之間的這段路，對亞倫來說已經變得熟悉，但是在沒有街燈照亮的黑暗中，看起來卻完全不同。馬蹄重重敲擊著碎石路、以及稍早的暴風雨所形成的水窪，亞倫離開了雪菲爾，前往沉睡的德爾文小鎮。

一輛馬車出現在前方的道路上。他先聽見馬車的車輪滾動聲，然後才看見巨大的車廂和馬匹黑影出現在黑暗中。幾碼路之後，他才發現那是他自己的馬車。他精神提振的速度就像泰晤士河上的一艘遊艇。傑米安全了。把我嚇成這樣，我要殺了他！

但等他的馬來到隆隆作響的馬車邊、看清車上坐的人時，他便發現那不是傑米。太矮、太小了。馬車威脅著要直接從他身上碾過，亞倫便揮起一隻手大喊：「喝！」

駕駛扯住韁繩，徒勞地想停住馬匹。亞倫駕著馬與馬車並行，伸手拉過韁繩。當馬車終於停下來時，他轉頭看向駕駛著馬車的人影。「大小姐？是妳嗎？」

「是的，瓦雷上校。」安妮尖細的小聲音，與高大的車廂形成了詭異的對比，彷彿出現在夢境中一樣。亞倫希望自己能夠睜開雙眼，然後發現自己還躺在旅店的床上，傑米溫暖的身軀則靠在他身邊。

「發生什麼事了？」他質問道。「傑米在哪裡？」他看見女孩身上穿著的大衣——傑米的大衣——腹部便一陣翻攪。

女孩陰暗的身影發出一聲吞嚥的聲響，她蒼白的臉在黑夜中像是鬼一樣閃爍著光芒。「薛——薛佛斯先生。」

「他被薛佛斯抓住了嗎？」膽汁從腹部翻上他的喉頭，他的心臟狂跳。「妳是怎麼跑出來的？」

「他救了我。告訴我要去哪裡找你，然後叫我快跑。所以我就跑了。」她的聲音緊繃而沙啞。

「好吧。好的。妳做得沒錯。」像是在對一匹緊張的馬說話般，他用語氣安撫著她。但他內心卻像隻無頭蒼蠅，在原地無助地打轉。他組織過進攻，領過士兵上場殺敵，但此時此刻，他實在不知道要做什麼。他幾乎連呼吸都沒辦法。傑米，傑米，傑米。這個名字隨著每一下心跳戳刺著他。

他身下的馬匹感受到他的緊張，開始焦躁起來。他用力拉緊韁繩，心思仍然快速地盤算著各種可能性。現在沒有時間送安妮回去旅店了。傑米也許沒那麼多時間。如果現在薛佛斯正派人把傑米送去監獄呢？或者更糟，如果薛佛斯決定用私刑來對付傑米怎麼辦？

「安妮，很抱歉，我沒有時間把妳帶去安全的地方。我得去救傑米。妳可以和馬匹一起在旁邊等。」

她點點頭，順從地回應：「是的，瓦雷上校。」

他咬了咬嘴唇，思索著自己的選項，一邊壓下自己想要直接衝進薛佛斯家的大門、把對方打成一灘肉泥的衝動。傑米是他的目標，那棟房屋則是他需要攻陷的碉堡。他必須要這樣思考，才能照邏輯行事。在戰時，他會怎麼做？偵查。而他現在有了最佳的間諜。

他騎著馬來到更靠近馬車的地方，靠向她，確保她有認真地聽他說話。「安妮，妳覺得薛佛斯會叫治安官來把傑米帶走嗎？」

她沒有馬上回答。亞倫阻止自己像對士兵那樣、吼叫著要她給出一個答案。溫和一點。冷靜一點。她是個緊張的孩子，不是冷酷的士兵。「拜託，安妮。妳了解薛佛斯先生，知道他會怎麼思考。他會對傑米怎麼樣？」

又是一陣長長的沉默。亞倫想撲到馬車上，抓住她的肩膀，搖晃她，直到她回答。但最後，她開口了。

「那個房間，他會帶他到地下室的那個房間。」她沉重的口氣，暗示著那是一個神聖——或者邪惡——的地方。

他本能地知道她說得對，薛佛斯不會想要有外人介入的。他會想要親自懲罰傑米偷走了他的戰利品，而且他會很樂意用充滿創意和痛苦的方式進行。他的腹部再度一陣翻攪，他多麼想直接飛到傑米身邊拯救他。有點耐性，好好計畫。如果他希望傑米能夠全身而退，他一定要小心行事。

一步一步來。現在他得帶著馬車離開大路，在某個地方停下。「傑米原本把馬車停在哪裡？妳可以指給我看嗎？」

女孩指向身後。

他努力控制自己的情緒，跳下馬，拉過馬車後方的牽繩。等到他把馬匹拴在車上後，他至少平靜得足以用友善的口氣問：「那是哪裡？」

「教堂的院子。」她低語道。

「我們要回去那裡，妳就照我說的，和馬待在一起。」

他爬上馬車，坐在安妮身邊，從她手中接過韁繩，然後領著馬車掉頭，面向道路的另一邊。他們前進了一小段路，就看見有著高大圍籬的小教堂，亞倫便將馬車停了下來。

他將馬車拴在一根木柱上，然後爬回車廂，面對穿著傑米的黑色大衣、瑟瑟發抖的女孩。在他們前進的途中，亞倫已經想到了一個主意。那不是個完美的計畫，卻是在這個狀況下他能想到的唯一辦法了。

亞倫對安妮伸出手。她一開始還想要閃避，但當他握住她的手時，她便安定了下來，好像已經習慣了自己並不喜歡的碰觸。他看著她的臉，盡可能在黑夜中與她視線相交。他希望她知道，他不會傷害她。他想要緩慢而小心地告訴女孩，他需要她的幫忙，但他的脈搏劇烈跳動著，而且他明確地感受到，時間正在一分一秒地流逝。傑米正身陷險境，薛佛斯拿著骨鋸的畫面在他腦中閃現。

「安妮，妳並不了解我，但我希望妳可以相信我。妳相信我嗎？」

她點了一下頭，她的手摸起來像冰一般寒冷。

「如果非必要，我絕不會要求妳這麼做，但妳是全世界最了解傑米的處境的人，對吧？」

又一個簡潔的點頭。

他低下頭，緊盯著她的雙眼。「我得在壞事發生之前把他救出來，而妳是完成這個任務的關鍵。」

她的手在他的掌心中收緊，手指屈起。她不喜歡這個對話的走向。

亞倫抓住她的肩膀，輕柔地捏了捏。「如果不是非這麼做不可，我絕不會強迫妳再度面對薛佛斯的。但妳是他最想要的東西，也是——」他猶豫著自己的用字。「——也是我唯一救出傑米的方法。」

在安妮驚慌起來之前，他又補充道：「不管我怎麼對薛佛斯說，我不會把妳還給他的。但我也許得讓他相信我會這麼做，這樣我才能救出傑米。妳懂嗎？」

淚水緩緩沿著她的臉頰流下，在昏暗的星光下閃爍著。這是她消瘦的臉上第一次有淚水的痕跡。他的心一揪。他真希望他可以讓她有得選，希望他可以告訴她，如果她不夠勇敢，她就不需要這麼做，但他急需她的協助。她是這場搜救任務中唯一的工具了。她有堅強到能接受他強加在她身上的責任嗎？

她瘦弱的肩膀在他的掌心下抽動著，安妮再度點了點頭。

「很好。」他低語著，覺得自己逼迫女孩的行為，就和薛佛斯一樣下流。「我不會讓任何壞事發生在妳身上的。我保證。」

安妮張開嘴，欲言又止。

「怎麼了？說啊。妳想要跟我說什麼都行，不要害怕說話。」

她看著他，烏黑的雙眼在蒼白的臉上眨動，不太流暢地說：「我知道任務優先。寇特太太……我是說，我媽曾經跟我這樣說過。我會盡力幫忙。」

她眼中閃爍著一絲光芒，像是以前那位小小的大小姐，跟在母親身邊，為病患與瀕死士兵服務，毫無畏懼。

然後她用著令他心碎的表情，莊嚴地看著他，又補上一句：「我父親在戰場上時十分相信你。我也是。」

15

男人哼著歌——一陣輕柔、毫無章法的低聲呢喃，讓傑米變得更加恐懼。他從桌子上抬起頭，伸長了脖子，想看薛佛斯在一旁的邊桌上忙什麼。他打開了一個抽屜，然後是一陣陣的金屬碰撞聲。傑米想像著一排尖銳的小工具，便開始瑟瑟發抖。他現在全身都是自己的冷汗。鹽分刺痛了他身驅上如髮絲般細窄的傷口，以及他手臂上在廚房裡被薛佛斯劃開的口子。也許在這一切結束之前，他身上還會有更多的刀傷。也許他會失去什麼身體部位。

「先生。」他沙啞地說道。「可以請你聽我說句話嗎？」

薛佛斯沒有回答，只是自顧自地在桌邊整理著他的工具。也許他正在磨刀。

傑米對著他穿著襯衫的背影懇求道：「我知道你想要把小女孩搶回來。我知道她對你來說很特別。」他在腦中思索著能夠觸動這男人的字眼。「你把她訓練得完美符合你的需求——順從、受教、溫和。但失去她不代表一切就結束了。還是有別的方法可以同樣的滿足你。」

醫生沒有轉過頭，但他的手緩了下來，傑米認為他聽到了他的話。

「其他人也許會為你帶來更多樂趣，有人會願意為你做任何事、所有你可以想像的事。某個已經很熟悉取悅他人的人。」

最後，男人轉過身來。傑米希望他沒那麼快完成準備工作。他手中拿著某種鋸子，另一手拿著銳利的小手術刀。薛佛斯朝他走來。他穿著一件長長的白袍，遮住了他的襯衫、背心和長褲，他臉上沒有一絲一毫的表情。他有聽到傑米的聲音嗎？

傑米絕望地繼續說下去，希望能用誘惑的言詞，盡可能地保護他的身體，越久越好。「聽著，先生，我知道你想要什麼。徹底的服從，另一個任你擺布的娃娃。我也做得到。我會做任何事，我可以給你從未想像過的歡愉。我能做的一切……這樣也不會和亞倫爵士扯上任何關係。他不會來煩你了。你放棄把女孩搶回來，用我作為替代吧。」

雖不是最完美的計畫，但從傑米的處境——或者說他躺的位置——來說，這已經是上上之選了。只要他能說服這位醫生不要把他切成碎片，那他就能想個辦法逃離這裡。也許當這個人的玩偶一段時間，然後就殺了他、逃出去。

薛佛斯來到他身邊，居高臨下地看著傑米的臉，臉上卻不再是毫無表情。他的嘴唇厭惡地下垂。「你這畜生！你以為那是我想要的嗎？骯髒、變態的性事？你讓我噁心，你完全不知道我是什麼樣的人。」

「那你為什麼不向我解釋呢，先生？」傑米哀求道。「你是個科學家，我知道。跟我說你的研究、還有你對人性的理解吧。我想要更了解你。」

由於每個人都打從心底希望有人真正了解他的為人，薛佛斯終於開始說了。

「我愛那個女孩，因為她非常純潔。我想要見證她的純潔之心完全消逝的那一刻。但只要那個瞬間過去了，一切就無法重來了。所以我才花了那麼多時間在準備。有太多可以玩弄心靈的手法，甚至比玩弄身體要來得多。」

他的雙眼在回憶起過往的樂趣時顯得有些迷茫，又瞬間回到現實，直盯著傑米，眼神像手術刀般銳利。「摧毀一個原本就已經腐敗的東西，有什麼樂趣？貶低一個本來就沒有尊嚴的人，有什麼意義？」

「我想這是真的，先生。」在薛佛斯背對他的過程中，他一直在摸索著手腳的皮帶，卻沒有任何進展。他不可能從這張該死的桌子上掙脫開來，就像安妮・博林永遠也逃不出倫敦塔——而且在這一切結束之前，他的頭很可能就已經被割下來了。他只希望能說服這男人讓他坐起來，所以他要繼續嘗試著軟化他的心。

「這些深刻的想法無人能分享，只能寫在筆記本裡的感覺，一定很孤單吧。你要怎麼樣對女孩做實驗，讓她變得更柔順呢？你要怎麼打擊那女孩的意志？」

薛佛斯把鋸子放在傑米腰側的桌面上，接著開始用手術刀愉悅地沿著傑米的手臂滑動。然後他開始切割傑米前臂上較深的傷口。傑米動也不動，十分崇拜地看著對方，好像他說出來的每個字都是珍珠。

「從我看到女孩的那一刻，我就知道她很特別——勇敢又聰慧，幫助著病患，不論傷口有多麼可怕，她都不會畏縮。見到了她，我就想要她。我知道，如果我能讓那樣強烈的意志屈服，然後摧毀它，會是多麼讓人愉快的一件事，事實證明我沒有錯。我的第一步，是要贏得她母親的信賴，讓她願意在死後把女兒交給我。下一步，當然就是促成她的死亡。」

傑米噍了一口口水，但繼續用著饒富興味的目光看著眼前的瘋子。

「然後，我循序漸進地用信任、恐懼、和驚嚇，把安妮綁在我身邊，將她一層層剝開，直到她骨子裡只剩下盲目的服從。我告訴她一個小女孩單獨生活在這世上會發生什麼事。我讓她知道她有多麼需要依賴我，並片刻不離她身邊，直到我確保她已經破碎得會待在我交代她的地方。有些工作是在葡萄牙就開始的，但我知道，要真正積極地開始實驗，我就得帶她離開軍營，回到家裡的私密環境裡。」

如果傑米的心思不是完全落在那把刀子上，他也許會為女孩的處境感到更恐懼與同情。手術刀在他的前臂刻出精細的網格。血珠在他手臂下方的桌面上匯集成一片。

薛佛斯舉起小刀，對著房間四周比劃著，讓殷紅的血珠從刀尖甩飛，落在傑米的胸口。「我就是在這裡展開她的訓練的。我讓她看了我的收集品，告訴她肢體有多麼容易分割——」他指向那些瓶罐，還有防腐處理過的肢體。「——但我也給她看了一些色情的圖片，並仔細解釋所有我會對她做的事。掌控心靈最大的重點是，不要讓目標養成習慣。他們一定要有出乎意料的驚喜，有時候用極度的善意來對待他們，有時候則是粗暴的手段。隨時打斷目標的睡眠，能擾亂她的睡眠模式，讓她的心思更加混亂。她必須要完成羞辱人的任務。舔腳趾很不錯，或者叫她脫光衣服在地上爬、一邊學狗叫——真的，任何讓人覺得自己不是人的行為都可以。」

薛佛斯壓低聲音，像是在坦白一個祕密般露出微笑。「我得承認，看著這種卑躬屈膝的行為，確實讓人欲望高漲。這比單純地奪去一個女孩的貞操，要來得更令人興奮。這樣你懂吧？讓這個過程拉長到好幾個月，對我來說更是徹底的享受。」

「當然了，先生。自我貶低可是我的專長，有人曾經要求我——」

「不！」薛佛斯好像突然意識到傑米並不只是個熱切的聆聽者，怒視著他。「我說了，奪走她的純真才是重點，那才是遊戲的精髓。就算你在我身邊呼之即來、揮之即去，也比不上一隻真正的狗來得有趣。我可不想讓你舔我身上的任何部位。」

傑米點點頭。「聽懂了，先生。」

「不過……」薛佛斯又舉起他的刀，這次在傑米的乳首四周劃下一個逐漸變大的同心圓，纖細的線條微微刺痛著，卻讓傑米的乳頭挺立、腹部一陣陣翻攪。「不過，面對像你這樣的人，我倒是有些不同的實驗可做。」

「真的？例如像什麼？」他掙扎著維持隨性的語氣，溫和的口吻促使薛佛斯繼續說下去。

「我一直想知道，將一個人的肢體一點點削去，這個人能存活多久，但都沒有機會證實。在理想的狀況下，如果用鴉片讓目標的感官變得遲鈍，可以持續多久？如果我是個賭徒，我敢打賭是好幾個月。」

他的手一揮，刀尖掃過傑米的乳首，一股刺痛瞬間深入骨髓。

「我可以直接把這一小塊肉切下來，你也不會有什麼損失。你絕不可能會因此流血致死的。」

傑米閉上眼。他沒辦法繼續對薛佛斯的臉保持坦白而友善的目光了。他舔了舔嘴唇，深吸一口氣，等著他的乳頭被割掉的瞬間。

但醫生只是輕笑著，笑聲意外的溫暖而深沉。如果換個場合，這樣的笑聲很可能會讓傑米也露出微笑。

「你懂了嗎？就是這股期待！多麼有力的工具啊。」薛佛斯大聲說道。「我也許會動手，也許永遠不會。你不會知道，而這股恐懼，比疼痛本身更糟。」

「真聰明。」傑米道抽一口氣，再度睜開雙眼。「先生，可否請你幫我解開皮帶，讓我撒泡尿呢？我發誓我會乖乖的，但我可不想要污染你漂亮的手術臺。」

「這是活體解剖臺。而且這幾年以來，它已經經歷過各種體液的洗禮了。我可不在乎一點尿液。」

至少我試過了嘛。到底要怎麼說你才會解開我，你這個瘋子神經病？

薛佛斯最後終於放下手術刀，傑米便吐出一口氣——但男人又拿起了鋸子。

「我讓你轉移我的注意力夠久了。我該來準備給亞倫爵士的邀請函了。」在傑米來得及懇求他之前，薛佛斯便抓起那塊擦鞋布，再度堵住他的嘴。

傑米的牙齒咬著味道苦澀的布料，發出抗議的呻吟。布團裡的鞋油氣息刺激著他的眼睛，讓他眼淚直流。

薛佛斯一抓住他的手，傑米就知道他打算要做什麼了。醫師試著把他的手指攤平，傑米便緊緊握住了拳頭。

「配合一點。把手放平，這樣你只會失去你的小指而已。一個人少了小指，也不會影響生活。你身上應該有其他肢體部位，是你更不想失去的吧。」薛佛斯看向傑米的下身，眼神像是劇毒般，讓他的器官瑟縮不已。

但傑米仍無法乖乖張開手指。薛佛斯用骨鋸的握柄尾端重重敲了一下他的手背。劇痛刺骨，但傑米的拳頭就是打不開。就像是中風的老人一樣，他的手指緊揪在一起，無法動彈。

「那就只好去勢了。」醫生說。他把骨鋸放下，再度拿起手術刀。

傑米隔著塞嘴的布料，開始憤怒而恐懼地尖叫起來。他的心跳如雷聲般隆隆作響，脈搏聲震耳欲聾，讓他無法思考。薛佛斯說得對。要讓一個人崩潰，光是威脅就已經足夠了。

醫生幾乎是欣賞地捧起傑米的陰囊，舉起手術刀。

傑米把手指拍在桌面上，告訴對方，好吧，他可以切下他的小指。薛佛斯頓了頓，而傑米以為他得到了他的注意。但他錯了。他發出的小聲音並不是醫生停下來的原因。時間彷彿慢了下來，好像經過了整整一分鐘，傑米才意識到更大的敲打聲是從哪裡傳來的。有人正重重敲著薛佛斯工作室的門。

「薛佛斯先生。」亞倫喊道，然後將耳朵貼在門上。他聽見衣料摩擦的聲音，然後是一聲巨響。「你在裡面，對吧？你的女傭說我可以來這裡找你，是她放我進來的。」僕役們大抵都在熟睡著，但也許薛佛斯會認為亞倫把整屋子的人都吵醒了。

亞倫希望那不是真的。他和安妮是從窗子進來的。或者說，安妮是。那扇窗子被固定在半開的狀態，因此只有瘦小的孩子可以穿過。

女孩雖然顫抖得像是狂風中的樹梢，卻仍勇敢地回到自己飽受折磨的地方，溜過狹小的開口，然後為他打開了廚房的門。他想要擁抱她，但又想到她可能十分害怕肢體接觸，因此他只是蹲下身，對她低聲說道：「我會保護妳的。記住這點。現在，帶我去薛佛斯所在的地方吧。」

她打開門，指向石板階梯，但只走下兩階，就沉默地拒絕繼續前進了。她在上頭看著，為他舉著馬車上帶下來的油燈。詭異的光線照亮了粗糙的地下室，看起來像是個巨大的酒窖。

「薛佛斯先生。」亞倫再度喊道。「我是亞倫爵士。我回來了，很抱歉這麼晚還來打擾。」

「啊。」男人愉快的喊聲從裡頭傳來。「晚嗎？不，你太早來了。我還來不及寄邀請函給你呢。」

這男人只會在占了絕對的上風時才會這麼愉悅，而當然了，他手中的籌碼就是傑米。

亞倫得說服薛佛斯，他此趟的來訪沒有任何目的。亞倫用力嚥了一口唾沫，然後開口：「薛佛斯先生，你在說什麼啊？我想你弄丟了你的小女孩啦。我找到她了，你知道她是怎麼從你手中逃出去的嗎？」亞倫不是個好演員。但他希望自己表現得足夠紳士，而不是徹徹底底的驚慌。

他轉過頭，看向站在樓梯頂端的安妮。她正瞪大雙眼，害怕地盯著他看。他對她露出一個微笑，希望那會安撫到她，然後將一隻手指舉到唇上。他轉過身，指指自己的另一隻手，讓她看見他在身後交叉的手指。我在說謊。也許她的童年還算正常，所以她能理解這個小手勢的意思。她沒有發出聲音，所以他繼續執行自己在溜進廚房、走下階梯時想到的計畫。

「薛佛斯先生。」他又說。「我很意外你居然會讓孩子在外頭亂跑，像個野蠻人一樣。可憐的女孩連衣服都沒穿好。」他又等了很長一段時間。

他悄悄地試著開門，但從他摸索的結果來判斷，門不僅上鎖，還用什麼東西堵住了。老天，他真希望自己能破門而入，但門板是用結實的橡木所製成，比起大部分普通的門更為堅固牢靠。這麼堅固的門後方，一定藏著薛佛斯骯髒的祕密。亞倫希望自己手上有幾個強壯的士兵，和一架破城槌。但假設薛佛斯將刀舉在傑米的喉嚨上，這樣的攻擊只會讓傑米的小命不保。小心地談判，才是現在的最佳處理方法。

「你要讓我進去嗎？」他喊道。

「你的僕人在這裡，亞倫爵士。他已經都承認了，是你計畫要綁架我的女孩。」

「我的僕人？」亞倫奮力抵抗反胃的感覺。他希望他的聲音還沒變得沙啞，但是事與願違。他又深吸了一口長長的氣，然後又試了一次。隨性、毫不在意的口氣。

「噢，你一定是指傑米。那個小賊在這裡啊？我還在想那傢伙又溜到哪去了。」

「他擅闖民宅，我想我是有權殺了他的。」

亞倫用舌頭舔了舔突然變得乾澀的嘴唇。「他給你添麻煩了，對吧？我只能再一次道歉了。」他胡亂說著毫無意義的寒暄之語，彬彬有禮地對話。他現在只想要讓這混蛋把門打開，要他說什麼都行。

「真的很抱歉，他是隻惱人的小害蟲。我確實是很擔心安妮．寇特，這是真的，我想他是愚蠢得以為他可以透過這樣偷偷摸摸的行徑，從我這裡得到讚賞吧。」

「愚蠢嗎？我可不這麼想，亞倫爵士。而且，我想他對你而言也不只是個僕人而已。」

是的，老天啊，他確實不只是個僕人。而如果亞倫現在沉默了，這只會證實薛佛斯的猜測而已。「胡說八道。」他回嘴。

「亞倫爵士，你一定認為我是個傻子。我知道你墮落的欲望，所以我才認為你會想要做交易。用我的女孩換你的男人。」

亞倫閉上眼，恐懼感在他體內流竄。在西班牙的那些年，他是如此地小心翼翼，所以薛佛斯唯一可能知道真相的來源，就是傑米的坦白。而唯一讓傑米坦白的原因，則是他受到極度的脅迫了。也許深受折磨。亞倫用力嚥了一口唾沫。希望這個混蛋醫生很快就會死了。他再度揚起聲音，幸好憤怒的情緒沒有過度參雜在其中。只有一點點的憤慨，在這個情境下是再適合不過了。「我想我知道你在暗示什麼。我在西班牙和你共事的這幾年，我有放任自己做過任何墮落之事嗎？」

「你的欲望一直都存在。在你體內燃燒。」

「我有做過任何不純潔的事嗎？我有偏愛任何長相清秀的年輕士兵、或是對年輕的新兵上下其手嗎？當然沒有。我一個人也沒碰過。」他回應著自己提出的問題——每個答案都是實話。「至於這個小蠢蛋。我不在乎他的智力有多高，傑米就是個蠢蛋。」濃烈的感覺從他的心底爆發出來。老天，如果傑米死了，他永遠也不會原諒他的。「這個蠢蛋在耍你，薛佛斯。我承認，我確實有那些不健康的嗜好——沒什麼好否認的。他一定是看過我病態的欲望，而那就成了他供詞的基礎。但你知道我是個獨身主義者，我沒有放任自己。他對我來說什麼也不是。事實上，對我而言，你的女孩比傑米更值得我關注。」

他等了幾個心跳的時間。薛佛斯在考慮他說的話嗎？還是在動手殺傑米？亞倫揚起聲道：「由於你沒有打開門、和我正面對話，我相信你是真心想要交換了。若你真的想要用傑米換安妮，我想我只好接受了。」

「不，等等！」薛佛斯的聲音從靠近門邊的地方傳來。「我怎麼知道你是真的帶了我的女孩來？讓我聽到她的聲音，我要和她說話。」

亞倫抬起眼，看向安妮等待的地方。安妮正緊貼在牆上，用小鹿般的大眼直盯著他看。

「她在這裡。你只要相信我就好。」

一聲尖銳的笑聲從門裡傳來。「安妮，如果妳聽見我的聲音，就用我教妳的方式回答我。」

她的嘴唇張開，但發不出聲音。亞倫對她伸出一隻手，用眼神懇求著。

「就一句話就好，大小姐。沒關係的。」他低語。

她緩緩地將一腳踩下階梯，接著是另外一腳。她一步步走了下來，直到她距離亞倫只有幾級階梯的距離。她嚥了口唾沫，纖細脖頸的小肌肉微微移動著。

「我在這裡，先生。」

「我甜美的小安妮。」薛佛斯的聲音像一條蛇，在空氣中穿梭，讓亞倫寒毛直豎，安妮則發起抖來。「妳是誰的女孩？告訴我。」

「你的女孩，先生。只屬於你。」她低語。

「稱不上是女孩。妳是什麼呢，安妮？」

「你的小狗，先生。」這番對話，聽起來像在他們兩人之間進行過無數次了。

「沒錯。只是隻調皮搗蛋的小狗，只能乖乖聽我的每一道命令，否則就得受到懲罰。」

「夠了！」亞倫啐道，打破了男人的聲音在安妮身上施下的魔咒。她看起來似乎真的在他眼前越縮越小。「你得到你要的證明了吧。女孩在我這裡，如果你開門，我就用她來和你換傑米。我只給你三秒鐘的時間。在那之後，寇特小姐和我就會跟你道晚安了。我會帶著她回倫敦。我沒有理由繼續待在這裡，而且我的馬車就停在門外。一、二……」

最後，他終於聽見門閂拉開的聲音。亞倫快速地向安妮打了一個撤退的手勢，她則跌跌撞撞地爬上階梯，腳被傑米的大衣絆住了好幾次。很好，這樣會讓下一步變得容易許多。

「她是我的，我已經讓她變成我的了。」門被人拉開。有那麼一瞬間，亞倫直瞪著薛佛斯先生的一雙黑眼，以及蒼白的面孔。然後他向前踏出一步——亞倫一言不發地將他從廚房裡拿來的刀子刺進薛佛斯的體內。他準確地將刀刃插進他的肋骨之間。

男人的深色雙眼倏地睜大。他眨了眨眼，然後身體軟了下去，向一旁歪倒。當亞倫看見房內桌子上恐怖的景象時，他差點就被地上仍在喘息的薛佛斯給絆倒了。那是一具光裸、血流不止的屍體。不，還不是屍體。但是好多血。傑米藍得不可思議的眼睛正直勾勾地看著他。他沒有失去意識。亞倫將布團從傑米的嘴裡拉出來。

「你在哭。」傑米說。

「鑰匙在哪裡？」

「不知道。我盡量把眼睛都閉上了。」他簡直是一團糟，血從他身上每一寸肌膚滲出來。一道道直的、彎曲的血痕。他的頭髮被濃稠的血液給浸溼了。

亞倫回到薛佛斯身邊。他蹲下身，伸手在被血浸透的衣服中摸索，在口袋裡尋找手銬與腳鐐的鑰匙。「你殺了我。」男人嘶聲說道。一個血泡從他的嘴角冒了出來。

亞倫沒有回答。

「該死，瓦雷。你不需要殺我的。」

亞倫從他的外套口袋中找到一串鑰匙，掏出來的同時，驚訝地發現自己的手指正微微顫抖著。

薛佛斯說得對，亞倫不需要用致命的一擊打倒這個人。恐懼和憤怒控制了他的手，照著他受過的殺人訓練運作。

「你說得對。」最後他說。「我不該殺你的，我應該要折磨你。」但他不打算夜夜探訪醫生，看著他在地上流血至死。他站起身，看著躺在他面前的傑米。那是會糾纏他一輩子的情景。

亞倫用鐵環上的鑰匙嘗試打開鎖頭。在他身後，薛佛斯發出一聲沙啞、刺耳的喊聲。他的喉頭發出一陣咕嚕聲，然後陷入沉默。

傑米血流不止的左手上，手銬終於解開了。「謝謝你，先生。」傑米低語。「他死了嗎？」

亞倫沒有轉身。「你是個傻子。一個天殺的、該死的傻子。」亞倫壓低聲音，不過他的腦內仍然不斷地吶喊與尖叫著。他動手開始解開固定住另一隻手的鎖。「你真是我遇過最罪該萬死的大傻瓜。我真的不懂——我連想都不敢想——你為什麼會做這麼半吊子的事？這麼的不成熟。」

「半吊子？」傑米虛弱地笑了一聲。「嗯，他確實是準備讓我只剩下半根屌了。還有半顆蛋蛋。」

「傑米。」亞倫開口。「天啊，傑米。」他再也說不下去了。直到此刻，他終於看清了現實。如果傑米死了，他生命中僅剩的一點光芒也會永遠逝去。他需要這個青年。

他們兩人都是該死的蠢蛋，只不過傑米是真的快死了。

「你還在哭呢，先生。」

他點點頭。在短暫的一瞬間，他低下頭，親吻了對方臉頰上一塊沒有被切開的皮膚。「確實。」他說。

16

安妮在樓梯頂端等著他們。

「我們得帶她離開這裡。」亞倫說。「而且不能驚醒僕役們。」

「馬文說薛佛斯下了嚴格的命令，要他們都忽略地下室傳來的聲音。薛佛斯告訴他們，他是在用貓做實驗。波頓是告訴他，醫生做這些實驗都是應該的。但馬文說，這讓他嚇得半死。」

亞倫在房間的角落找到一大捲帆布。

「他一定是用這個來包他的受害者，現在輪到他用裹屍布啦。」傑米說。

「不。」亞倫說。「我們不能滅證，沒有時間清理現場了。我們得快走。我得確保你沒事。」

他遍尋不著傑米的衣服。亞倫切了一大塊帆布給緩緩坐起身的傑米，小心翼翼地包裹住他光裸的身體。帆布立刻被他的血染紅，亞倫再度感到一陣反胃。

「我們現在沒辦法擔心這個，我們得走了。」

他們悄悄溜出後門。傑米靠在亞倫身上，安妮則跑在他們前面，不時地回頭看著他們身後的屋子。

大量的血腥味讓馬匹緊張不已。

他們小心翼翼地爬上馬車，安妮坐在兩個男人中間。她避開與兩人的接觸，但在明亮的月光下打量著傑米。

「我知道我看起來很可怕，大小姐。」傑米說。「但其實沒有那麼糟啦。」至少他是這麼希望的。他顫抖不已，覺得好像整個世界都在旋轉。所有的傷口都伴隨著心跳，陣陣刺痛著。

安妮肅穆地點點頭，好像在告訴他，她見過更糟的。也許這是事實。

「妳知道薛佛斯先生已經離開了吧？」亞倫問。「他再也沒辦法傷害妳了。」

馬車以平和的速度前進。不需要像一陣風般狂奔、引起不必要的懷疑。一段長長的時間之後，她再度點點頭。

「你還好嗎，傑米？」亞倫越過女孩的頭頂，又一次問道。

「還好，還好。」傑米說謊。他閉上眼，但這樣反而更糟了。當他再度睜開眼時，他往安妮的方向傾斜了一點，而女孩則用他的大衣把自己包得更緊。

惡魔已經消失，但他的影響仍存在於傑米身上每一道刺痛的傷痕，以及他旁邊瑟縮、沉默的女孩心中。那些傷終究會好起來的，也許會留下一些有趣的疤痕——他會和老獾有得比。但女孩的傷口也許會一直伴著她。

「我可能會吐喔。」隨著反胃感越來越強，傑米警告道。但他沒有吐出來，他們平安地回到旅店，三人都沉默而驚嚇——不過沒有引起他人的注意。

旅館主人招呼他們進屋，懷疑地打量著跛腳的傑米，但亞倫只說他們在酒館喝多了，捲進一場鬥毆裡。他也給了對方一大筆小費，要他別質疑那位突然出現的女孩，不過他名義上是用這筆錢向旅館主人道歉，這麼晚了還擾亂他的清夢。

傑米和安妮緩緩爬上樓，亞倫則在樓下確保睡眼惺忪的馬夫將馬匹照料好。

房間裡，安妮站在地板正中央，傑米沉重的大衣袖子蓋過了她的指尖。「妳可以坐下。」傑米小心翼翼地在床上躺下。「坐在哪裡都可以。很抱歉我在一位淑女面前躺下了，但我再站下去就要跌倒啦。」

她一屁股在地上坐下。可憐的小傢伙顯然累壞了。但現在他知道了，如果沒有人下令，她什麼也不會做。

「安妮，妳應該躺下來。在這張床上也沒關係，我不會碰妳的。或者那個小床墊上也行，妳想躺哪裡都可以。妳可以脫下我的大衣了，或者妳想穿著也行，妳想怎麼樣都可以。」

她像小狗一樣爬向地上的床墊。老天，等到他有足夠的力氣，他一定要誘使女孩擺脫這個習慣。這讓他覺得噁心至極。

傑米舉起他的枕頭。「妳想要這個嗎？」她搖搖頭。

亞倫進房後，他便直接走向水盆，將一整壺的水都倒進洗臉盆裡。「我要清潔你的傷口。」他對傑米說。

「別吧。你這樣會把整張床弄溼喔？而且我今晚恐怕站不起來了，先生。」

亞倫拿著臉盆來到床邊。他停下腳步，看著地板。「大小姐，妳說什麼？」

女孩剛才有說話嗎？傑米的耳朵嗡嗡作響，他什麼也沒聽見。

「沒關係的。妳不會有事的，我保證。再說一次。」

現在傑米能聽見她低語了。「烈酒。」

傑米發出一聲虛弱的笑聲。「白蘭地最棒了。妳是說我該喝一杯嗎？我也這麼想。」

她嚴肅而害怕地搖搖頭。

「我該拿烈酒做什麼呢？」亞倫柔聲問道。

「用酒精清洗傷口。寇特太太以前是這麼說的。雖然會很痛。」她低聲說。

「很好。」亞倫放下臉盆，從爐臺上拿起白蘭地的酒瓶。

亞倫用自己的絲綢襯衫沾起白蘭地，俯身在傑米身上，開始擦拭他臉頰、手臂與胸口的傷口。傑米喃喃說道：「我知道我們該讓女孩有點自信，但是這樣浪費好酒？而且，喔，老天——媽啊，這痛得——」他一隻手摀住嘴，發出一連串悶聲尖叫。

亞倫堅定地操作著，將浸溼的布料按在傑米的傷口上。「寇特太太是個優秀的護士，如果我忽略她的建議，那我才真的是個傻子。」他大聲說道。他把傑米腿上的最後一條傷痕也擦拭過。他將兩條長長的白布繞在他的手臂上，另一條則包在他腿上。傑米懷疑，那是亞倫的領巾。但是清理傷口所帶來的疼痛感令他頭暈腦脹。

「只有幾道傷口在流血了，傑米。而且沒有一道是噴血的。你也許需要縫針，但我想其他的傷口就保持通風就行。」

亞倫直起身，看向安妮。「在西班牙的時候，妳都叫妳的母親媽媽，現在為什麼要叫她寇特太太？」

「他叫我這麼做的。」沒什麼好意外的——而且他們也不必問那個他是指誰。

「他有和妳說原因嗎？」

「他是我的家人。我的母親、我的父親，我一切所需的東西。」她複誦著，然後陷入沉默。她用幾乎不可聞的聲音補充道：「但他不是。從來就不是。」

這是第一次，傑米覺得他們有機會，能把原本的女孩完全找回來。

「從來就不是。」亞倫同意道。「他現在什麼也不是了。我們會照顧妳的，妳知道，他永遠不會再靠近妳了。」

他們應該直接說那個混蛋死了就好，告訴她整個真相。反正她應該也聽見了樓下的騷動、也看到血了。不知為何，亞倫遲遲不說出那幾個字，傑米思索著原因。難道他相信那個醫生還一息尚存嗎？傑米知道那傢伙已經是一具屍體了，他看得出來。薛佛斯先生現在應該已經在地獄裡研究魔鬼的身體了。

亞倫整理著房間，為傑米完成他的工作。安妮在地上縮成一團，看著他的每一個動作。當亞倫走近她時，她便畏縮了，似乎也同時屏住了呼吸。

傑米躺在床上，不知道到底是胸口還是手臂比較痛。最後他變得不耐煩了。「安妮。如果妳不想睡的話，小姐，我可以和妳說句話嗎？過來這裡。」

她爬到床邊。他拍了拍身邊的床墊。「坐在這裡一下，聽好了。」她坐下，雙手放在大腿上。

亞倫將注意力轉向他，皺起眉頭。傑米清了清喉嚨，試著思考要怎麼說他該說的話。如果有人在他們之間設下規則，她就會覺得好多了。她需要規則。

他用上流社會的口音說道：「我知道妳不會完全相信我，不過沒有關係。但妳仔細聽我說，好嗎？」

她點點頭。

傑米說：「沒有人會打妳。」他大膽地看了亞倫一眼，對方則直直地盯著他。「我發誓我不會碰妳，除非情況危急。我用性命發誓，我不會在未經許可的狀況下碰妳。上校也是這麼保證的。上校？」

亞倫點點頭。

「發誓啊。」傑米強硬地說。

幸好亞倫並沒有開始長篇大論地抱怨自己的男僕居然命令他。他莊嚴地說：「我發誓，不會在未經安妮·寇特小姐的許可下隨意碰觸她，除非她遇到危險。」

「不會施加任何痛楚。」傑米說，回想起了薛佛斯的擰捏和刀割。「什麼都不會有。」

「不會施加任何痛楚。」亞倫也說，他對傑米露出微笑。

安妮動也不動地坐在那裡，研究著傑米的手臂上下起伏的動作。他拉起被單蓋住身體，當他滿目瘡痍的皮膚碰到布料時，他忍不住瑟縮了下。「安妮，還有對妳大吼大叫的事，我們也不會的。對吧，先生？」

「除非她有危險。」亞倫說。

「我們也許有時候還是會喊個幾聲吧。如果我們已經跟妳說過有什麼事不該做，妳還是做了的話。妳記得妳媽也會這樣，對吧？在媽媽對妳失去耐心的時候？但我們不會因為妳不知道某些規矩而吼妳，不會有妳意料之外的反應。而且我們永遠不會打妳。不會再痛了。對吧，上校？我發誓。」

「我們都發誓。我們也不會讓任何人傷害妳。」亞倫的雙眼和傑米對視，強烈的目光在兩人之間流動。他起的誓，不僅是對她，也是對他。他們的視線中包含著尋常的強烈渴望，還有很多其他的東西。多得多了。其中夾帶著一種清澈的情感，好像一道光在他深邃的眼中閃爍，而所有曾經糾纏著這人的恐懼和懷疑，都已經消失了。

傑米幾乎可以看見亞倫的改變，卻有點害怕那只是自己的幻想。是燭光與爐火，還有疼痛夾雜在一起所造成的幻覺。但他還是說：「我也發誓，上校。亞倫．瓦雷爵士，沒有人能傷害你。只要我還有呼吸，就不會。」

好幾個心跳的時間過去，亞倫都沒有打斷他們兩人之間的目光交流。然後他彎下身，撿起他留在地上的臉盆。「晚安，安妮。嗯，妳可以再躺下了。」他的聲音略顯沙啞。好像他努力在忍著眼淚。

她爬回她的小床上，傑米閉上眼睛。

「我們都該睡了。」亞倫說，再度恢復正常。他拿起一條床單，裹住自己。老天啊，他居然在地上躺下了。

「不，先生，你應該睡在床上，然後——」

「晚安，傑米。」現在一切都沒事了，他再度變回了頑固的亞倫爵士，絲毫不接受他男僕的胡說八道。「你們兩個都好好休息吧。」房裡很快就充滿了輕柔的呼吸聲。只是傑米睡不著。他的刀傷一陣陣刺痛著，他在黑暗中露出微笑。

屋簷下的鳥鳴吵醒了亞倫。遠處有隻公雞高聲啼叫，房裡依然昏暗。有個人在房裡倒抽著氣，發出疼痛的悶哼聲。

「傑米？」亞倫柔聲說。

「是的。」

「很痛嗎？」

「像是惡魔在我身上撒尿一樣。」傑米低聲說，「但我很快就沒事了。說到這個，他沒有傷害我的屁股，所以我還是可以坐在馬車上。如果你準備好要回倫敦的話。」

回家。和一個他不太了解的小孩，以及他無法放棄的青年一起。「你喜歡鄉村嗎，傑米？」

他沉默了片刻。「看情況。你是說一個人在鄉村，還是和你一起？」

亞倫笑了起來，但又立刻平靜了下來。他摸索著自己留在一旁地上的蠟燭和火石，點燃了蠟燭。「我們晚點再來討論這件事。」希望他還有未來。

他爬起身，拉開窗簾，讓粉灰色的黎明照進房內。

他沒有脫下自己的衣服，現在看起來簡直讓人不忍直視。穿著染血的衣服，對他的計畫一點幫助也沒有。他看了一眼還在熟睡的女孩，女孩正平穩地呼吸著，躺在大床旁的小床墊上。他從皮箱裡拉出一套新衣服，然後躲到角落的屏風後方更衣，並用前一晚留下、略帶血色的水刮了鬍子。

還有幾件事要辦。他在桌邊快速寫了一張字條。是時候該離開了，但亞倫發現自己沒有辦法用言語解釋接下來自己要做的事。他在房裡走動，一眼看著大小姐，一面把自己染血的衣服攤開。

「我想我該處理那些衣服。」傑米說。

亞倫拉起褲子上的吊帶，然後走到床邊打量著傑米。青年的疼痛肉眼可見。「你說你可以旅行了，這是真的嗎？」

傑米小心翼翼地點點頭。「是的。」

「很好，因為我可能需要讓你和大小姐獨自回去倫敦，就只有你們兩個。我知道，你知道我的錢袋在哪裡。」

傑米堅定的目光令他很不舒服。這個計畫就和傑米的行為一樣輕率，但亞倫實在不知道要怎麼迴避。

「傑米。」他的聲音因渴望而變得低沉。「我相信你，我知道你可以照顧大小姐。我願意把一切都交給你，包括我的性命。」

傑米的微笑是他見過最美麗的事物。「是的，你可以的。」

「但我得走了，我也許再也不會回來。如果你需要幫助，如果你生病了，我留了雪菲爾的律師資訊給你。他可以做我的代理人。我已經把指示都寫給他了。」

傑米坐起身，卻瑟縮了一下。他的其中一道傷口裂開了，包在他手臂上的布料被染得殷紅。「你的手臂還好嗎？」

「別管我的手臂了。你要去哪裡？」

「我殺了一個人。我得確保不會有無辜之人受到誣陷，否則我不能離開。如果我得自首，我也不希望你和安妮在這裡。我想要她去一個法律不會把她從你手中奪走的地方。你和徽曼可以保護她的安全。」

傑米咒罵一聲，但安妮發出了一聲輕柔的呻吟，他便立刻停了下來。兩個男人緊張地看著她，直到她翻過身，呼吸再度變得平緩。她沒有醒來。傑米用手搓著頭髮，他的捲髮變得更亂了。

他低聲說：「等他們看到那個惡魔的房間……如果他們看見他對我做的事，他們一定會讓你走的。」

亞倫看了一眼自己在牆上小鏡子中的身影。他決定不要戴上領結，因為他全部的領結要不是皺了、要不就是綁在傑米的傷口上。他扣上自己的背心，伸手拿過他深藍色的外套。

他再度轉向傑米。「是的。如果我被逮捕了，我會派人去找你。你可以把大小姐留給徽曼。但那個小女孩……」他牢牢地看著傑米的雙眼，沒有轉開視線。「她應該遠遠離開這裡，不該再踏進那間屋子一步。」

「徽曼絕對可以拖著他的大屁股來這裡和我們會合，然後好好照看她。如果你有可能進監獄，我絕不會離開這裡。不要擔心了，我會幫女孩的出現編出一個好故事。」他一閃而過的笑容，點亮了他的整張臉。「而且從現在開始，我要開始喊她徽曼小姐了，因為就是那個心軟的混蛋，害我們落入這般田地的。」

亞倫張開嘴，想要發號施令，命令傑米依照他的指揮做事，但他知道，某些界線一但跨過，就再也回不去了。昨晚發生的事，他們的誓言遠比說出口的言詞更加深刻，已經改變了他們兩人。他不再確定傑米對他來說是什麼樣的存在——他只知道他是必需品。也許就是這樣，他無法失去這個人。只不過，是的，他應該無法做出或說出任何會把他趕走的事或是話。他們在這間次級小旅店的房間裡所立下的奇怪誓言，似乎以一種神祕的力量抓住了彼此。

所以他點點頭。「好吧，但你們兩人今天不該跟我一起去。你還有傷，安妮也不該回到那棟房子去。」

「永遠都不該。」

「噢，很好。」亞倫調侃地說。「所以你只有在同意我的命令時，才會聽話嗎？」

傑米的微笑變得邪惡。「差不多吧？」微笑從他臉上褪去，他的眉頭蹙了起來。「可惜，你從小到大所受的教育，道德標準是這麼的高，先生。要我說，我們就打包離開這裡吧，越快越好。」

「我做不到。」

傑米用雙手梳了梳被血纏在一起的頭髮，扮了個鬼臉。「我想我知道原因。如果你這麼做的話，你會被更多的鬼魂糾纏。那會算是某種懲罰，對吧？」

「嗯，你懂的。」

「我懂，而且我很喜歡你惱人的正派行為。大部分時候啦。當你那一點點的榮譽感不會領著你走上絞刑臺的時候。」他清了清喉嚨，快速瞥了一眼熟睡中的女孩。「在你走之前，我可以有個小要求嗎？」

亞倫等待著。

傑米的聲音很低。「一個吻。」

亞倫走道床邊，看進那雙藍色的眼裡，儘管嚴肅，卻仍然閃爍著無法抹滅的愉悅光芒。「傑米。」他說，但他再度語塞，所以他將嘴貼在傑米的嘴唇上——一個蜻蜓點水、小心翼翼的吻，因為那雙唇仍因為塞嘴的布團而乾澀龜裂。

傑米在亞倫的唇下低吟出聲，就在亞倫準備退開之前，青年的手扣住了他的後頸，將他固定在原位。傑米微微張開嘴，讓亞倫嚐到熟悉的味道。這個吻自始至終都十分甜美，沒有落入性事的盲目熱意，儘管那張力依然隨時都準備竄出平靜的表面。這是個承諾。

亞倫向後退開，他的胸口緊得難以呼吸。

傑米搜尋著他的臉，沒有微笑。「我真的很愛你，亞倫．瓦雷爵士。」他低聲說。

亞倫覺得頭暈目眩。他張開嘴。

傑米碰了碰他的臉頰。「別，不需要一副快中風的樣子。我只是想要讓你知道，但我不期待你會用至死不渝的誓言砸得我滿頭滿臉。」他雙手握住自己的脖子，眨著濃濃的睫毛，模仿著為愛瘋狂的小女孩。「噢，我的查理小天使。」他用飆高的女性嗓音說道，然後他用自己的聲音接著說：「喔，我的手臂好痛。最好還是別拿任何東西砸我好了。」

他又把這句話變成一個玩笑了，這是傑米應付強烈情感的方式。亞倫說不出話，只能點點頭。

「晚點見。」他說。「好好照顧大小姐，還有你自己。拜託，傑米。」他試著把自己的意思藉由最後這幾個字傳達出去，然後轉過身，頭也不回地走出門。如果不這麼做，他很可能就狠不下心完成他的工作了。

17

亞倫在旅店用了早餐。在出發前，他付了錢，點了一份食物送到他房間，並告訴沉默寡言的旅店主人，他的男僕生病了，而且也許是傳染病。「昨晚我以為他只是喝多了而已，但現在我覺得不只是如此。他得了傷寒。」

旅店主人乖戾的表情變得更陰沉。「那我是不會靠近他的，我也不會讓女僕去打掃房間。」

完美。「你只要敲門，告訴他食物在門口就好了。他還沒有病到不能下床走動。」他在對方手中塞了幾個額外的硬幣，旅館主人的表情便又變回了原本百無聊賴的模樣。

亞倫從馬廄裡牽了一匹老馬，然後慢條斯理地朝薛佛斯的家前進。他沒有注意到大腿上傳來的隱隱疼痛，也沒有注意到途中經過的翠綠鄉村景緻。他甚至沒有想到這趟路程的終點，他可能要面對什麼樣的麻煩。傑米的臉、他的微笑、還有那些話語，亞倫對著自己腦中想像的傑米露出微笑。就算他知道自己看起來像是個情竇初開的年輕人，他還是無法抑制自己的笑容。管他墮不墮落的，沒有人有辦法抵抗傑米的，那個年輕的蠢蛋。

隨著灰色的房屋逐漸接近，他冷靜了下來。房屋的大門敞開，幾個人站在石階上，正激動地說著話。鄰居們聚集在綠地上張望。亞倫剛才還思索著要怎麼讓自己的接近顯得自然些，不過現在，他知道可以假裝自己只是看熱鬧的群眾。

亞倫跳下馬鞍，把馬匹綁在前方一棵小樹上。

他並不期待這件事能夠輕易解決。他要到犯罪現場的主要調查者身邊，套出嫌疑犯的名字。最有可能的嫌犯大概會是僕人們吧。

「先生。發生了一件憾事……但是，不，您最好跟我來。」波頓先生莊嚴地低下頭，但他迅疾的腳步絲毫不掩飾他的興奮之情。他領著亞倫來到他第一次來訪時的那間書房，讓他站在窗邊。亞倫看著窗外圍觀的人群。他覺得自己看見了兩個紅髮的女性站在那裡。傑米的雙胞胎。

「亞倫爵士？」

他轉過身，看見一張略顯熟悉的面孔。對方長著一頭逐漸稀疏的灰髮，下巴皮膚鬆垮，挺著大肚子，幾乎看不到脖子和胸口。亞倫露出微笑，卻稍後才意識到，這也許不是現在最適合的表情。

「我看你是認出我囉。」男人對他伸出手。「威爾金。我是你父親在倫敦的友人。你的家人過世，真是遺憾。我有請人送字條給你，但我想……你……」

「當然了，謝謝你。」亞倫喃喃說道。「你好嗎，長官？」

「我是這裡的治安法官。這裡發生了一件非常、非常糟糕的……呃……」男人的臉紅了起來。亞倫懷疑這人到底有沒有辦法好好把一句話說完。「你認識這位……？」他對著房間周遭揮了揮肥胖的手。

亞倫決定不要說謊。「我們在西班牙一同服役過。當我受傷時，我就是受他的照顧。」

威爾金大人似乎稍微放鬆了一點。「所以你不會說自己和他是很要好的朋友囉……糟糕的事情發生了。」

「大人。既然你是這裡的治安法官，我知道有些事你是不能公然討論的。你能告訴我什麼呢？」

威爾金大人對一張椅子打了個手勢，亞倫便坐下了。威爾金深深嘆了口氣，在他對面坐下。「糟糕的壞事。」亞倫提醒道。

「我得很遺憾地告訴你，薛佛斯先生已經死了。但你敢相信嗎，這還不是最糟糕的部分呢。」

亞倫相信，但他保持沉默。

威爾金大人低頭看著自己的手。當他繼續說下去時，他並沒有看著亞倫。「根據城鎮的治安官所調查的結果，這是一個謀殺的悲劇，還有更糟的發展。他所描述的犯罪現場實在太過可怕，我不得不前來一探究竟，確認那傢伙不是在誇大其詞。恐怕他說的都是事實。」

「繼續說。」亞倫說。

「薛佛斯先生有一個小女孩。我們相信，那是他的私生女。」

亞倫開口：「呃，並不盡然。」但威爾金先生沒有注意到，只是繼續說下去。

「我們相信她死了，被薛佛斯先生所謀殺。因為儘管他對你來說是個好軍醫……」

亞倫甚至不打算澄清這個誤會。

「但我親愛的爵士，恐怕他是個壞人。」現在，威爾金大人抬起眼，好像在等待他的回應。

「我得說，我也這樣懷疑過。」亞倫說。「就連在西班牙時也是。」

這句話似乎融化了威爾金大人的最後一點警惕之心。他滔滔不絕地說著故事——他們是如何找到屍體所在的恐怖場景，以及那間地窖是如何設計成行刑房的模樣。

「你們的調查有發現什麼嗎？」亞倫問。「你剛才提到了謀殺的部分。」

「是的，是的。那個小女孩。他殺了她，並扔了屍體——房裡的一張桌子上，布滿了血淋淋的證據，也許是折磨，也許是肢解。然後在一陣悲痛之中，他便用一把刀，終結了自己邪惡的生命。」

亞倫瞪大眼看著他。就算他是一位完全沒受過訓練的旁觀者，他也知道傷口的角度，絕對不可能是自殺所造成的。他在戰場上看過夠多的男人身亡，所以他早就深知——更別提那把刀還是他親自插入醫生體內的。

「自殺嗎？」他問。

對方點點頭。

「那是你的正式判定嗎？」

威爾金大人又嘆了一口氣。「恐怕我只能給出這個結論。那畫面太令人痛苦了。」

亞倫不得不問。他覺得自己像個傻子，但只要再問一個問題，他就會放下了。

「你難道不懷疑，是那個女孩刺殺了他，然後逃跑了嗎？或者是僕人做的？」

「這裡發生的事是再明顯不過了。」威爾金大人幾乎有些惱怒地說。「如果你親眼看到犯罪現場，那是最讓人不舒服的畫面。滿桌子都是血。是她的血，先生。」

老人一定是在那個房裡待了很長一段時間——下次他去倫敦的俱樂部時，他就有精彩又可怕的故事可以吸引所有人的注意了。

「噢，不。不，當然不了，威爾金大人。我只是好奇你有沒有考慮過所有的可能性了。」

「在某些案件裡，我們不需要這麼做。」威爾金大人嚴肅地看了他一眼。「我多年來聽過不少犯罪案件，也相信我自己是這一帶最有能力辨識真相的專家之一。」

「你會去找那女孩的屍首嗎？」

「我想這是一定的，但我應該不會花太多力氣在這件事上。他是個邪惡而聰明的男人。他是個真正的惡魔，熟知要怎麼處理受害者的屍體。」威爾金大人的聲音沉了下去。「我們認為，我們已經在他那些恐怖的搜集品中，找到了她一部分的器官。」

「啊。」亞倫說。現在是他說話的時機了。但不論他如何絞盡腦汁，他就是想不出一套能讓安妮在他的保護下順利離開這裡的說詞。如果不想坐牢，他就得說謊，但他不知道哪一個謊言才夠有效。如果傑米在這裡，他一定能想出一套行得通的說法的。

於是亞倫沒有說謊，只是保持緘默。他其實也不用說話，因為威爾金大人自顧自地說著，誰知道看起來最溫和的男人，也許卻有著最邪惡的心靈。

「告訴你，僕役們都嚇壞了。」威爾金大人說。「是管家波頓發現了屍體。那個叫做馬文的當地人，一看到那個房間的模樣，當場就昏了過去。當然，那個畫面是最可怕的，但我想，他們這輩子都擺脫不掉這恐怖的陰影了。」

亞倫心不在焉地聽他說，內心思索著，讓安妮的身分死去，會不會對安妮．寇特和她死去的父母帶來損失。他的沉默，意味著她的名字以後就只會出現在一場恐怖的謀殺案之中，永遠都只會是那位受害者。一但他離開這裡，安妮的身分就要重新定義了。

「安妮．徽曼。」傑米是這麼說的。也許這行得通。

他猜想，她應該不會介意以自己的名字作為代價，換取遠離薛佛斯先生和離開這間屋子的機會。亞倫之後要怎麼和她說呢？一定會告訴她事實，因為他知道徽曼和傑米絕不會容許他說謊。也許等她夠大了，他們可以一起告訴她真相。

有那麼一瞬間，他想像著自己和傑米幾年後的樣子，他們在一起的模樣。他用一隻手摀住嘴，藏起他的微笑。

威爾金大人頓了頓，問道：「你還好嗎，亞倫爵士？」

「是的。這是一個驚人的事件，我很遺憾。」

這是他說的第一個謊，因為當然，治安法官的故事完美地幫他收束了所有的疑點。亞倫提醒自己，他並不希望他的行為帶來後續更多的折磨，所以他怎麼能去毀了這個完美的解釋，就因為這整件事並不是事實呢？

他花了一點功夫，才用略顯錯愕的哀傷之情掩蓋住他鬆了一口氣的表情。亞倫真希望他像傑米一樣那麼會演戲。

最後他站起身，再度和威爾金握了握手，感謝他的解釋、安慰，以及溫和的言詞。當波頓前來送他出門時，亞倫在管家手中塞了一大筆小費；管家無意間撞見了他所造成的命案現場，他覺得他應該彌補一下這可憐的男人。「這是我的慰問金，希望你和其他人能盡快找到新的雇主。」

亞倫朝他的馬匹走去。他得十分專注，才不會脫口唱起歌來。

這裡距離他在舒茲伯里的屋子，只有短短一天的車程，而不是往倫敦那痛苦的兩天旅程，因此亞倫決定先前往施洛普郡。傑米應該還需要幾天的時間在床上靜養，但是亞倫焦慮地想離開雪菲爾，以免薛佛斯的某個僕人突然想起某些可能定罪的亞倫的細節，或是治安法官突然改變心意，決定把原本自殺的判定撤回。

在他回到旅館的途中，他買了一套男孩的服裝給安妮。以防某個商店主人在報紙上讀到安妮的謀殺案、然後又想起有個奇怪的紳士買了一件小女孩的洋裝，他可不想留下任何把柄。

當他回到房間時，傑米正在熟睡，安妮則坐在小床墊上，雙臂擁著自己的膝蓋，輕輕地前後搖晃著。亞倫不太知道要怎麼照顧孩子，但他知道怎麼安撫一匹害怕的馬。所以他在女孩的身邊蹲下，保持著一點距離，然後低聲和她說話。

「薛佛斯先生已經死了。永遠消失了。妳不必再害怕他，也不用害怕我和傑米。妳懂嗎？」雖然他們前一晚已經和她保證過這件事了，但她不只需要聽見，也需要看見他們的行動，才能真正相信他們。他和許多受過糟糕虐待的馬相處過，他知道要花多少時間，才能溫柔地挪去牠們心中的恐懼。

女孩看著他，眼神眨也不眨，輕輕點了點頭。

「但由於他的死法，還有我們從他身邊帶走妳的方式，我們得幫妳改名、改變身分。」尷尬的蹲姿讓他的腿隱隱作痛。他換了個重心，然後用手揉了揉大腿。「妳還是叫安妮，但從現在開始，我們要和別人說妳是徽曼先生的姪女。」

當她瞪大雙眼，認出徽曼的名字時，他便補充道：「妳還記得中士徽曼，對吧？我知道妳的父母都很喜歡他。」

她再度點點頭。

「妳會受到我和他的照顧，我們會確保妳擁有一切需要的東西。」他悶哼了一聲，站了起來。「現在，我們得盡快離開這裡。我得讓傑米整裝準備出發。妳知道很多關於包紮的事，可以幫我照顧他嗎？」

「是的，先生。」女孩跳了起來。

亞倫把裝著新衣服與鞋子的小包裹交給她。「首先，這裡有些衣服讓妳換上。恐怕現在只能先讓妳打扮成男孩。等我們來到舒茲伯里的家之後，我會找一個裁縫來，為妳縫製一整櫃的衣服。」他對著房間角落的屏風打了個手勢。「妳可以在那個後面換。我要來把這個瞌睡蟲叫醒。」

他沒有等著看她服從與否——他知道她不論喜不喜歡都會照做——便直接轉向躺在床上的傷患。傑米通常都十分淺眠，所以他在亞倫說話的過程中還沒有恢復意識，這讓亞倫有些不安。亞倫打量著白皙的肌膚上更為蒼白的繃帶，以及浮現在傑米身上各處的紅色線條。他美麗的藍色雙眼緊閉著，而缺少了它們靈活而豐富的表達，傑米看上去就像是一個完全不同的人——看起來更年輕、更脆弱，也遠比他本人看起來更天真無邪。

亞倫忍不住用手撫過他那一叢淺棕色的捲髮。他把掌心貼在傑米的額頭上，感受到他的熱度——有點太熱了。這人正在發燒。亞倫希望他有時間能讓他在旅館裡養傷，但他和安妮在雪菲爾待得越久，他就會讓她——和他們所有人——陷入越大的危險。

他的手指掃過傑米的臉頰，青年睜開雙眼，眨了眨。「天亮了嗎？」

「是的。我已經去過薛佛斯的屋子，當局正在那裡調查犯罪現場。一切都比我們想像的好多了。由於安妮失蹤了，他們相信那是一場謀殺後的自殺事故。」

彎曲的眉毛高高聳起。「謀殺？你說安妮嗎？嗯，好吧，這推斷做得真好。當局是怎麼得出這個結論的？」

「薛佛斯的工作室和筆記本，讓他們都認清了這人的本質吧。」

亞倫回想起傑米外套口袋裡的筆記本，並決定要把筆記本燒了再離開旅店。不必讓任何人發現他們擁有這些筆記。不必再讓任何人看見醫生真正的本性。他留下的證據，早已足夠證明了。

「邏輯上有許多漏洞，但在任何人發現之前，我們就得先動身前往我在施洛普郡的房子。」他將手搭在傑米肩上。「你今天覺得怎麼樣？我不想讓你旅行，但這真的無法避免。」

「我覺得好像有人錯把我當成了聖誕節的烤鵝，決定把我切了一樣。但你知道我有多愛旅行。我當然願意上路。」他開始坐起身，臉色變得更蒼白。

亞倫得幫他坐直，在他背後堆起枕頭。他把髒繃帶拆掉，重新清洗過傷口，然後用扯開的布料重新包紮。在他幫安妮準備新的衣櫃之前，他也得買新的領巾和襯衣襯褲了。

在擦拭傷口的同時，為了替傑米轉移注意力，亞倫告訴了他一點關於施洛普郡的事。「那是一片很美的廣闊鄉村。等你好起來，我會教你騎馬，我們就可以在原野上漫步。你會喜歡的。」

粗濃的眉毛再度聳起。「你是這麼想的嗎？我才剛開始習慣坐在馬後面呢。我可沒辦法想像坐在牠們背上。」

亞倫輕笑著，一邊為傑米套上襯衫，扣上鈕子。「你不是一直叫我不要害怕新事物嗎？好好騎一次，正是你需要的東西。」他勾唇一笑，眨眨眼，傳達他話裡的雙關含義。

傑米笑了起來。「我的天啊，你還真的有一點幽默感了！」

接著，亞倫小心地把筆記本扔進火爐裡，才去把一直放在門外的早餐端回來。食物早就冷了，但傑米和安妮仍大口吞食。

在回來房間之前，亞倫就已經命人準備好馬車，在門外等著。現在他們只需要把行李拿下去，並避免好事者注意到他受傷的男僕、還有突然出現的小男孩。安妮把頭髮編成辮子，藏進帽子裡。她的偽裝乍看之下確實像男孩，但她精緻的五官經不起太仔細的檢視。

傑米堅持自己走，爬上馬車後才疲憊地向後倒去。由於座位的寬度只夠兩個男人舒適地坐著，可憐的安妮只好坐在後座，和行李擠在一起。她似乎並不在意，也許更高興自己不用夾在兩個大男人的屁股之間。

「再一站，我們就會離開這座城了。」亞倫告訴傑米。

他寫了一張字條給欽普特太太，說他短時間內不會回去倫敦了。她可以遣走一些員工，把一些房間封起來。想到傑米對於迪克的愛護，以及欽普特太太對他的嫌惡，他要她把迪克和徽曼一起派來鄉下。接著，他又寄了一封彌封的信息給徽曼，要他在回程的路上讀完，告訴他事件的發展，並指示他來舒茲伯里。要從家用支出中，給這位腳夫將近兩先令的旅費，女管家一定會很不滿。

當他們終於離開雪菲爾時，時間已經過了中午，但亞倫相信他們會在夜晚降臨之前抵達目的地。不幸的是，那裡的員工不知道他們要來。火爐裡不會生火，也沒有溫暖的晚餐。床鋪和房間也好一陣子沒有通風過了，屋子裡的僕役數量也非常少。這些都無可避免，而且也許是最好的選擇。看見他、傑米和安妮出現的僕人越少越好。

往東的道路，不像南下倫敦的大路維護得那麼完善。馬車滾過車痕和石頭，上下顛簸。亞倫看了一眼傑米的臉，注意到他咬著牙、皺著眉頭。「你還好嗎？」

後者只是一點頭作為回應，清楚地顯示出傑米並不好，因為他從來沒有這麼安靜過。

「我有和你說過我的愛德華叔叔嗎？」亞倫問。「他富可敵國，卻小氣得出奇。在他和妻子的婚姻中，他從來不讓妻子，也就是我的阿比蓋兒阿姨，花一毛錢重新整修他們破爛的屋子。屋裡的布簾都被蛀蟲蛀蝕，樑柱腐朽，石造的部分也都開始崩落。」

傑米瞄了他一眼。

「在他臨死之前，我的守財奴叔叔堅持，要把所有的錢都和他一起埋葬。我的阿姨當然同意了他的最後一個要求，當喪禮的日子到來時，她便在棺木中放下了一個箱子，和愛德華叔叔的屍體放在一起。

「等到最後一鏟土也鋪平後，家人們開始離開墓園。我忍不住問我阿姨，她是否真的遵守她和丈夫的約定，把他的錢和他一起埋葬了。

「『當然了。』她回答道。『你認為我是那種會違抗我丈夫最後一個願望的女人嗎？』

「『妳是說，妳真的把他財產的每一分錢都放進他的棺材裡了嗎？』

「『確實。我寫了一張支票，把我們房產的價值一文不差地寫在上頭，簽名畫押。我在等他兌現呢。』」

亞倫等了等，然後視線從手中的韁繩跳向傑米的臉。

一道淺淺的微笑出現在對方的嘴角，亞倫突然很想要靠過去，狠狠地吻上那雙柔軟的唇。但雖然鄉村小路上空無一人——除了唱歌的鳥兒與噠噠作響的馬蹄，其他什麼也沒有——但大小姐就坐在他們身後。他只能回給傑米一個微笑，並讓自己的眼神在他的嘴上游移。他熱烈的目光，是對稍後所做出的承諾。

「你還可以再多訓練一下自己的時機點，不過算是不錯的嘗試啦。」傑米取笑道。

「拜託。沒那麼糟糕吧？」

他聳聳肩。「不好說。再說一個試試看。」

「那是我唯一知道的故事了。不過我可以跟你說個真實事件——」亞倫頓了頓。

「——是我家人的故事。我哥哥和我父母的故事。」

這個時機點並不好。傑米不需要在這麼不舒服又疲憊的狀況下聽這麼一個悲傷的故事，但亞倫突然覺得，自己已經可以告訴他家人所發生的事了。他想要和他分享一切。

「當黴曼和我從戰場上歸來時，我們兩人都身受重傷。我發現我哥哥喬納森和我父母，都得了傷寒死了。通知我他們死訊的書信，一定是在我被送回家的途中，和我錯過了。我當時也發著燒，神智不清，後來又染上了鴉片的癮。只有在一片迷濛之中，我才有辦法忍受我的人生。如果不是黴曼，我現在一定還在那片迷霧之中摸索。但他強硬地替我戒了鴉片，然後幫助我走過後續最糟糕的一段日子。」

他想著當時的人生，在少了鴉片麻木他的感官之後，整個世界是多麼的銳利、艱難與痛苦。「在那之後，我就對我父親的財產做了必要的處置。我有很多的決定要做，有佃農需要負責，還得和土地仲介與律師開會商討。但我還沒有去過我們位於鄉間的土地，只是一直躲在倫敦。我已經很久很久沒有去舒茲伯里的家了。」

亞倫頓了頓，再度看向傑米。「而我也要感謝你，逼著我從一無是處的頹廢狀態之中站起來。黴曼幫助我克服了藥癮，但你是隻手拯救了我的人生。」

「隻手拯救？這個成就我不敢當。」傑米微笑，但微微皺起眉頭。「我不覺得我做了什麼好事。我只是分散了你的注意力，讓你笑一笑，給你一點娛樂而已。」

亞倫無視後方沉默的小女孩，伸手握住了傑米的手。「不，你所做的遠遠不只那些。你給了我希望、喜悅，還有活下去的理由。」想起了安妮的存在，他又壓低聲音。「我只是想讓你知道。」

傑米的雙眼反射著蔚藍的天空，閃閃發亮。是眼淚嗎？他把淚水眨去。「嗯，亞倫爵士，這番話說得真好。我很榮幸。但這讓我想起了我姐姐之前差點收到的結婚誓詞。你想聽嗎？」

「別說話了，傑米。你不需要取悅我。」亞倫拍了拍傑米的手背，然後抽走自己的手。

「是的，先生。」傑米靠在他身上，貼著他的手臂，不久之後，便把頭靠在亞倫的肩上。

亞倫回頭看了一眼。擠在兩個行李箱之間，裹著毛毯的安妮正熟睡著。他的手臂環住傑米的腰，在馬車繼續顛簸前進時，緊緊攬住他。

他們在中途換了一次馬，在一間路邊的旅店用餐。當他們終於來到施洛普郡時，時間已經逼近傍晚了。直到太陽快完全下山時，他們才抵達屋子。就如同亞倫所預期的一樣，屋子封閉而陰暗。

他停下馬車，煞住車廂，並幫助傑米和安妮爬下車。「我得去叫醒馬夫。你們在這裡等著。」

他花了幾分鐘的時間才找到邦比，他緋紅的臉和酸臭的氣味，代表他喝了一大瓶的琴酒。當他打開位於馬廄後方的房門時，他的雙眼倏地睜大，錯愕地看著他消失已久的主人。亞倫忽略他的驚訝之情和他醉酒的狀態——在星期六的夜晚，他確實不該期待一個人能保持完全的清醒——並要他來照料馬匹，或者派馬廄的助手男孩來處理。

「村子裡的小華勒斯會來幫忙，先生。他只有白天在這裡。我能親自處理馬匹，先生。看到你回來了真好。你會待上一段時間嗎？」

「我想是的。現在這幾匹馬都是租來的，你得把牠們送回去綠人酒館。如果我沒記錯的話，那是當地的驛馬車站。」

「是的，先生。」男人點了點頭，穿好吊帶褲，並跟著亞倫走出馬廄，來到院子裡。他用好奇的目光看了傑米和安妮一眼，但在他牽著馬匹離開時，一句也沒問。

嗯，現在有一個人看到徽曼的「姪女」打扮成男孩的樣子了。亞倫希望他能讓看見她轉變身分的人越少越好。

瓦雷莊園的巨大黑影，像是頭沉睡的巨獸般座落在轉黑的天色之下。亞倫有些不安地看著大門。無數的童年回憶從他腦中閃過，他想著自己年幼時在鄉間奔跑的模樣，想著暑假期間與哥哥打架與賽馬，想著家族旅行、派對、獵狐活動與舞會。他們大部分的生活都是以這間鄉村住宅為中心，而不是倫敦的房子。在這裡，他會更強烈地感受到他家人不存在的事實。

「你確定是這裡嗎？你看起來好像有點懷疑。」傑米催促他往前走。

亞倫抬起門環。「我好幾年沒有回來了。我沒帶著鑰匙。」

他用門環奮力敲著門，直到他聽見一串急促的腳步聲傳來，門終於打開。韓諾夫太太手中提著一盞燈，站在門前。她的睡袍外披著一件白色的披巾，銀色的捲髮藏在蓬鬆的睡帽下方。

「亞倫少爺！我是說，先生。真是個大驚喜。我們不知道你會來，亞倫爵士。卡文諾去城裡了。如果我們知道你要來，他一定會在這裡等著歡迎你的。歡迎回家，先生。」

「回家的感覺真好，韓諾夫太太。這一趟路途是滿辛苦的。希望幫我們準備一盤冷盤肉和起司，不會造成妳太太的困擾。」

「馬上就來，先生。但首先，讓我準備幾個房間，讓你和你的——」她看向他身後的傑米和安妮。「——賓客們休息吧。」

「這位是我的男僕傑米，很不幸地，他最近才在城裡遭遇搶劫，被痛打了一頓。你可以讓他住在和我相連的房間。然後，請幫她準備一間客房。」

他思考著要怎麼解釋安妮奇怪的裝束，並決定最好的方法就是不解釋。僕人沒有資格質疑他。

「是的，亞倫少爺……我是指，亞倫爵士。」她微笑著，眼角的皺紋仍和他記憶中的一樣友善。「還很不習慣你的頭銜呢，先生。不久之前，你還在廚房的桌邊跑來跑去，跟廚子要甜點吃呢。」

他回給她一個微笑。「我也很喜歡這些回憶，韓諾夫太太。」

「我會盡快的，先生。我現在手上只有一個女僕，剩下的都只有白天上班而已。我會讓她在臥室裡生火，我來幫你們準備食物。」她皺起眉。「啊，起居室裡也得生火才行呢。」

「沒關係。我可以自己生火。我知道這裡的人手不足，妳也不知道我會現在出現。」

韓諾夫太太行了一個禮，快步離開，嘴裡仍像隻焦慮的母雞般碎碎念著。

「我喜歡她。」傑米說。「比欽老太太好多了。」

「是啊。」亞倫轉向安妮。小女孩正沉默地站在門邊，好像連最微小的刺激都會讓她奪門而出。「妳一定又餓又冷吧，親愛的。妳要不要來幫我生火呢？我很確定妳很有經驗的。」

亞倫伸出手，定定地舉在她眼前等著。猶豫了很久之後，大小姐終於伸出手，牽住他。這是個進步。他從她的頭頂快速地和傑米交換了一個眼神。

他們一起走進大廳旁的起居室。亞倫催促著傑米坐下，疲憊的青年便順從地跌坐在條紋沙發上。

母親會怎麼說呢？這個念頭短暫地閃過亞倫的腦海，但他早已不在乎自己死去的母親、韓諾夫太太或者任何人，看到男僕坐著、主人在一旁生火的奇怪景象時會有什麼看法了。

幸好火石就在壁爐上，爐裡躺著幾根木材。這個火爐是多久之前準備的呢？僕人們當時還不知道，這個家族再也不會回來了。亞倫從壁爐的架子上拿起火石，交給安妮。「告訴我怎麼做吧。」

她點點頭，在爐床上打出火星，然後用掛在一旁的風箱吹起火焰。亞倫站在後方，看著她工作，心想也許做一點有建設性的事，可以稍微消滅她初到新環境的恐懼感。

他走到邊桌，倒了一杯白蘭地給傑米，然後蹲在他身邊，將杯子遞給他。「來吧。這會驅走你的寒冷。」

傑米睜開一隻眼睛，接過玻璃杯。「你把我寵壞了，先生。我連誰是主人、誰是僕人都不確定啦。」

亞倫下意識地想要斥責傑米的傲慢，但他的臉色實在太過蒼白，亞倫狠不下心責備他。「在韓諾夫太太面前，這句話你還是別說出來得好。」他溫和地說。他不必再假裝傑米只是個手下、只是個次等人。他們的連結現在已經強烈得無法否認，也深得讓他只能將傑米視為一位伴侶，不論他們的角色在社會大眾眼中應該要是什麼樣子，都無法改變。

傑米啜飲著白蘭地，然後將玻璃杯靠在腿上，看著安妮生火。溫暖的空氣已經開始驅散房裡的陰涼，也消去了起居室裡的霉味。「你對女孩做得很好，讓她自在了很多。我想她比外表看起來要強壯得多，她會克服過去的陰影的。」

亞倫同意地點點頭。「新鮮的空氣和運動，可以治療她的靈魂。過去這個冬天躲在倫敦時，我應該也要想到的。」

「那對你來說是段很艱困的日子。」傑米說。「不管如何，你現在來了啊。」

亞倫打量著熟悉的房間，他母親對於裝潢的品味與父親展示傳家寶的堅持相互牴觸，壁爐上掛著一幅艾佛瑞・瓦雷準將的肖像。爐火照著安妮・寇特平靜的臉龐，在傑米的臉上打下陰影。亞倫對於這脆弱的兩人產生了一股強烈的好感，他從來沒想過自己會有女兒和戀人。這是他童年的家，充滿了回憶，但現在這裡也帶來新的開始，以及一個全新的家庭。

18

天氣很熱，但安妮頂著太陽，坐在翻過來的水桶上，看著傑米學騎馬，一聲抱怨也沒有。馬匹走著、慢跑著，在屋旁的草場上永無止境地繞著圈。安妮當然不會抱怨了。她仍被恐懼所掌控。現在她怕的是，他們會不讓她待在身邊。

她通常會跟在傑米身後跑。如果她找不到傑米，她就會跟著亞倫。

在韓諾夫太太告訴他們，只要他們不在眼前，安妮就會發抖之後，他們就讓她整天跟在身旁了。每天晚上，傑米或亞倫會在她房裡的椅子上坐著，等她睡著。傑米不知道等她長大成人之後，他們還需不需要這樣做。但至少安妮可以安穩地睡過夜，就算半夜醒來，也不會到處找他們。

因為他們會很難向小女孩解釋，他們為什麼一起躺在主臥室的床上。

傑米稍微分了心，馬匹便將他甩在地上。傑米的屁股落地，他想咒罵出聲，但他現在已經學會在安妮面前時忍住他污穢的言詞。他甚至不覺得自己有什麼好抱怨的。寇特小姐——不，他們現在改叫她徽曼小姐了——安靜的榜樣，讓他覺得自己像是個哭哭啼啼的小孩，而不是一個大人。

他又一次摔下馬後，他便站起身，揉著屁股，一邊發出一聲誇張的呻吟。因為也許，只是也許，這次摔馬後，他好像從水桶那裡聽到了一聲嘻笑。這樣他受傷的尊嚴也值了。

當他走回馬匹旁時，他便刻意演出瘸腿的樣子給她看。

「是牠突然停下來的。」傑米對亞倫說。亞倫站在馬旁，幫他把腿撐上馬背。這完全沒有必要，但有可以靠近他、甚至碰觸他的機會，傑米可不會抱怨。

「對，是牠的錯。」亞倫鎮定地說。他沒有試著為那匹高大的野獸辯護，也沒有親吻安慰傑米摔疼的部位。「用大腿夾緊。」他第一千次提醒道。他用手捧著傑米的腳，讓他上馬，而那毫無私人情感又太短的碰觸——他的手在傑米的鞋底，傑米的手則搭著他的肩——讓傑米想轉過身吻他，而不是讓他把他推到馬背上。

傑米又進行了幾分鐘他目前為止最討厭的運動——坐在一匹馬的背上讓牠兜圈子——亞倫終於喊道：「很好。你現在學會要怎麼坐直身體，跟著馬一起動了。」這一點稱讚很有幫助。亞倫最近也調整了他的行事方式。他不再是以前那位大吼大叫的高高在上大人，也不是總在發號施令的上校。至少在安妮身邊時不會。

牽著馬匹在前頭走的亞倫，很快就將馬匹停了下來。「現在，我們要在牠身上加個馬鞍，你就再試一次。教我騎馬的馬夫說，先學怎麼無鞍騎馬，會讓你更了解馬匹。」

傑米忍住自己質疑那位馬夫是不是犬隻後代的衝動。他滑下馬背，喃喃說道：「聽起來就是屁話。」

確實，有了馬鞍和馬鐙，騎馬似乎就容易了許多。他可以踩著馬鐙翻上馬背，沒有任何障礙。當傑米能自己握著韁繩操控馬匹時，整個世界突然變得更有趣了。他現在想去哪裡都可以，而且速度飛快。當然，地面還是顯得離他好遠，但他會慢慢習慣的。速度感，以及掌控身下這隻巨大野獸的快感，讓他終於理解騎馬的有趣之處。

「輪到安妮了。」亞倫說。這並不是計畫的一部分，但她顯然也很想騎馬。她能毫不猶豫地觸摸馬匹，看著牠們、而不是亞倫或傑米。傑米注意到她在他騎馬時移動著，好像她正在試著模仿他的動作。

傑米坐在馬背上，調轉馬頭，看著亞倫。他知道男人想伸手碰觸安妮，幫助她爬上他為她的騎馬訓練特地買來的恬靜馬匹。

當然了。「我可以幫忙嗎？」亞倫放棄等她開口說話了。

傑米很意外地看見安妮搖了搖頭。她用一塊磚頭墊步，沉默地爬上馬背。她跨上馬匹披著毛毯的背部，但毫無害怕之色，一在寬闊的馬背上坐好，便擺出了完美的姿勢。這點就連騎馬時彎腰駝背的傑米也能看得出來。他想她一定曾經騎過馬，也許是在葡萄牙，只是她從來沒和亞倫提過。除非有人和她說話，否則她依然很少開口。

亞倫大笑起來，解開牽繩。「就別管訓練了。」他邊說，邊把她從馬上拉了下來。她沒有反駁，但是卻交疊起雙臂，撅起嘴。展露憤怒是個好現象，傑米心想。

「我們還沒有騎完。」亞倫告訴她。他拿起掛在一根柱子上的馬鞍。

亞倫將馬鞍安放在馬背的毛毯上，調整好她的馬鐙，然後讓她再度上馬。他們三人騎著馬穿過牧場，來到一排樹陰下。安妮對漫步或小跑沒有興趣。她騎著馬，在草場的邊緣跑著。

「該死。」亞倫邊說邊看著她在草原上奔馳。

傑米在馬鞍上扭過身。亞倫爵士皺著眉，緊抿著嘴。

「有什麼問題嗎？」傑米問道。「今天的天氣這麼完美。看看我們，我們可以這麼自在地在這裡活動。更棒的是，看著她帶著微笑在草地上奔馳，這是最可貴的。」

「這就是問題。我應該要教她用側坐馬鞍的。她得學著適應。」

傑米差點笑到摔下馬匹。「適應？我覺得還好啦。騎馬應該是她最不用擔心的部分。首先，她得學會在不發抖的狀況下說話。」

「她永遠也不會有正常的人生了。」亞倫說，他的聲音和身體十分緊繃。「不只是薛佛斯。在這裡，和我們待在一起。這不正常。」

又來了？傑米頂了一下自己的馬，從樹木之間一條狹窄的小路穿過。最好先騎到前頭，以免驚嚇馬匹——因為他等一下想對著愚蠢的亞倫大叫，提醒他，如果不是因為他的關係，安妮現在根本不會活著。

老天，如果可以，他真想用一切換取像亞倫這樣的男人，出現在他的童年時期。不只是因為他能提供住所、食物和衣服。這男人的耐心簡直是個奇蹟，對任何孩子來說都是個祝福。誰知道他原來能這麼溫和？

傑米深吸一口氣，決定也要控制自己的脾氣。他決定不和亞倫長篇大論，而是進行普通的對話。「當然了，這女孩經歷過許多的恐懼和驚嚇。但其他事物也會讓她成為一個不平凡的女孩。看看她有多喜歡戶外活動。就算薛佛斯沒有囚禁她，她作為一位女性的人生也會很不尋常。我們都看得出來，她以前一定就是這樣騎馬的。而且我敢說，和她父母所相處的那幾年，也讓她討厭被拘束。」

亞倫微笑著看她跨越草坪跑回來的模樣。「今天我們終於發現，她是個半人半馬的生物了。」

他的擔憂似乎就這樣褪去了。他仍然抬頭挺胸地坐在馬背上，但那股僵硬的氣息，似乎從他的體態和嘴角邊消失了。

更好的是，當他們宣布回家的時間到了時，女孩表現得像是個孩子。一個頑固、平凡、有脾氣的孩子。

他們沿著小路深入樹林裡探索，在一條小溪邊下了馬，停下休息。安妮撿起小樹枝丟進水裡，看著它們被迅疾的流水捲著漂走。

當亞倫宣布該回家時，她停了下來，搖搖頭。她沒有走向自己的小馬，而是故意再低頭撿起一根樹枝。亞倫和傑米爬上馬背，安妮把樹枝丟進水裡，然後又開始找下一根。

「我們要走了。」亞倫重複道。

她又停了下來，搖搖頭。

「你看看，先生。」亞倫低聲說。「她正在反抗我們呢。真是個奇蹟。」

亞倫回給他一個快速的微笑，然後調轉馬頭，往家的方向前進。

「你們要走了？回家了？」她在身後喊道，聽起來十分驚慌。

「回家。時間到了。」亞倫說。「我的腿很痛。」

「噢。」她發出一聲小小的哭喊。「對不起。對不起。喔，對不起。不要丟下我。」她跑到綁在小樹上的馬匹旁。

旁邊有一個可以讓她踏腳的樹樁，但亞倫嘆了口氣，滑下自己的馬背。他把韁繩交給傑米，然後走回她站的位置。傑米聽不見他們說的話，但她很快就平靜了下來。亞倫幫助她爬上馬鞍——他其實伸手把她抱了起來，而她似乎不介意他的手搭在她的腰上。

「好了。」當他跑回傑米身邊時，他回頭喊著。「我不會拋下妳的，傑米會殺了我。」

「我一定會。」傑米熱心地回答。

亞倫翻了個白眼，只微微扯了扯嘴角，然後翻身爬上他的馬鞍。

那天稍晚，傑米走進書房。這個房間總是十分黑暗，因為錦緞的窗簾是全拉上的，避免昂貴的地毯和書籍受到太陽直曬。他在桌邊找到亞倫，翻閱著幾本帳簿，皺著眉頭看著管家寫下的平整字跡。安妮趴在地上，手肘撐地，讀著一本書。

傑米知道，當亞倫臉上掛著那股銳利的專注神情時，他最好不要去打擾他。所以他問：「妳在看什麼書啊，安妮？」

「古希臘的歷史書。」她說。「不過我希望等一下就能出去玩了。」

傑米對她勾起嘴角。她不只是在自願的情況下發表了自己的看法，那句話甚至聽起來像是發牢騷了。優秀的進步。

「安妮很會讀書。」亞倫說。顯然那些數字已經無法吸引亞倫的注意力了，因為他突然推開椅子，走到傑米身邊。有那麼一刻，傑米以為奇蹟發生，他要當場擁吻他了。不過他只是靠在傑米耳邊，溫暖的氣息吐在傑米的耳朵上，低聲說：「我想到了一個好主意。讓安妮來教你識字，這樣她覺得自己很有用。」

傑米示意他到走廊上去。安妮跟著他們，不過在門邊停了下來，看著他們在外頭說話。他們能和她拉出的距離已經越來越長了。至少這樣他們能獲得一點隱私。

傑米轉過身，低聲說道。「那樣我會覺得自己是天字第一號傻瓜，讓一個小女孩這樣教我。」

亞倫毫不在意他微弱的抗議，他把一隻手搭在傑米的肩上。「這樣一來，她得坐在你身邊，又不會覺得自己受到威脅。幫助你，會讓她覺得自己很重要。她很喜歡這樣。」

「喔，可惡。」傑米咕噥道。「我可以試試。」他寧可要亞倫爵士教他。

亞倫說得對。女孩確實喜歡做一些成年男子不能做到的事——而且她也必須坐得離他很近。她很有禮貌，不會嘲笑傑米，跟之前試著想要教他認字的諾亞完全相反。

隔天，亞倫去和教區的牧師討論教堂鐘塔的修繕問題。外頭下著雨，所以傑米說服了安妮，不要去大雨中散步。他上了第二堂閱讀課，和安妮一起坐在沙發上。她坐得很近，大腿幾乎貼著他的腿，但她似乎完全不在意。傑米想要指出這一點，讓她知道進步了多少，但他只是專注在課程上，因為如果她這麼努力在教他，那他也應該要付出一點努力。

她腿上擺著一本書。她低聲而猶豫地念著內容。傑米覺得他好像認得幾個她手指劃過的單字。

一個巨大的男子出現在門口。傑米之所以會注意到，是因為安妮突然停止了讀書，抬起眼張望。沒有人通報有訪客，這個衣衫襤褸的人看起來更像是乞丐，而不是受人尊敬的拜訪者。傑米花了一點時間才認出對方，但在他站起身、準備去和徽曼打招呼時，安妮已經跳下了沙發，書落在地面上，她則朝房間的另一端飛奔。朝男人衝去，而不是另一個方向。

「中士！」她喊道。神奇的是，她在傑米還在困惑的時候就認出了他，但也許他在西班牙的時候，也是留著這樣可憐兮兮的落腮鬍。

老獾單膝跪在地上，張開雙臂。她衝進他懷裡，雙臂擁住他。

他犯了一個錯，雙手回應她的擁抱。她突然像隻小動物般掙扎起來，試著掙脫。他立刻放開了手，她則淚如雨下。「對不起。」她低語著，轉身朝門口跑去，雙頰難為情地漲紅。但傑米站在那裡，擋住了她的去路。

「好了，大小姐，不用逃走。」他歡快地說。當他看見她的痛苦時，立刻補充道：「如果妳想走，當然可以走囉。但我想要恭喜妳，妳剛剛做得很好。」

要死，他希望他做得對。她抬眼看著他，淚水沿著她的臉頰滑下。「什麼意思？」她問，聲音聽起來幾乎像個普通的、氣急敗壞的女孩。

「我不想要讓妳想起不好的回憶，安妮，我真的不想。我知道妳的感覺，薛佛斯的工作室也讓我一直做惡夢。但想想一個禮拜前，如果有人抱了妳、讓妳覺得不開心時，妳會做什麼？」

她用手背擦了擦眼睛。她沒有回答，但他知道她在聽。他們之間有一股連結，因為兩人都曾經在醫生手中受過苦。雖然安妮的精神折磨持續了好幾個星期，傑米的只有短短幾個小時，但這樣的驚嚇就足以永遠傷害他的靈魂——如果他是別種人的話。不過傑米很小就學會當一隻鴨子，讓所有的事都像水珠般從羽毛上滾落。說個笑話，就能掩蓋所有的壞心情或恐怖之事。

他繼續說下去。「妳會畏縮，但妳會讓自己一動也不動，忍受妳討厭的碰觸。可是現在妳已經學會在害怕的時候反擊了。徽曼先生，我是說徽曼中士，也在為妳歡呼，我知道他有。歡天喜地，手舞足蹈。我保證，因為他也是個鬥士。不要用那種生氣的眼神看我嘛，女孩，我不是在開玩笑。幹得好，大小姐！」

亞倫一定有在寫給徽曼的信裡提到女孩的問題，因為他並沒有用如火炬般的視線狠瞪傑米，只是對著傑米點點頭，說：「當然了，大小姐。我很高興能見到妳，所以忘了我該管好自己的手。不會再發生了，我保證。」

她再度用力抹了抹臉，仍然站在傑米身邊，轉身面向老獾。「但是我不想要怕你，中士。」

「妳沒有——不是真的怕我。妳看，妳還在房間裡啊。其他的習慣，之後會慢慢消失的。」徽曼說。他聽起來嚴格卻友善，像是一個中士在上戰場前，對新兵發表著說過上千次的陣前喊話。「妳知道生病的時候需要時間復原，就算病好了，也還是會痛。但是疼痛會慢慢消失，這是一樣的。」

她露出微笑，那看起來幾乎像是一個真正的表情了。

誰想得到，這個大個子這麼會安撫擔驚受怕的小女孩？傑米真希望亞倫在現場，能親耳聽見前中士所說的話。他對男人打了一個讚賞的手勢，徽曼則只是揚起還能動的那一邊眉毛。

徽曼拿起背包，甩到肩上。他再度對安妮開口，口氣十分隨性，不過仍然帶著權威。「就像是騎馬，大小姐。瓦雷上校有讓妳上馬了嗎？他在信裡說他有這個計畫。」

她點點頭。傑米不知道亞倫在信裡跟自己的前任勤務兵說了些什麼。他突然感到一絲嫉妒，因為他也想要能讀懂亞倫親手所寫的字。

徽曼繼續說：「他一定有教妳，不要急著跳籬笆。」

她又點點頭，然後補充道：「但我還沒有跳過籬芭，亞倫說就快了。」

該死，他們又犯了一個錯。徽曼快速瞥了傑米一眼，沒有生氣，但顯然很意外女孩不恰當地稱呼亞倫的名字。

不過他只說：「沒錯，每件事都有它的時間。讓我把行李收好，我們就來喝下午茶，妳再跟我說說學騎馬的事。很高興能見到你們，大小姐，傑米先生。」傑米先生？亞倫給他的信到底寫了什麼？

徽曼離開房間後，安妮問傑米：「他的臉看起來不一樣了，薛佛斯先生對他做了和你一樣的事嗎？」

當然了，她在巴達霍茲之後就沒有再見過他了。傑米搖搖頭。「不，那是他在戰場上留下的。」

她回到沙發邊，撿起書本。「我想念我的媽媽和爸爸，但我不懷念打仗的部分。一點都不。」她和他一起坐回沙發上，但不斷看向門外。等打理乾淨、刮完鬍子的徽曼再度出現時，她立刻站了起來。

「安妮，妳要不要帶徽曼先生參觀一下？」傑米提議道。「我相信他等不及想看看這個地方了。」

這是第一次，黴曼直接看向他，露出微笑。「真是個好主意，傑米先生。來吧，大小姐，我們走。」像熊一般高聳的男人與小女孩的背影，並肩在走廊上遠去。

她成了黴曼的小影子。

傑米並不知道自己會想念女孩跟前跟後的日子，但現在如果他想要她陪伴，他還得自己去找她，而且他發現自己常常想這麼做。當傑米把她帶去上閱讀課時，黴曼看起來幾乎是鬆了一口氣——但當他把她送回來時，他也一樣會放下心。

她永遠也不會是個喧鬧的孩子，但她尖細的聲音聽起來幾乎正常了，而她會跟在老獾身後，不斷問著問題。

有天早上，傑米和亞倫走過走廊時，聽見黴曼用他緩慢而饒富興味的聲音說道：「大小姐，我告訴妳我得把這些數字加起來，這代表妳得先安靜兩秒鐘。」

「哈利路亞。」傑米低聲說。「如果她居然逼他說出這句話，那代表我們的大小姐真的說了夠多話，把過去那幾個月噤聲的份都補回來了。」

亞倫給了他一個開懷的笑容。這也讓他想快樂地高呼。「你知道『福杯滿溢』這句話嗎？」亞倫問。

他當然知道，但是傑米說：「意思是浪費了好啤酒嗎？」

「這是聖經的典故。這代表我得到的遠超越我所需要的。這代表了極致的幸福。」我的幸福，他沒有說出口，但這幾個字明白地寫在他臉上。

「遠超越你所需要的？才不呢。幸福從來就不可能夠多。」

「當然，你說得對。」

「我一直都是對的。你現在不是該習慣了嗎？」

亞倫只是笑了起來。正是傑米希望他笑的樣子。

19

傑米在床上翻過身，伸出一隻手，哀求道：「我需要你，亞倫爵士。請不要拒絕我。」

那勾引的語氣，配上半闔的睡眼和剛睡醒的亂髮——更別提這個年輕人還一絲不掛——讓亞倫像撲火的飛蛾般靠向他。噢，多麼美好的火焰啊。

他站在床邊，雙臂在胸前交叉，偏偏讓那雙手抓不到他。「我還有事要辦，我不能整天和你在床上打滾，僕人們注意到會開始說閒話的。」

「喔，僕人們。真是一群愛多管閒事的傢伙，真希望他們全部消失，讓我們好好清靜一下。」

「那誰來煮你最愛的食物、幫你準備乾淨的衣服？誰來幫你整理床鋪、幫你放洗澡水？你準備把這些工作都接下來自己做嗎？」

傑米伸了個懶腰，手臂高舉過頭頂，他挺立的乳頭便隨著動作拉緊。一陣熱流竄過亞倫體內。「這個嘛，我已經太習慣這種奢侈的生活啦。要是少了僕人，還真的活不下去呢。」

「我也是，尤其少不了我的男僕。」

亞倫毫無意外地投降了，在傑米身邊的床上躺下。他一隻手越過光滑的胸口與腹部，攬住他的腰，把青年拉近，然後在唇上印下一個個淺淺的吻。溫柔的吻一如往常地變得火熱，很快地，他就開始在傑米的唇上肆虐，半硬的下身頂住他的大腿。這樣的熱度和交纏感覺太好了，讓青年想要更多——更多更多。

傑米的手指疏過亞倫的頭髮，捧住他的頭，將男人拉得更近。他們的唇激烈碰撞，直到傑米向後退開，大口喘氣。「啊，先生，你的吻技真好。都快讓人無法呼吸啦。」

亞倫喜歡這個稱讚。他從沒想過單純的接吻也能帶來如此快感，但他越來越渴望這麼做，每次只要瞥見傑米經過某個房間，他都想吻他。現在，他吻著傑米帶著早晨鬍渣的下顎，輕咬他的脖頸，這讓青年渾身一顫。

亞倫向後退開，打量著他。「今天下午去騎馬如何？我得去幾位佃農那裡巡視一下，乾脆讓順便來一次郊遊好了。」

傑米輕撫亞倫的側臉，然後緩緩地沿著脖子和胸口往下滑。「我喜歡你在鄉下的樣子，看起來放鬆多了。至於原野騎馬的行程，我的屁股正在拜託我給它更多折磨呢，尤其是在我前幾天的騎馬訓練之後。」

「你越練就會騎得越好，至少現在不會像個布袋一樣垮在馬鞍上了。」他拍了一下傑米的屁股。「跟我來吧，你會喜歡的。」

「啊，先生，我無法拒絕你共騎的邀約。不過我更想做的事情，就是騎你，這次該讓我握韁繩了。」他頓了頓，對亞倫揚起眉。「你有考慮過這件事嗎，背後來大人？」

亞倫不相信傑米還能說出什麼讓他吃驚的話，因為他早已習慣這傢伙失禮的回應了。但這個取笑的頭銜，配上他想自己當駕駛的提議，讓亞倫一瞬間啞口無言。

傑米等待著，用他舞動的邪惡藍眼看著他。「你敢說你從來沒想過自己被人進入，從沒想要讓自己失控、體驗看看那種感覺？」

當他終於能呼吸時，亞倫回答：「我真的從來沒想過。」嚴格來說，這並不是事實。在他最深沉的幻想中，他連對自己都不肯承認的那部分，他確實猜想過在性事中扮演女性的角色會是什麼感覺。在那個位置上，他會獲得怎樣不同的快感？

「你該想想看。」傑米回答。「你也許會喜歡的。我非常樂意幫你發掘唷。」

亞倫注意到他充滿興致與挑逗的語氣，卻仍帶著嚴肅。這是傑米想要的，是他要求自己做到的。直到目前為止，他們的關係一直都是亞倫占上風，傑米努力取悅他、任他予取予求——大多數時候是這樣。現在他正在讓亞倫知道，他會想試試看改變他們關係中的角色。在傑米為他做的一切、為他的生命帶來諸多的喜悅之後，亞倫至少可以同意他的要求，服從他一次。

服從。這個詞彙讓一股意料之外的興奮感竄過他的體內。他的下身在這段對話中已經疲軟了下來，現在又再度硬了。他照著自己在戰場上學到的經驗，做了當機立斷的決定。

「好啊，擇日不如撞日，我該怎麼做？」

傑米兩邊的眉毛都高高挑起，瞪大雙眼。「我的老天啊，你不需要說得好像我要推你上絞刑臺一樣嘛。這對我們兩人來說都會很舒服的，但我沒有期待你立刻做決定。我只是說你可以考慮一下。」

「我想過了，我準備好了。告訴我你想要怎麼做，我就照做。」為了證明他的決心，亞倫的手向下探去，握住傑米的下身。扎實、堅挺，血液在光滑而溫暖的皮膚下流竄。他想開始的好方法，應該是先品嚐一下傑米的下身。嗯，至少這是他所喜歡的，簡單的開始。

亞倫向下滑去，一手搓弄著傑米的雙囊，另一手穩穩握住他，把頂端含進嘴裡。他的舌頭繞著硬挺的勃起打圈，然後深深吸啜。傑米輕輕地倒抽一口氣，忍不住向上挺動。

這都是為了你。為了取悅你。滿足你的欲望。這個想法形成一股暖流，推著另一波欲望湧向他的下身。他很驚訝，原來給予歡愉，居然也能帶來這麼強烈的快感。

「大人，先生，如果你繼續這樣做，我就要射啦。」

他放開傑米挺立的器官，爬回傑米身邊，花了一點時間拿來床頭桌上的油。「我該幫你抹上這個嗎？」

「等一下。再碰我一次，我可能就要射了。」傑米微笑起來。「先吻吻我吧。」

亞倫照做了，將舌頭滑入柔軟的雙唇間，摩挲著傑米的舌頭側邊。等到他將他吻得上氣不接下氣，他便向後退開，雙唇在傑米的臉上游移——親吻他的額頭、眼皮、臉頰和下巴，然後是他的脖子。他吻過他結實的胸口，輪流輕咬著他的乳頭。他戀人溫暖而略帶鹹味的皮膚，他因為快感而緊繃的面孔，以及傑米輕聲的呻吟和喘息，都是最強烈的催情劑。他的脈搏劇烈跳動，下身脹痛得像是他下雨天時的傷腿。但他忽略自己想要挺進傑米身後的欲望。這次輪到傑米了，他要確保一切都像他的戀人所想要的那樣。

亞倫打開油瓶，倒了一點在手上，然後把瓶子放回桌上。他用掌心溫熱了油體，然後再度握住傑米，從根部揉捏至頂端，上下來回了幾次。粗硬的下身閃爍著油光，充血的器官透出微暗的紅色。傑米的下身很美。

「好了，我的男孩，我幫你準備好了。你願意幫我嗎？」亞倫壓低自己的喉音，爬到傑米身邊躺下。他的臀部因期待傑米的進入而緊繃。緊張的興奮感在他體內流竄，他突然意識到，原來他期待這個很久了。

一開始，他的目標只是為了取悅傑米，現在他卻覺得，這好像為他自己開啟了一道通往全新享受的大門。上帝也許正居高臨下地看著他耽溺在罪惡的性事之中，亞倫仍感謝祂讓傑米進入他的生命。他的世界在過去幾個月中天翻地覆，而意外的是，他雖然總是喜歡掌控一切，但他卻挺喜歡現在這樣的。

傑米看著自己高挺的老二。在亞倫的撫弄下，整根器官閃爍著油光，溼滑不已，隨時可以進入亞倫緊緻的後穴。傑米當然渴望這麼做，但他也有點緊張。在他的人生中，他沒什麼機會擁有主導權。因為大部分付費找街頭男孩的男子，早已讓傑米習慣當接受的那一方，而不是給予者。

他得到的通常都限縮在手或嘴的回饋。不知為何，那些喜歡碰男人、卻又偏要掩蓋自己天性的可憐紳士們，還願意接受幫他套弄或吸吮，但真正讓人從背後進入他們，對他們來說卻太超過了。

因此，傑米進入他人的經驗少得可以。

他想要做好這件事。他想要確保亞倫也享受其中，確保自己不失控、不太快射出來。但他現在覺得自己就已經快要興奮地飛上天了。他想要騎在對方身上，讓他體驗此生最棒的性事，然後邊做邊大吼。以後他們要挑一天深入鄉村，在沒有人能聽到他們的時候這麼做。

至於現在，傑米願意先進行比較安靜的性事。他伸出手，將亞倫的一縷黑髮從額頭上推開，然後靠上前去，溫柔地親吻他。

「你準備好了嗎？我保證我會很慢的。」他的一隻手滑過亞倫的胸口，手指撫過他結實胸膛上粗硬的胸毛。有那麼一小段時間，他張開手掌，感受著對方快速跳動的心臟。正在為了我跳動，這異想天開的念頭竄進他的腦海，讓他露出微笑。

「你最好趴著，先生。」他提議道。「面對面的感覺更像戀人，不過從後面來比較簡單。」

「傑米。」

「是的，先生？」

「當我們這樣獨處的時候，我想你可以不用再叫我先生了。」

「是的，先——亞倫。我會記住的。」

亞倫翻身趴下，臉側躺在白色的枕頭上。有那麼一刻，傑米只是欣賞著他。他這樣好美。他稜角分明的臉龐和身體十分放鬆——但他臀部的肌肉卻收縮著。從窗簾的縫隙中滲進來的黃色光芒，為他的身體曲線鍍上一圈金色的光。窗外的天色明亮而美好，但現在，他們要讓夜晚在他們的房裡逗留得久一點。沒有人會來打擾他們。僕人們都收到明確的命令，不要在早晨驚動亞倫的睡眠，也不要靠近他的房間，直到他起床下樓為止。這讓傑米每天早上都有時間，能悠閒地回到他自己的房間裡。

這是必要的掩飾，但有時仍讓人感到煩躁。別人也許會認為，像亞倫爵士這麼有權有勢的人，在自己家中就能為所欲為，但在傑米看來，這樣高貴的身分幾乎就像是監獄中的鐐銬一樣。

不過現在，沐浴在一束束早晨的陽光中，他和亞倫可以隨心所欲。傑米愉快地伸出雙手，撫過亞倫的身體，從強壯寬闊的肩膀到狹長的背部，然後是他瘦窄的腰與臀。緊繃的臀部肌肉因為男人的緊張而再度顫動。

傑米輕拍著他的臀。「放輕鬆，夾這麼緊對我們兩個都沒好處。」

他伸展四肢，趴在亞倫身上，下身頂著臀部，胸腹貼著他的背，輕吻著他的肩胛。「放輕鬆，相信我。」

「我相信。」他悶聲回應，將臉半埋在枕頭裡。他回頭看著傑米。「我只是……迫不及待。」

傑米挺腰，將自己搏動的下身滑進誘人的臀縫，感覺就像天堂。「這樣很好。」他低聲說。

他坐起身，跨在亞倫的臀部兩側，然後按摩著他的肩背。緊繃的肌肉在他的掌下逐漸放鬆。傑米向下移動，進入亞倫張開的雙腿之間。是時候專注在他的後穴了。他的手輕輕地滑過亞倫的腰，爬上他的臀峰。

結實的臀瓣難以掌握，他揉捏著、搓揉著，逐漸朝自己的目標靠近。當傑米的拇指指尖滑入臀瓣的縫隙時，亞倫呻吟著扭動起來。他伸手探向亞倫的雙囊，用指尖搓揉，直到男人開始掙扎，然後直接捧在手中揉弄。亞倫抬起臀部，這樣的邀請讓傑米的老二脹得更硬了。

傑米再度從小桌上拿來油瓶，在手中倒了一點，接著手指再次滑進亞倫的臀縫，但這次探得更深。他找到了那個隱密的穴口，一隻手指繞著打轉，溫柔而挑逗。感覺到那一小圈肌肉收縮又舒張，他的手指立刻按了進去。

亞倫的喉頭發出輕微的悶響，再度挺起臀部。傑米加入第二根滑膩的手指，擴張著狹小的入口，同時握住亞倫開始套弄。當兩指可以自由進出時，他便加入第三指，在穴口的裡裡外外抹上油。

亞倫的臀抬得更高了，傑米便將老二抵在入口，頂端緩緩挺入，他向前推，頂開肉壁柔韌的抵抗。那感覺緊得不可思議。傑米深吸一口氣，更用力地向前一挺。亞倫炙熱的內壁包裹著他，現在不再抗拒，而是將他吸往深處。伴隨著一聲悶哼，傑米終於徹底進入了亞倫。

「老天啊，先生。」他喃喃說道，忘了自己答應要叫他的愛人本名。他當他的主人好久了，也許永遠都會是他的主人。

他貼著他頂弄，腹部摩蹭著亞倫的下背。亞倫的頸窩和那裡柔軟的捲髮填滿了傑米的視線。他想要咬著那個脆弱的凹陷，緊緊不放，一邊用挺進的下身占有對方。這樣如同動物般的衝動無預警地竄進他的腦海。

他向後退開，再度頂入，動作緩慢而小心。「這樣還好嗎？」

亞倫點點頭，黑髮貼著枕頭移動著。「更多。」他呢喃著。「用力一點。」

「所以你喜歡囉？」傑米很愉快。

「很熱。」他簡短地回答。「很棒。」

傑米露出微笑，加快速度。他的老二在柔韌的後穴進出，一次又一次——現在沒那麼小心，又更快更深了。他知道他碰到了亞倫體內的那一點，因為對方突然低哼著、身體彈了一下。啊，沒錯，就是那裡。

傑米用力頂入，包裹著他的熱度與緊緻，及身下結實的身軀都令他沉醉。他一手抓住亞倫的肩，另一手扶著他的腰，狠狠地進入他。在上面的感覺不太一樣，傑米享受著支配的感覺。因為他是傑米，所以他的愉悅便透過言語流洩而出。

「喜歡我粗魯地來嗎?告訴我。」

「對。」亞倫喘著氣，向後迎向傑米。「我喜歡。」

傑米飛快地擺動著腰臀。「多說一點，告訴我被上的感覺怎麼樣。」

「很好。」

這人一點也不習慣淫穢的調情。傑米嘆了口氣，放棄嘗試。他們可以再找時間幫亞倫上課。與欲望無關的一股暖意從他身上流過，他想著他們未來能夠相處的所有時間。亞倫給了他一個一輩子的家，他們會是一對，就像任何已婚的夫妻一樣對彼此忠誠。傑米終於有了一個家，擁有一群奇異的家人，包含安妮和一隻粗暴的老獾。

不知為何，這個想法和更原始的身體快感結合在一起，形成一股強烈的力量。一波波快感席捲過傑米，攫住他的下半身，帶領著他前進。他最後一次用力挺進，深埋在亞倫體內，然後射了一股又一股。

他顫抖著洩了力，趴在高大壯實的男人身上。好不容易恢復神智後，傑米眨了眨眼，聚焦在亞倫的後頸上。他像是一條毛毯般掛在男人身上，兩人之間汗水淋漓，而他喜歡他們這樣交融的感覺。亞倫的背隨著呼吸起伏著，讓傑米緩緩地隨著他移動。

傑米不情願地從他身上退開，滾到他身旁。「讓我幫你吧。」他催促亞倫躺平，然後將他腫脹得不可思議的下身含進嘴裡。

不到兩分鐘，亞倫就呻吟著射了出來，軟下的部位一陣陣抽搐著。傑米吞下口中的熱液，放開男人的下身，然後爬到他身邊，和他面對面躺下。

「好多了嗎？」他勾起嘴角。

「很完美。」亞倫頓了頓，然後補充：「很棒。全部都是。」

「被上的感覺不差吧？」

「一點都不。」傑米在他的臉上或聲音裡，都找不到過去那些罪惡感留下的痕跡。

他們滿足地靜靜躺了片刻，窗戶透進來的暖黃光束移動了大約一寸。

最後，亞倫嘆了一口氣，坐起身。「我想我最好開始工作了。有太多事要做，不能一直躺在床上。」

「我也是。我要折領巾、刷鞋子，男僕的工作永遠都做不完。再說了，我答應要教安妮小姐擲骰子，我們今天下午還要出門騎馬。」

「骰子？你覺得那樣適當嗎？你覺得徽曼會同意嗎？」亞倫穿上襯褲和長襪，然後從椅子上拿起他的馬褲。那是傑米昨晚為他準備好的。

「那女孩在上課之外也要有點娛樂嘛，而且，不要讓徽曼知道就好。」傑米雙臂抱著膝蓋，看亞倫著裝。

亞倫繫上馬褲的腰帶，一邊搖著頭。「真是無藥可救，傑米。我該拿你怎麼辦？」

「讓我常伴你左右，你就可以時時盯著我了。」

高大的男人來到床邊，他美好的上半身還裸露在外，下半身則穿著貼身的馬褲。

他伸出手，碰了碰傑米的側臉。「這倒是可以，樂意之至。」

再一次，那股不知名的暖意從傑米身上流過，像是即將煮開的熱水壺，溢滿他的內心。太多的情緒，強烈得讓他不知該如何是好。他的雙眼刺痛，努力眨掉眼角的淚光，清了清喉嚨。

「我有告訴過你南華克的一個少女，養了一隻可以下金蛋的鵝的故事嗎？」

亞倫笑了。他往常陰鬱的表情，以及永遠也不會真正褪去的眉間線條，像是大雨過後的天空般亮了起來。「真的嗎？真是不可思議。告訴我吧。」

「是的，先生。」傑米阻止自己即將上揚的嘴角，板起臉，擺出平淡的表情，開始說起他的故事。「你瞧，先生，這一切都是從一個簡單的願望開始的，就和所有的故事一樣……」

高寶書版集團
gobooks.com.tw

CRS004
紳士與小賊
The Gentleman and the Rogue

作　　者　邦妮．狄 (Bonnie Dee)、夏夢．狄文 (Summer Devon)
譯　　者　曾倚華
繪　　者　馬洛循環
編　　輯　林雨欣
校　　對　薛怡冠
美術主編　林鈞儀
排　　版　彭立瑋
企　　劃　李欣霓、黃子晏

發 行 人　朱凱蕾
出　　版　朧月書版股份有限公司
　　　　　Hazy Moon Publishing Co., Ltd.
地　　址　臺北市內湖區洲子街 88 號 3 樓
網　　址　www.gobooks.com.tw
電　　話　(02) 27992788
電　　郵　readers@gobooks.com.tw（讀者服務部）
傳　　真　出版部　(02) 27990909　行銷部 (02) 27993088
郵政劃撥　50404557
戶　　名　英屬維京群島商高寶國際有限公司臺灣分公司
發　　行　希代多媒體書版股份有限公司 /Printed in Taiwan
初版日期　2021年10月

國家圖書館出版品預行編目 (CIP) 資料

紳士與小賊 / 邦妮 . 狄 (Bonnie Dee), 夏夢 . 狄文 (Summer Devon) 著；曾倚華翻譯 . -- 初版 . -- 臺北市：朧月書版股份有限公司出版：英屬維京群島商高寶國際有限公司台灣分公司發行 , 2021.10
面；　公分 . --

譯自 : The gentleman and the rogue

ISBN 978-986-06814-0-6(平裝)

874.57　　　　110013330

GOBOOKS
& SITAK
GROUP ©